文學新象 204

十三階梯
13 KAIDAN

高野和明◎著
劉姿君◎譯

高寶書版集團

獻辭　致　吾父、吾母、吾兄

這下你就死刑了！

——電影《天堂與地獄》（導演　黑澤明）

目錄｜*CONTENTS*

【導讀】

娛樂小說、沉重命題，司法中的正義是否存在？

喬齊安

自一九九五年開始選拔，至今已經出版過六十四本首獎小說的日本推理文壇最高新人榮譽——江戶川亂步獎，培育出無數實力派作家，如東野圭吾。即便這些作品本本精采，二〇〇一年第四十七屆得獎作《十三階梯》的高水準依舊堪稱鶴立雞群。當年五位重量級評審宮部美幸、逢坂剛、北村薰、北方謙三、赤川次郎以「罕見的」（逢坂如此表示）全員一致認定第一名得獎，並在出版後成為史上銷售量最快突破四十萬本大關的暢銷書，更在該年度週刊文春推理小說的排行榜單中擊敗一眾前輩，強勢登頂亞軍，僅次於宮部美幸的《模倣犯》！也迅速被改編為電影於二〇〇三年上映，由反町隆史主演。成為一本「叫好又叫座」，口碑市場雙贏的難得傑作。

本作探討死刑、法律這個台灣人並不陌生的議題，但卻成功展現了最為開闊的視野與客觀的角度。並不像島田莊司處理時因支持廢死強調冤罪、東野圭吾為攻擊少年法缺陷而強調罪犯的十惡不赦，是站在既定立場上去寫作。高野和明在今昔兩起命案中完整描寫了殺人犯、被害者、死刑犯、律師、檢察官、刑務官及各方家屬的心情，從任何可能的觀點來探討司法審判與死刑制度的漏洞，例如「殺死的人愈多，審判就拖得愈長，被告能活得愈久」這樣的嚴重弊病。每一個讀者都能從中獲取共鳴，並更深一層地思考觀點的正確性。而日本與台灣的幾項刑法相似處，如「有悔意可以輕判」這點，作者透過書中樹原亮這個失去記憶、自然沒有悔意而遭判死刑的範例，做出控訴司法盲點的強烈一擊，震撼的人心不僅局限於大和民族，同樣直指我國的未必合理之處。

不少社會派推理的通病是探討問題時，讓小說本身失去娛樂性，甚至讀者感覺「無聊」。高野明白此項先天劣勢，首先以負責執行絞刑「殺人」的刑務官擔任主角帶來新鮮感，更巧妙地設計了完整架構及推理小說的意外性，並以栩栩如生、讀來為之屏息的刑場、監獄氣氛，輔以兩位主角最後驚心動魄的破案過程、灰暗陰鬱的沉重結局，有效地化解原本議題論述中的枯燥嚴肅，甚至做到了相當刺激有趣。高野展現絲毫不像新人，極為高明的寫作能力，「文以載道」且兼具閱讀之樂，正是我最為重視的一種推理小說之典範。也難怪《十三階梯》影響深遠，二〇〇五年的亂步獎得主藥丸岳便表示該作《天使之刃》的構思就來自於本作的啟發。

高野和明著作不多，但出手必定驚動文壇。在他出道的第十年，以《種族滅絕》席捲各大書市榜單第一名，讓過去還不認識他的讀者見識其「好萊塢等級」實力。如今也在皇冠二〇〇四年《13級階梯》版本絕版的十年後，台灣推理迷得以從高寶的全新翻譯版本再度見證名家的扎實起點。由於本版譯自日本文庫版，其實在最後主角告白的關鍵段落經過作者改寫，呈現不小的差異。也推薦手上有舊版本的讀者朋友入手新版本作，相互比較，體會高野想在作品中，對這個矛盾重重的社會所發出的血淚控訴；咀嚼現實環境下，司法正義究竟是否存在、或如何改進的永久命題。

喬齊安（Heero）：曾任中央社記者、廣告公關。現為愛爾達電視台足球球評、運動作家、痞客邦「運動邦」專欄作者、百萬部落客、台灣推理作家協會成員。掛名推薦與推薦文章散見於各類型出版書籍。新聞人Heero的推理&小說評論部落格http://heero.pixnet.net/blog

序章

死神在上午九點來臨。

樹原亮只聽過一次死神的腳步聲。

最先傳進耳裡的是推開鐵門的重低音。當那來自地底般的空氣震動停止後，牢房的氣氛為之一變。通往地獄的門打開了，致使身體不敢稍有動彈的真正恐怖流竄而至。

接著，一列縱隊的皮鞋聲，以超乎預期的人數與速度在鴉雀無聲的走廊上挺進。

千萬不要停！

他不敢朝門的方向看。樹原跪坐在單人牢房中央，凝視著在膝上發抖的手指。

求求你們，千萬不要停下來！

在如此祈求期間，強烈的尿意壓迫他的下腹部。

隨著腳步聲越來越接近，樹原的雙膝開始猛打顫。同時，在與意志力抗衡中，被濕黏的汗水沾濕的頭緩緩朝地板下沉。

踩著地磚的皮鞋聲越來越響。終於來到房間前了。這幾秒中，樹原體內的每根血管都在擴張，幾乎要破裂的心臟打出來的血液，撼動每一根毛髮，在全身奔流。

然而，腳步聲沒有停。

從房門前經過，再向前走了九步，突然中斷了。

還來不及想自己是否逃過一劫，便聽到觀視窗開關的聲音，緊接著響起打開單人牢房的金屬碰撞聲。聽起來像是隔著一間空房，也就是鄰室的鄰室的門。

「一九〇號，石田。」一個低沉的聲音響起。

是警衛隊隊長的聲音嗎？

「來接你了。出來。」

「咦？」反問的聲音意外地帶著驚慌。「我嗎？」

「對。出牢房。」

接著忽然一片寂靜，但沉默並不久。簡直就像有人轉動了音量旋鈕般，震耳欲聾的聲響突然響徹牢房。塑膠製的餐具撞牆反彈的聲音、紊亂的腳步聲及壓過這些聲響的動物般咆哮——令人難以想像的是慘叫聲持續了好一陣。

不久，繼放屁和脫糞的悶響後，傳來啪嚓啪嚓踐踏積水窪那種聽了不舒服的聲響。不知為何，其中還混雜著壞掉的擴音器失控大響般的雜音。

樹原豎起耳朵想聽出那是什麼聲響，發覺那嘎嘎雜音中摻雜著微微的呼吸聲，悚然而驚。那是承受不了死亡恐怖的人將食物、消化液嘔吐出來的聲音。此刻，要被帶出牢房的男子口中一定正猛烈噴發出嘔吐物。

樹原雙手按住嘴巴，拚命忍住吐意。

過了一會兒，雜音變小，只剩下喘氣聲和嗚咽聲。但這些也隨著再次行進的皮鞋聲及拖行重物的聲響，逐漸遠去。

當寂靜重返牢房，樹原已經連坐都無法坐好了。要懲罰也無所謂。他明知違反規定，仍向前撲倒在榻榻米上。

一想起那時的事，至今仍感到不寒而慄。那是樹原被收容於東京看守所中通稱為「零號區」的死刑犯牢房後三年的事。如今又過了將近四年。這段期間，他不知道死刑是否停止執行。雖然沒再聽到那樣的騷動，但偶爾在走廊擦身而過的死刑犯中，有些面孔不見了卻也是事實。

樹原停下手邊貼百貨公司袋子的工作，環視牢房。單人牢房的大小不到一坪半。扣掉洗臉槽和馬桶所在的鋪木地板，生活空間只有一坪。在採光差的牢房裡，白天是日光燈，晚上是十瓦特的燈泡，不斷照亮被嚴密監視的死刑犯。他在這個陰鬱的空間裡、在畏懼死亡的恐怖中，生活了七年。

電車經過的微弱聲響讓他抬起頭。他悄悄站起，穿過晾在繩上的衣物，站在窗邊。即使打開玻璃窗，也看不見被鐵窗和塑膠圍牆擋住的戶外風景。即使如此，還是可以看看從圍牆上方縫隙露出的陰天天空，臉頰能感覺到飽含濕氣的風。

下次會是什麼時候？

樹原呼吸著外來的空氣，陷入絕不會習慣的不安中。死神停在他房門前的日子就快到了嗎？過去三次的再審請求，以及因再審駁回而進行的即時抗告與特別抗告，全都被駁回。那些手續有如以手指拈起希望的殘滓般毫無把握。因為再審請求到了第四次，無論翻多少次裁判資料，都找不到能讓確定判決產生合理懷疑的證據了。

他會被處死嗎？

為了根本毫無印象的罪。

樹原覺得好像聽到了刑務官的腳步聲，便坐回矮桌前。現在是上午十一點。不是來「迎接」的時間。至少，在明天早上之前，這條命應該是安然無虞的。

樹原再度展開了請願活動。他摺起印有知名百貨公司商標的紙，用漿糊貼好。這份工作時薪三十二圓，換算成月薪是五千圓左右。至少還能讓他買些文具、零食、衣物等要自費付擔的東西。

樹原切割思考與手上的動作，沉溺於他平常的想像。

使用這些購物袋的會是怎樣的人？

這是個能夠稍微緩和死亡不安的小小心理遊戲。

在百貨公司購物的客人，多半是以主婦為主的女性吧。或許也有男性客人用來裝送給情人的禮物。

想像提著袋子走在賣場的客人，樹原忽然停手。

腦中浮現了樓梯。雙手提著重物爬上百貨公司樓梯的客人。不知為何他腦中浮現那個模樣。他皺起眉頭，將影像聚焦。

客人的背。沉重的袋子。一步步往上爬的腳。

不對——樹原抬起頭來。

是樓梯。

一絲模糊的記憶，在腦中復甦了。

對。那時他正在爬樓梯。和現在一樣，在死亡恐懼的驅使下，爬著樓梯。

樹原拚命搖頭，想確認朦朧浮現的影像並非想像的產物。沒錯。那個時候，他正在爬樓梯。

樹原站起來，放下洗臉枱的蓋子。蓋子一放下，便成了書桌。伸手到旁邊的架上，取出原子筆和信紙，一屁股坐在代替椅子的馬桶上。

他要寫的是「申請單」。就算是要寫信給律師，也必須先請求許可。

應該能夠得到核准特別發信吧。信裡的內容應該不會被檢閱攔下，而順利送到律師手裡。

或許能得救也說不定。

樹原的心中湧現希望。這是被羈押於死刑犯牢房的七年來，未曾感覺到的強光。

也許他能夠從地獄的入口重回人間。

寫完申請單的樹原，繼續埋頭寫信給律師。

第一章　重回社會

1

「一、居住於固定住所，從事正當職業。」

那又高又尖的聲音因為緊張而發抖。眼看著就要出發前往樂園了，絕對不能出錯。

「二、保持善良品行。」

三上純一維持著直立不動的姿勢聽著同伴的聲音。他已經換掉囚衣、穿上便服，手中拿著假出獄許可決定書。內雙的眼睛，以及緊連其上的那兩道形狀分明的眉毛。看來比實際年齡二十七歲略顯年輕的那張臉很嚴肅，顯得心事重重。

「三、不得與有犯罪性者或素行不良者往還。」

純一望著朗讀誓詞的同伴的背。他姓田崎，比純一年長十歲。看他那張眼角下垂的臉，實在不敢相信他因未婚妻不是處女就氣昏頭將她活活打死。

「四、更動住處或長期旅行時，應請求執行保護管束者之許可。」

松山監獄保安本部的會議室裡，除了他們，還有典獄長及數名職員。他們是矯正處遇官，也能簡稱為刑務官。「看守」這個名稱，目前只留下來做為階級，這個職稱已於十年前組織改編時廢除。

從窗上的毛玻璃透進來的擴散光，使刑務官們的表情變成前所未見的溫和。但是純一所感到的安詳，卻被田崎接下來的話給打消了。

「五、為被害者祈求冥福、誠心道歉。」

純一瞬間覺得上半身發涼。

為被害者祈求冥福、誠心道歉——

純一想過，他所殺的那個男人到哪去了？天國？地獄？或者那個人的靈魂哪裡也沒去，只是化為烏有？他所行使的暴力，將那個人完全消滅了嗎？

「六、每月與保護司或保護觀察官[1]約談兩次，報告近況。」

純一垂下眼睛。服刑中，他一直抱持的疑問，至今仍未找到答案。他真的犯了罪嗎？假如他的行為是罪行，那麼不到兩年的服刑生活就贖罪了嗎？

「七、於監獄內之行狀，絕不外洩。」田崎念完假釋後的遵守事項，接著念誓詞。「我，此次獲得假釋，交付保護管束——」

他抬起眼，視線正好和對面那排刑務官的其中一人對上。那是一位姓南鄉、四十多歲的看守長，有結實的肩膀和威嚴的臉。南鄉露出微笑，注視著純一。

純一心想，是為他出獄而感到高興嗎？但又覺得對方的微笑中，隱含著更深的理解。

「我發誓，今後將遵守上述遵守事項，努力成為健全的社會人——」

但是純一覺得奇怪，為什麼南鄉會如此深入考慮自己的事。服刑中，有些好心的刑務官在不違反服務規章的範圍內給受刑人方便。相反的，也有藉細故找碴加以懲處的虐待狂。但南鄉兩者皆非，純一與他幾乎沒有接觸。很難想像他會特別關心純一的更生。

「若違反上述事項時，對於被撤銷假釋、送返監獄沒有異議。假釋代表，田崎五郎。」

誓詞朗讀結束的同時，純一身後響起一陣不合時宜的掌聲。鼓掌的人似乎立刻發覺自己的失態，聲音戛然而止。

純一不必回頭也知道那是誰，是他的父親。為了接兒子，特地遠從東京來到四國松山的五十一歲工廠老闆。純一僵硬的嘴角總算露出了笑容。

「對各位而言，這次的服刑生活或許很長。」身穿深藍色雙釦西裝制服的典獄長展開了最後的訓話。「但是我希望你們知道，真正的更生才正要開始。等你們不會再回到監獄，成為堂堂正正的社會人，才能說你們真正更生了。在那一天之前，請你們謹記在這裡學到的教訓，好好努力，不要輸給重回社會的困難。恭喜各位。」

接著，整個會議室響起了熱烈的掌聲。

假出獄許可決定書交付儀式，十分鐘左右便結束了。

純一向刑務官們行禮，與田崎一樣，都有些徬徨，不知道接下來該做什麼。連臉該朝哪個方向都取決於命令的生活習慣，不是說改就改得掉的。

典獄長說聲「去吧」，送走兩人般伸出了右手。純一朝那隻手所指的方向轉身。

父親俊男就在會議室後方靠牆站著。那張黝黑的臉和清瘦的身材，完全是個工人模樣。穿著唯一一套像樣的西裝卻穿不出派頭，那模樣活像個紅不了的演歌歌手。但是父親那土裡土氣的模樣，卻蘊含著故鄉的溫暖。

1　日本的觀護制度中，保護觀察官相當於我國之保護司，而民間人士協助保護管束工作者，則稱為保護司，為無給職的司法義工。

純一走向父親。田崎也奔向應該是他父母的中老年男女。

三上俊男一接到兒子，便滿面笑容地舉起拳頭，做出勝利手勢。四周的刑務官們不禁笑了。

「好久啊。」俊男望著純一，彷彿是自己服完刑似地嘆氣說，「苦了你了。」

「媽呢？」

「在家做好吃的。」

「嗯。」純一微微點頭，略遲疑後，說，「爸，對不起。」

聽到這句話，俊男的眼睛濕了。純一也咬著嘴唇，等父親開口。

「你什麼都不必擔心了。」俊男哽咽著說，「只要以後認真工作就好，對吧？」

純一點點頭。

俊男一恢復笑容，便伸出右臂勾住兒子的頭猛搖。

從庶務課的窗口，可以看見正要離開監獄的三上父子。在大門前與刑務官談話，是為了最後一次核對身分。

南鄉正二懷著獲救的心情，望著他們父子開朗的表情。他喜歡出獄者走過大門離去時的情景。對自己職務的使命感，在他十九歲被任命為法務事務官看守之後，短短一年就耗盡了。其後還能夠繼續這份工作將近三十年，就是因為能夠看到出獄的情景。唯有現在，此時此刻，才能肯定地說犯罪人更生了。唯有這時候，才能對再犯的危險視而不見，毫無顧忌地感到開心。

三上父子對刑務官深深鞠躬，走出監獄的大門，然後並肩邁出腳步。

看不見兩個人的背影後，南鄉便回到文件櫃前。那裡有三上純一的「身分簿」。這厚厚的文件是受刑人的服刑觀察紀錄。已隨著純一的出獄，從南鄉所屬的處遇部門移送至庶務課。只要純一沒有再受監禁以上的刑罰，身分簿便會被永遠保管在這裡。

雖然已經過看好幾次，南鄉還是翻開封面，重看調查分類表裡記載的三上純一個人資料，以及緊接在後的犯罪事實。這是為了做最後的確認。

純一來自東京，家族成員有雙親和弟弟。兩年前犯行時是二十五歲。罪行是傷害致死，一審判決之後沒有上訴，包含羈押候審期間在內，確定被判兩年徒刑，不得緩刑。依照受刑人分類規定，分類為ＹＡ級（未滿二十六歲之成人，犯罪傾向較輕者），從東京看守所移送至松山監獄。

南鄉的視線移到生長經歷與犯罪概要那幾欄。這是根據偵查資料整理出來的，純一自出生到犯行為止的事實經過。南鄉以手指頭劃過文字，讀純一犯罪的詳細經過。

三上純一，一九七三年生於東京都大田區，父親本是地方工廠的工人，後來獨立，經營一家擁有三名員工的小工廠。

到國中畢業為止，沒有什麼特別值得記錄的，但一九九一年，純一高三時，發生了一件事，成為後來命案的遠因。

純一在暑假與朋友一起去旅行，過了預定的四天三夜卻沒有回來，擔心的雙親便報警協尋。十天後，八月二十九日，純一在旅行的目的地千葉縣勝浦市南方十五公里的中湊郡被警方輔導。純一並非獨自一人，而是帶著女友。原來說和朋友去旅行是謊言，他是享受了有生以來頭一次和異性外宿。

回到東京的純一，從此便一再逃學，對父母、師長出現反抗的態度。成績一落千丈，大學落榜，但重考後考上了第四志願的理工大學。讀的是化學工業。

大學畢業後，本在父親經營的「三上模具」金屬模具工廠幫忙，但兩年後的一九九九年，案件發生了。

「你看什麼看得這麼認真？」

忽然有人問他，南鄉驚訝地抬起頭。

總務部長杉田正看著南鄉。他的階級是矯正副長，比南鄉高一級，制服袖口上兩道金線閃閃發光。

「二二九號的假釋有問題嗎？」二二九號是編給純一的呼叫編號。

「沒有沒有，只是離別令人寂寞啊！」南鄉以玩笑矇混過去。「這個可以借一下嗎？」

「嗯，可以是可以……」杉田如此回答，卻皺起眉頭，一臉困惑。

南鄉在心中暗笑。凡事規律的日常生活只要有一丁點不同，刑務官們就會大驚失色。在監獄裡，這種小小的徵兆有時會演變成大問題。杉田是以膽小鬼特有的警戒心為武器而獲得升遷的人。光是部下把身分簿拿出來，就足以令他坐立難安吧。

「我會馬上歸還的。」

南鄉為了讓他安心便如此說，離開庶務課，回到保安本部二樓的處遇部門。這裡是管理刑務作業等受刑人一切處遇的部門，首席矯正處遇官便是南鄉的位子。這個職務與看守長這個階級，就南鄉四十七歲的年齡而言，是不早不晚的升遷。若比照一般企業，相當於部長輔佐這個職位。

辦公桌與監視器並陳的這個房間裡空蕩蕩的，只有幾名刑務官在。其他人都去監督刑務作業和巡邏了。南鄉刻意放慢腳步，確定沒有部下來找他批示，便在背對窗戶的位子坐下。然後點了菸，再度細讀三上純一的身分簿。純一二十五歲時犯罪的詳細內容，被記錄於檢面調書和法庭紀錄等不只一份的文件中。

一九九九年八月七日下午八時三十三分，傷害致死案突然發生。現場是鄰近東京濱松町車站的一家餐飲店。事情是從二十五歲、正在喝酒的客人佐村恭介，忽然以「你有什麼意見」向店內後方的純一找麻煩開始。

當時先開口的是佐村恭介，以兩人在那之前分別坐在相距五公尺的桌位、沒有交談等情況，有不只一位目擊證人證明。

純一面露困惑，抬頭看著走到桌子前方的佐村恭介。根據老闆的說法，是佐村單方面逼近純一，以「純一看他的眼神讓他不爽」、「眼神簡直就像在看罪犯」等藉口找碴。

然後兩人交談了幾句話。接著爭論突然加劇。根據檢面調書中純一的說詞，佐村罵了大意為「當我是鄉下人，就瞧不起我」的話。得知佐村來自千葉縣，純一為了安撫對方，便提起高中時自己的離家出走事件，說自己到過千葉縣房總半島外側的中湊郡。結果卻是火上加油。因為佐村恭介正是從中湊郡來東京出差的。所有的目擊者才剛聽到「你這混蛋」這句話，佐村便抓住了純一的胸口。老闆衝出吧枱想制止他們打架，但在他趕到桌前的這短短時間內，兩人已經揮了四次，或是根據目擊證詞，揮出十次左右的拳頭。先出手的是純一。供述筆錄中寫著「要擺脫對方，只能這麼做」。

老闆終於趕到，卻無法介入打鬥中的兩人。後來在法庭上，老闆對當時的情況作證：「看起來想傷害對方的是被害人，被告是為了想離開當場而拚命掙扎。」

而純一成功從佐村手中脫逃，但佐村又想從正面抓住他。對此，純一大罵「混蛋」、「畜牲」等語，同時以頭部、右肩、右手衝撞對方。遭到意外反擊的佐村向後方踉蹌，被較矮的椅子絆到，便以雙腳離地的姿勢，後腦著地。因為這個撞擊造成頭蓋骨骨折與腦挫傷，於救護人員趕到的十一分鐘後死亡。

犯罪後的純一，不需老闆拉住，便留在現場等警方到場。當時他神情茫然。隨後以傷害致死的嫌疑被當場逮捕。

看到這裡，南鄉按熄了菸，嘆一口氣。儘管有失厚道，卻忍不住苦笑。

這是打架造成的典型傷害致死案。運氣不好的人就是會被捲入這種案件裡。由犯罪事實來判斷，量刑兩年不得緩刑可說稍重。這樣的案例，判處緩刑也不足為奇。或許在法官看來，純一高中時的受輔導經歷及其後的行為，算是行為不當。檢察官一定也是為了讓法官產生這樣的自由心證，才會在陳述起訴要旨時詳述離家出走的事實吧。

即使如此，法官仍可說是做出了公正的判決。一般傷害致死案的爭論點，在於被告是正當防衛，或是懷有殺意。若認定是前者，被告會獲判無罪；若認定是後者，則罪狀就是殺人罪，量刑便加重。若是殺人，在法律條文的規定上，是可適用死刑的罪行。

純一的情況，在法庭上最大的爭議點，是他包包裡的獵刀。這是相當不利的證據，但所幸幫忙家業的純一平日在精密作業中便使用刀具，以及剛購買的刀在包包裡連店家包裝紙都未拆的狀態。「若有殺意，刀子應該會用過」——辯護律師的主張不僅得到支持，且在立案階段就已免除了因違反刀械法的起訴。

檢方為了提出最起碼的反擊，找來被害者的父親佐村光男以證人身分出庭，主張根據餐飲店的傳票記載的酒量，才兩大杯的加水燒酒不足以使被害者爛醉，難以認定酒醉為打鬥的原因。被害者的醉意淺，已於司法解剖時測出的血中酒精濃度得到證實，但這並非成為左右判決結果的論證。

結果，法院以三次審理結案，宣判兩年有期徒刑，不得緩刑，羈押候審的一個月亦計入刑期。

南鄉從身分簿上抬起頭，回溯純一服刑的這一年八個月的記憶。

南鄉從二二九號受刑人身上感覺到的，是不懂得計算利益得失、純樸而笨拙的性格。細讀身分簿，更加深了這個印象。還殘存著少年氣息的容貌，總是苦思不解般的眼神。高中在學時短短十天的離家出走，想必也是為女友癡狂的結果吧。

現在，南鄉想起半年前的刑務官會議。純一拒絕與教誨師會面，被問起理由，他的回答是「不想依靠宗教，想自己思考」。這在負責二二九號的矯正處遇官看來，是受刑人的狂傲。會中也討論了不服管教的懲處，但因南鄉的反對而否決。因這件事，南鄉才會開始注意三上純一。

而後來從身分簿上得知的奇妙偶然，成了決定性的關鍵。

高三時純一的離家出走——他在那樁強盜殺人案發生時，正帶著女友在同一塊土地上。

最終確認結束了。對於人選，他已毫無疑問。

南鄉在菸灰缸裡按掉菸蒂，把桌上的電話拉過來。他打電話的對象是東京都內一家律師事務所。

「我這邊準備得差不多了。」南鄉低聲告訴對方。「這一、兩天內就會搞定。」

2

離開松山監獄到抵達東京，只花了四個小時。但是在這段短短的時間內，出獄的喜悅一波接著一波不斷湧上來，讓純一連喘口氣的時間都沒有。

純一首先感到驚訝的，是收容自己的監獄圍牆之矮。沒想到高五公尺的水泥牆，看起來竟然這麼矮。從裡面看的時候，明明就昂然矗立，一副要擋住整片天空的樣子。

還有，街道的寬敞也讓他大開眼界。搭計程車前往機場途中看見的松山市區，每一棟大樓都像要壓過來似地，壓迫感十足。前一天舉行的最後出獄教育也帶他們來到市內，但才過了一夜，印象就為之一變。要是直接回東京，不知道會怎樣？

到了機場，辦好登機手續，俊男便問：「要喝點酒嗎？」

純一搖搖頭，立刻回答：「我想吃甜的。」

兩人進了咖啡店，點了花式布丁和巧克力聖代。

父親用難以言喻的神情，注視著狼吞虎嚥地吃這些甜點的兒子。

肚子填飽了，四周的年輕女子便顯得特別醒目。現在是六月，是女性穿著清涼的季節。從走出咖啡店到坐上飛機，純一都必須把雙手插在口袋裡，微微弓著身走路。

坐上飛機後，卻出現腸子打結般的腹痛，害得他狂奔廁所好幾次。看來是近兩年都以麥飯為主食、只攝取最少卡路里的消化器官，因為剛才的甜點攻擊而引起恐慌。即使如此，純一還是很高興。能夠單獨在個人空間排便，沒有任何人看守，真像做夢般。

在羽田機場降落後，父子轉乘電車前往大塚。這個車站位於以環狀行駛於東京都內山手線的西北方。熱鬧的鄰站池袋在徒步範圍內。

純一還沒看過他們在那裡的家。半年前透過父母的來信，才知道他們搬家了。但純一刻意不問是怎樣的房子，留下來做為出獄後的期待。在陌生之地生活，對想拋開過去重啟人生的純一而言，似乎可以讓他的未來不那麼淒慘。

走出大塚車站的收票口，純一眺望眼前的圓環和放射狀延伸而出的道路。銀行、商務飯店、大眾餐廳等林立，來往的行人也很多。看到充滿活力的街道，純一雀躍不已。

但是，跟在俊男走了五分鐘，可能是進入住宅區，忽然給他一種四周靜悄悄的感覺。再走約十分鐘，沉重苦悶的心情便攫住了純一。他心生疑問：我該不會漏了一個重大的問題吧？然而他的內心深處可能早就發覺——如此的自責也興起了，不知不覺他變成低著頭走路。

隨著家越來越近，話也越來越少的俊男，總算說話：「下一個轉彎就到了。」

還來不及猶豫，兩人便轉彎。純一眼裡看到的是發黑的灰泥牆。長期受到風吹雨打，牆面浮現了條紋狀的污漬。沒有大門，面對馬路那扇小小的門，宣告那裡就是玄關。建坪大概六坪左右吧。總之，這房子要稱作獨門獨棟，實在是太簡陋了。

「來，進去吧。」俊男眼也不抬地說。「這就是你要住的家了。」

純一當下決定以體貼父親的心情為重：要裝作毫不在意地走進玄關。純一順利完成了這一步。

「我回來了。」他邊說邊開門，一進門眼前就是廚房，正在盛沙拉的母親幸惠回頭。

她雙眼皮的眼睛因為期盼已久的喜悅而睜得大大的。圓臉，眉毛與眼睛十分靠近，顯得意志堅強的眼睛，直接遺傳給兒子。

「純一。」幸惠雙手在圍裙上擦著，緩緩走到玄關口。在這短短幾步路上，眼淚不斷落下。

純一因母親蒼老許多的模樣感到震驚，但沒顯露在臉上。

「謝謝媽。」純一說，「我總算回來了。」

親子三人的慶祝會，不到傍晚五點就開始了。一樓三坪房間的矮桌上，有牛肉、烤魚、中華料理，光主菜就有三種。

純一對於不見小他八歲的弟弟明男感到奇怪，但決定不問，等父母主動開口。

俊男和幸惠一開始話都不多，像是不知該對身負前科的二十七歲兒子說什麼。三人有一句沒一句地聊著，話題總算在純一的未來上有了著落。

純一認為明天起就可以在父親的工廠「三上模具」工作，但父母建議他先休息一週。純一也就依了他們。他並不是想無所事事地閒晃，而是看到這老舊的新居之後，發覺父母有些隱情並沒有告訴他。

吃過飯，幸惠帶他到二樓。爬上嘎吱作響的陡峭階梯，便是被短短走廊隔開的兩間日式房間。

一打開拉門，看到安排給自己的一坪半房間時，純一僅存一絲出獄的喜悅，便消失殆盡了。房間的大小和監獄的單人牢房一樣。

「房間很小，不過還可以吧？」幸惠以開朗的聲音問。

「嗯。」純一點點頭，放下從松山提來的運動包包，在已經鋪好的寢具上坐下。

「這個房子啊，看起來不怎麼樣，住起來很舒適呢。」門口的幸惠笑著說，「因為老舊，所以不必保養，要打掃的地方也不多。」

但是隨著話越說越多，她的語氣便與表情背道而馳，變得逞強。

「離車站很遠，也不用怕吵對吧？買東西只要走個十五分鐘就有商店街。日照也不錯。」幸惠頓了頓，然後喃喃地說，「雖然比之前的家小了些。」

「媽。」純一改變了話題，因為他擔心又會看到母親的眼淚，「明男呢？」
「明男搬出去了。自己住公寓。」
「能不能告訴我住址？」
幸惠遲疑了一會兒，把弟弟的住址告訴了他。

純一拿著抄有住址和地圖的紙條，在下午六點多出門。
因為時近夏至，天還沒黑。即使如此，一個人走在街上還是令他感到不安。他覺得來往的車輛速度飛快，還有就是假釋出獄者特有的問題。假如在三個月後刑期期滿之前，犯了罰金刑以上的罪，純一就要被送回監獄。就連違反交通規則都不行。規定隨時隨身攜帶的「聯絡卡」，通稱「前科者卡」，在襯衫胸前口袋似乎特別沉重。
弟弟住在須轉乘電車離家約二十分鐘的東十条。是一幢兩層樓的木造公寓。爬上外梯，敲了敲最後面那個房間的門，裡面傳來冷漠的「來了」的回應。是一年十個月沒聽到的弟弟聲音。
「明男？是我。」
純一隔著門說，弟弟在門後似乎停止了動作。
「可以開門嗎？」
有一小段沉默。然後，門開了一道小縫，露出了像父親略有些寒酸的臉。
「幹嘛？」明男瞪著他說。這是弟弟真的動氣時會出現的表情。
純一猜想他生氣的理由，感到退縮，但仍問：「我想找你談談。可以讓我進去嗎？」
「才不要。」

「為什麼？」

「我才不要讓殺人犯進來。」

純一的視野模糊了，體會到無可挽回的、失敗時的絕望感。純一不知道該不該直接打道回府，但那就太不負責任了。

這時，傳來有人上樓的腳步聲，好像是其他房間的房客回家了。明男的眼中閃現畏懼之色。弟弟抓住純一的肩膀，把他拉進房間，匆匆關上門，然後說：「我不想讓鄰居看到我和殺人犯在一起。」

純一沒說話，望著弟弟沒有隔間的三坪大住處。看似從大型垃圾回收場撿來的矮桌上，散落著大學入學考的參考書。其中有一本是攤開的，說明了明男剛才正在念書。

但是，為什麼是大學入學考？純一感到奇怪。

明男順著哥哥的視線看，冒出一句：「我高中退學了。」

「咦？」純一吃了一驚，回想兩年前自己出事時的記憶。「你不是只差半年就畢業了嗎？」

「我在學校怎麼可能待得下去。我可是殺人犯的弟弟。」

將哥哥拉進房間時那畏懼的眼神。純一在暈眩中，勉強繼續站在那裡。他不能走。明男一定會毫不顧忌地把一切都說出來。

「你為什麼要搬出來？」

「因為爸叫我放棄大學去工作……所以我就想靠自己賺學費。」

「你在打工？」

「在倉庫做分類。拚一點，一個月可以賺十七萬。」

純一下定決心，提起核心部分。「家裡……爸媽沒錢了？」

「廢話。」明男加強語氣抬起頭來，「你不知道因為你殺了人，大家有什麼下場？你不知道損害賠償有多少嗎？」

案發後，被害者的父親佐村光男向純一及其雙親要求支付慰撫金和損害賠償。後來，雙方的律師協商，應該簽了和解書才對。將一切談判委任給父母的純一雖聽說簽了約，但父母並沒有告知他詳細的和解內容。父親信上說「什麼都不用擔心」，他就相信了。

在監獄裡收到那封信時，純一才剛從禁閉室出來。他和與他相沖的刑務官爭辯，被送進惡臭沖天的小房間，雙手被皮手銬固定著，關了一星期。那是一場殘酷的體驗，他要像狗一樣把嘴湊到放在地上的餐具吃飯，直接就地便溺。在思考能力麻痺時收到了父親的那封信。就是在那時候，他漏掉了重大的問題。

「賠償金額是多少？」

「七千萬。」

純一說不出話來。他在監獄裡的木工廠每週工作四十小時，工作了一年八個月，收入是六萬圓。而且獄方因這些勞動所得的收益，全都充入國庫，不會用來賠償被害者。

弟弟對默不作聲的純一一股腦兒地說：「之前的家的借地權[2]賣了三千五百萬，車子和工作機械兩百萬，然後向親戚到處借錢籌了六百萬……可是還欠兩千七百萬。」

「這麼多錢，怎麼還？」

2　日本的借地權指的是以擁有建築物為目的的地上權及土地租賃權。

「每個月每個月在還得起的範圍內還啊。媽說要二十年才還得完。」

純一閉上眼睛，想起母親蒼老了許多的臉。母親是懷著怎樣的心情離開多年來住慣的家？搬進那又髒又舊的房子時，會感到多麼淒慘？自己唯一的母親，為兒子所犯的重罪惶恐驚懼，想起幸福時一家團圓的過往，暗自哭泣。

「你哭什麼哭。」明男推了哥哥一下。「全都要怪你，不是嗎？你以為哭，人家就會原諒你嗎？」

純一什麼話都說不出口了。他垂著頭走出弟弟的房間。走在天色已暗的公寓走廊，只想著，在回到父母親身邊之前，一定要把眼淚收起來。

3

東京霞關的中央合同廳六號館。

在法務省刑事局的一角，來自檢察廳的局付檢事正要結束「死刑執行起案書」的撰寫。這是在審查足足占滿一個文件櫃的龐大紀錄之後，所做出的總頁數達一百七十頁的結論。

死刑確定犯的姓名，叫做樹原亮。年齡與局付檢事相同，三十二歲。

只剩下結論部分尚未著手，檢事身體靠著椅背，在腦中搜索，確認是否有所遺漏。這項作業至今他不知已重複了多少次。

檢察官獨占公訴權，手中握有強大的權力，但同時，犯罪人從調查到行刑完畢為止都是他們的職責。尤其是死刑，更必須要嚴正審查，因此他所製作的死刑執行起案書，接下來還要接受五個部署、十三名官員的裁決。

十三名。

對這個數字皺起眉頭的檢事，數了數從宣布死刑判決到執行為止，要經過多少手續。結果是十三道。

十三階。

想起這個絞刑的代名詞，局付檢事深深陷入諷刺的感慨中。明治時期以來，日本的死刑制度史上，從未製作過有十三級階梯的死刑台。唯一的例外，是為了處死戰犯而建的巢鴨監獄絞刑台，但那是美軍建造的。日本以往的處刑台是十九階，但由於死刑犯爬上樓梯時經常發生意外，不得不改良。現在採用的是「地下絞架式」，在蒙起眼睛的死刑犯脖子套上繩索後，地板一分為二，讓犯人往下墜落。

但是，十三階存在於意想不到之處。局付檢事被指派的工作，相當於其中的第五階。在死刑執行之前，還有八階。死刑確定犯樹原亮，將在毫不知情的情況下，一階又一階，爬上死刑台的階梯。推測他將於三個月後爬到最上面一階。

「結論」

局付檢事開始敲電腦鍵盤。

「根據以上各點，認定本案無停止執行、再審、非常上訴之事由，無比照情狀予以開赦之餘地。」

打到這裡，檢事的手停下來了。樹原亮的案子很特殊。他在腦中審視是否有可疑之處，但於最終確認所做出的結論是，依照法律，不得不判處極刑。心中雖殘留著一點疙瘩，但這並不具有證據能力。

他寫下起案書的最後一個句子。

「因此請示高等法院頒布死刑執行。」

出獄的第二天早上，純一前往霞關的官廳密集區。目的是到保護觀察所報到，去見保護觀察官與保護司。

前一晚直到天亮都睡不著。後來雖然迷迷糊糊睡著，但早上七點就醒了。那是身體被訓練出來的監獄生活規律。即使如此，他為沒有早點名而感到幸福，心情稍微開朗了些。從弟弟那裡知道的事情，他想先保持沉默，等父母主動提起。

一家三人的早餐也沒出問題。純一目送父親去工廠上班，準備好之後出門。

純一進了觀護所的等候室，在磁磚地數排椅子中找了一張坐下。除了純一，還有十來名男子無所事事地坐著。坐了一會兒，純一才想到在會客室裡的人全是處於觀護中的前科者，竟忘了自己的立場，嚇了一跳。

這時，有人叫「三上」，只見一個穿著灰色西裝的中老年男子走進來。

「久保老師。」迎上前去的純一，在熟悉感中望著比自己稍矮的保護司。

久保隸屬於豐島區保護司會。被選為純一的保護司之後，進行了名為環境調整[3]的工作，幫純一完成了假釋出獄的必要條件。當時他不遠千里前往松山監獄，因此與純一已見過面。

「來，我們進去吧。」

在久保沉穩的聲音催促下，純一還來不及好好問候，便走進了保護觀察官室。房裡有辦公桌，姓落合的四十多歲保護觀官在那裡等著。

落合壯碩的體格與黝黑的膚色給人專制的印象，但一開口，便知他是個實事求是的實務家。他要純一再確認過一次假釋犯的應遵守事項，又告訴他「不可隨便更動職業」、「離現居地兩百公里或三天以上的旅行，要請求許可」等特別遵守事項。然後，也不忘恩威並施。

「遇到有前科的人，有時警方會採取不必要的強硬態度。」落合說，「但是如果你遇到不合理的事，儘管告訴我。我會盡一切方法來保障你的人權。」

純一聽到這番和善的話吃了一驚，不由得看向保護司久保。久保似乎在說沒錯般，微笑點頭。

「但是，」落合繼續說道，「要是你違反了遵守事項，或是犯了罰金刑以上的罪，我就會二話不說把你送回監獄。」

感到恐怖的純一又去看保護司。久保再一次說沒錯般，微笑點頭。

「對了，和解書上的條件都完成了嗎？」

落合的問題讓純一驚訝地抬起頭。「您是指錢嗎？」

「還有另一個條件……令尊令堂沒告訴你嗎？」

「還沒有詳細說。」

「才剛回來嘛。」久保平靜地幫他說話。

「是嗎？」

3　日本為使假釋後的前科者順利更生與重回社會，假釋前會針對該名罪犯假釋後的居住與就業環境進行調查調整的先行作業，稱為環境調整。

視線落在眼前文件上的落合，略加思索後說：「經濟上的負擔，由令尊令堂承擔了。關於這方面，今後要請你們一家人好好商量。其他非你做不可的事，就是向被害者家屬道歉。」

聽到這句話，純一的心一沉。

「到千葉縣中湊郡拜訪佐村光男先生，向他道歉。」然後，了解純一經歷的保護司加上這句話，「就是你高中時和女友離家出走的地方。你應該不陌生吧？」

必須回到那個地方。光是想到這點，純一便背脊一陣涼。

本來語調輕鬆愉快的落合，可能是注意到純一臉色發白，驚訝地看了他一眼，改變語氣，「我想你大概不太想去，但這是義務。無論在法律上，還是道義上。」

「我明白了。」純一回答，只想著要馬上去找她。

位於旗台的精品店都沒變。站前的商店街。薰衣草色的塑膠雨遮上，以散開的緞帶般曲線，寫著「時尚精品　莉莉」的空心字。

沒看到她的身影，於是純一先到馬路對面的咖啡店坐下，喝著甜甜的咖啡歐蕾。

不久，一輛輕型車停下來，她從駕駛座下車。牛仔褲配T恤，外罩著牛仔布的圍裙。頭髮變短了，但左右搖晃的細細劉海還是和以前一樣。而且雪白柔軟的臉頰，給人矇矓印象、失去力量的黑色眼眸都沒變。

看到好久不見的木下友里，純一覺得她憔悴的感覺和母親很像。

友里從車廂裡把紙箱卸下，搬進店裡後，和櫃枱裡的母親交談。

純一把咖啡歐蕾的杯子放回櫃枱，來到馬路上。為了停進停車場，輕型車的引擎尚未熄火。

這時友里出來了。她馬上朝純一的方向看，似乎是立刻發現了純一。

「我回來了。」

一聽到純一這麼說，吃驚的友里便一副泫然欲泣的表情。然後，她朝旁邊店裡的母親瞥了一眼，迅速坐進車裡。

純一以為她在躲他，但並不是。車裡的友里招手示意他坐進前座。

純一一坐進去，輕型車隨即開走。

兩人一時無言。友里開過車站，讓車行駛在幹線道路上。

「我在電視上看到了。」友里終於開口，「一開始根本不敢相信……純竟然會做那種事。」

純，是她用來叫純一的暱稱，只有她會這麼叫他。

「我的事上新聞了？」

「不只新聞，連八卦節目都在播。說什麼不良少年長大了如何如何……一臉蠢相的播報員謊話連篇。簡直是存心要把純塑造成壞人。」

在社會大眾眼裡，那就是自己真實的樣貌吧。純一感到痛苦的屈辱。如果沒有媒體，弟弟明男應該就不必在乎周圍的眼光，能夠高中畢業才對。

「友里怎麼樣？」純一兜圈子問，「老樣子嗎？」

「嗯。我啊，從那個時候起，時間就停止了。」友里悲傷地說，「隨時都回得去。回到十年前那時候。」

「沒有好轉嗎？」

「嗯。」

因為太過失望，純一將視線從她的側臉移開。
「對不起。不過，我想以後無論發生什麼事，我都變不回以前的自己了。」
純一沒說話。應該道歉的是他。他還沒有道歉，可是他已經說不出話來了。
握著方向盤的友里，似乎是要把車開往純一兩年前住的家。她還不知道他們搬家了吧。
望著熟悉的街道，純一想起高中的時候。清早的慢跑，心無旁騖地跑過靜悄悄的住宅區，一直跑至看到店門口鐵門還沒拉開的友里家再折返，光是這樣就很幸福。但是單程要跑二十分鐘的距離，現在開車連五分鐘都不到。長大後，失去的就是多餘的時間。
「那邊就可以了。」接近地方工廠並陳的一區時，純一說道。他不想看到充滿回憶的昔日的家。
友里無言地將輕型車靠人行道停。
「那我走了。」
純一下了車說，友里面向他，帶著寂寞的語氣說：「純和我已經結束了。」
純一接下來走了五分鐘的路。不僅沮喪消沉，無從發洩的性欲在體內糾結。
他帶著沉重的腳步，才走進住宅與地方工廠錯落而居的一區，便遇到熟面孔。是在出事之前，他常去的一家文具店的阿姨。
純一想起阿姨曾為他寫減刑請願書的事，想向她道謝。然而，對方一看到純一便露出驚愕的表情，就地僵住。純一腦海裡浮現的感謝的話，頓時消失無蹤。
阿姨露出客套的笑容，只說了句「純一，好久不見」就邁開腳步。這時純一沒有漏看。對方連轉身這幾秒鐘都等不及，臉上已經變成恐怖與厭惡交織的表情。

沒有像純一這麼好的青年了——

阿姨在減刑請願書裡是這麼寫的。

假如真的出了事，我認為那是不幸的意外——

阿姨寫的那一串心口不一的謊話，直接被採用做為審判的證據。

那場審判是錯的。純一的想法更加強烈了。法官所宣布的判決，等於什麼都沒有制裁。但是儘管他這麼想，卻不知道該如何是好。純一怕遇到認識的人，低頭抬眼，張望著四周向前走。

如今，前科這個重擔壓在他的雙肩上。重回社會似乎比他預期的更難。區公所、檢察廳裡的罪犯名單，以及警方用電腦管理的犯罪資料裡，都記錄了三上純一這個名字，以及所犯的罪狀。他是個有前科的人。

忽然間他好想大叫、好想砸碎停在路邊車輛的擋風玻璃。之所以能勉強按捺住這樣的衝動，是因為他有清楚的自覺，知道自己正站在危險的分歧點上。要從陡坡滾落很容易，難的是走在平坦的道路上。在這條路上，將純一視為殺人兇手而退避三舍的人，正作勢要朝他丟石頭。

但只有友里不同。純一無意間發現這一點，稍微感到一絲溫暖。只有友里正確地看待純一。她知道無論是在命案前後，他都沒變。也許幾年後回過頭來看，剛才與友里走過的短短路程將會是難忘的回憶。他想著想著，走到了父親的工廠。

「三上模具」的外觀沒變。預鑄的平房，鐵門的入口。

一進去，只見父親正在桌前整理傳票。兩年前，這是女職員做的工作。

「純一。」一抬起頭來的俊男驚訝地說，「你怎麼來了？」

「我想工作。」

「是嗎？」俊男邊說、邊朝敞開的門外看。

純一猜想，也許還沒準備好吧。有前科的兒子要在這裡工作，大概必須先知會一下左鄰右舍。

「對了，剛才有人打電話來要找你。」

「誰打來的？」純一正要這麼問，卻把話吞了回去。因為他在十五坪的作業場後方，發現了一樣與老舊地方工廠不相稱的裝置。外覆玻璃的框體，與下方裝設的淡奶油色面板。最尖端的工作機械，正是在純一出事的那一天，他去展示會下定的機械。

濱松町的盤商。

同一天遇見的，佐村恭介。

兩年前的記憶一湧而上，純一閉上眼睛。

「那是做什麼的機械？」

忽然間一個突兀的聲音響起。

純一被拉回現實，回頭一看。門口站著一位中年人，戴著帽簷頗寬的黑帽。男子頭一偏，露出促狹的笑容，摘下帽子。一看到那張威嚴的臉，純一立刻反射般立正，差點就要自報號碼。

松山監獄的首席矯正處遇官露出和藹的笑容，走進三上模具。然後對俊男說：「不好意思，我是剛才打過電話的南鄉。在松山帶過純一。」

「謝謝您遠道而來。」俊男惶恐地行禮。

「抱歉，嚇到你了。」南鄉對純一說。

純一對以刑務官為業的人竟說出道歉的話大感吃驚。「南鄉老師，您怎麼會來？」

「別叫我老師。」南鄉討厭強制規定受刑人喊的尊稱。「我來辦點事。」

難不成是要取消假釋？純一感到不安。但只見南鄉愉快地環視作業場，再次問道：「那個很氣派的機械是做什麼的？」

「那個叫光造形設備系統——」純一站在寬一公尺、高兩公尺的巨大水槽前。裡面裝滿透明的金黃色液態樹脂。「只要在旁邊的電腦輸入資料，就能做出立體塑像。」

南鄉直率地顯露疑惑，「什麼？」

刑務官來做什麼？要早點知道他前來的理由，先決條件似乎是要說明光造形設備系統的概要。「例如把南鄉老師，不，南鄉先生的臉，把資料輸進去，就會做出一模一樣的塑膠假人。」

「也就是說，用我的照片就能做出半身像？」

「三次元的資料會比照片好。」純一以不予否定的方式回答。「就算是平面的資料，也只要在電腦裡做出凹凸就可以了。雷射光會依照形狀讓液態樹脂凝固。」

「哦？」南鄉像是發現玩具的小孩般，雙眼發亮。「連鼻毛都能做得出來？」

「如果是這台機械，最小可以做到一百微米。」

「這樣啊。」南鄉滿面喜色地回頭對純一說，「好厲害，你竟然會用這麼棒的機械。」

純一總算注意到南鄉的用心了。他問起最尖端的工作機械，大概是為了稱讚純一吧。

解除了警戒心的純一對南鄉的親切感到高興，便老實招認：「可是，其實我還沒有用過。因為這是出事當天訂購的機械。」

「是嗎？那運氣真是不好啊。」南鄉遺憾地說，轉向俊男，「可以借用一下您兒子嗎？我積了不少話要說。」

「請、請。」純一的父親笑顏逐開，「請多多給他指導。我本來就想讓他休息個一週。」

「我這身打扮，你一定很驚訝吧。」

在咖啡店面對面坐下，南鄉便笑著摘下帽子。

「當了刑務官，身上就免不了殺伐之氣。所以私底下我會盡量打扮。」

純一細看刑務官，他穿著花色雅致的襯衫，顯得很自在。在監獄外見到的南鄉，有著粗獷與灑脫兼具的奇妙存在感。剃得短短的頭髮，和其下頻繁活動的細眉。對於中年男子竟顯出不可思議的可愛，純一大為驚訝。沒想到光是脫掉繡了金線的制服，樣子就會差這麼多。

向女服務生點了兩杯咖啡後，南鄉開口說道：「你一定很奇怪，不知道為什麼我會來吧？」

「是的。」

「你放心，不是什麼壞事。其實我是來拜託你一件短期工作的。」

「短期工作？特地從松山來？」

「松山是調派。我是川崎人，就在東京旁邊而已。」

「原來是這樣啊。」

「刑務官的調派太多了。」南鄉為難似地搔搔頭，「我想拜託你的工作，期限是三個月。也就是在你的保護管束結束前的這段時間。內容是幫忙律師事務所。」

「具體上要做些什麼？」

「還死刑犯清白。」

純一無法立刻明白這句話的意思。

南鄉或許是在意旁邊的客人，略略壓低聲音重複說道：「還死刑犯清白。怎麼樣？願不願意和我一起試試？」

純一呆住了，望著刑務官的臉。覺得此刻兩人相對而坐的小咖啡店，突然成了失去現實感的虛構世界。「意思是說，要救無辜的死刑犯？」

「對。趁著還沒被處死之前。」

「南鄉先生也要做這份工作？」

「是啊。如果你肯答應，就是我的助手。」

「可是，為什麼要找我？」

「因為你正好被假釋。」

「被假釋的，還有田崎啊。」純一提出打死未婚妻的監獄同梯的名字。

「他是不會更生的。」有二十八年老經驗的刑務官說，「他只是依照法律條文被放出監獄而已。一衝動，一定會再犯。」

這麼說，南鄉是看好純一一定會更生嗎？從過去友好的態度看來，他對純一有好感這點，應該沒錯。

「對了，你去向被害者的家屬道歉了嗎？」

話題突然改變，讓純一有些不知所措。「還沒有。我想這兩、三天內過去。」

「好。到時候我也去。」

「南鄉先生也去？」

純一訝異地問，南鄉雙手放在桌上，探過身來。「剛才提到的死刑犯的案子，就發生在千葉縣中湊郡。和你是有緣的地方吧？你離家出走的地方、被害者的老家都是那裡。」

純一驚訝得說不出話。對南鄉提議的工作興趣頓時煙消雲散。他不禁反問：「那個案子是什麼時候發生的？」

「十年前的八月二十九日。就是你和女友被輔導的那天。」

純一忍住暈眩，認為這是懲罰。是上天給他的，名為偶然的嚴懲。

「如果你肯答應，就要在那住三個月。保護司那邊我會去談。這是律師事務所的工作，再正當也不過了，並不會違反應遵守事項。」南鄉不解地望著遲疑的純一，然後改變話題，「令尊令堂付給對方家人的賠償負擔很重吧？」

純一抬起頭，警戒心再度升起。南鄉因職務之便，了解純一的一切。無論是身世，還是家庭經濟情況。

南鄉似乎為自己的狡猾感到慚愧，低下頭，有些顧慮地加上下面這些話：「介入你家的私事，我很抱歉，但這份工作的報酬不能小覷。三個月的津貼，每人三百萬，也就是每個月一百萬。除此之外，其他必要經費最多也可以用到三百萬。若是能夠翻案，成功報酬是一千萬。」

「一千萬？」

「對，一人一千萬。」

純一想起雙親。父親埋頭整理以前讓不到二十歲女職員整理的傳票。母親一下老了許多，總是哭喪著臉。兩人以證人身分出庭，在兒子這個被告人面前，哭著向法官請求赦免。

面對淚盈於睫的純一，南鄉顯得有些不知所措，但仍以說服的口吻繼續說：「怎麼樣？我不想用贖罪這種字眼，但這是救人一命的工作，而且還能賺錢。我想，沒有理由拒絕。」

若是成功的話，待償的賠償金金額就會減半。而且救了無辜的死刑犯，或許社會的眼光也會改變。純一腦中浮現雙親驕傲地看著兒子的模樣。

就看自己的決定了。只要他有勇氣，再度踏上那片令人作嘔的土地……

「我明白了。」純一說，「我願意。」

「是嗎？」南鄉的臉上露出一絲微笑。

純一勉強擠出笑容，說：「也許這是最適合殺人犯更生的工作。」

「你會更生的。」南鄉一臉正色，喃喃自語般說道，「我保證。」

第二章　案件

1

天一亮，南鄉便離開兄嫂所住的川崎市老家，前往最近的車站武藏小杉。在那裡租了車，依照前天和純一約好的，開車前往上了中原街道很快就會到的旗台。

早上六點五十分，來到純一告訴他的站前大馬路，有一家清早便營業的咖啡店，純一已經在裡面了。

「等很久了？」

聽到南鄉的聲音後，望著窗外的純一便轉過頭來。

「沒有。不好意思，約在這種地方。」

「哪裡，很近，很方便。」

南鄉到櫃枱去買了麵包當早餐，在純一面前坐下。眼前這個年輕人穿著沒有花色的白襯衫和綿長褲。看得出用皮帶把褲頭勒緊，想必是監獄生活讓他掉了不少體重。穿便服的純一顯得比穿囚衣時更可靠。

即使如此，南鄉還是感到納悶，為何他總是一臉心事重重的樣子？他知道前科犯要重回社會並不輕鬆，但他兩天前才剛出獄，表情應該會更開朗些。

這時，純一的表情突然有所改變。隨著他的視線看，馬路對面有一家叫「莉莉」的服飾精品店。鐵門打開了一道縫，一個年輕女孩從下面鑽出來。她赤腳趿著涼鞋。大概是準備早餐時發現缺了東西，要到附近的便利商店吧。純一望著她背影的眼神，有著少年凝視單戀對象的熱切。

白皙的年輕女子與純一年紀相當。也許是前女友。純一的案子中，證人並沒有年輕女子，可能是出事的同時，兩人的關係就結束了吧。

南鄉為他嘆息，但這種事實在是無法勉強的。犯了罪的人，也以無可挽回的形式破壞了自己的環境。

早餐在想不出該說什麼中吃完，南鄉帶著純一走出咖啡店。

南鄉預估到中湊郡是單程兩小時的車程。他握著方向盤，把車子開上橫越東京灣的道路。要進房總半島時，純一結束之前的閒談，問道：「等一下會告訴我案子的詳細情況，對吧？」

「對。」

「南鄉先生怎麼會接到這份工作？」

「今年初春，我到東京出差時，遇見一位認識的律師。所以算是被挖角的。」

「可是，沒問題嗎？一個當刑務官的人，去證明死刑犯的清白。」

「你擔心我啊？」南鄉笑著沒正面回答，但覺得很高興。「你放心，我很快就不當刑務官了。」

「咦？」純一顯得很驚訝。

「現在是把多年來沒休的假休掉。休完後就正式退休了。因為在退休前都算是義工，所以這次的工作不會違反公務人員法。」

「可是為什麼要退休？」

「原因很多。對工作的不滿啦，還有家裡的事。真的，原因很多。」

純一點點頭，沒再追問。

南鄉換了話題。「對了，另一件事，你做好心理準備了嗎？」

「嗯，算是吧。」純一沒自信地說，「領帶和西裝外套我也帶了。」

「很好。」南鄉給等一下會相當難熬的純一建議，「向被害人道歉，重點只有一個，就是能展現多少誠意。也許對方會把氣出在你身上，但千萬別慌，要在言語和態度上表現出歉意。」

「是。」純一無力地說，「不知道我行不行。」

「只要你真心感到抱歉，就不會有問題的。」

可是南鄉沒聽到回答，便瞥了純一一眼，問：「你有在反省吧？」

「有。」

南鄉本想說聲音太小，但因為這裡不是監獄便作罷了。

接下來的一個多小時，車行順利。從國道進入鴨川收費道路，橫越房總半島後，終於看得到太平洋了。他們的目的地中湊郡，是夾在勝浦市與安房郡之間、人口不到一萬的地區。延伸至海岸的山地下方，僅有的一點點平地上住家與商店林立。這裡的基礎產業雖是漁業，但除此之外，海水浴場、服務觀光客的設施——飯店、餐飲店、遊樂中心等一應俱全。雖然規模都很小，但人們生活上該有的都有了，整個城鎮沒有衰退，持平發展。中湊郡還算有活力。

車子的路線從鴨川市改為行經海岸線朝東北前進，在海風吹撫下，穿過安房郡，進入了中湊郡。

坐在前座的純一，靠著抄有住址和地圖的紙條，引導車子前往被害人家。在國道右轉，穿過熱鬧的繁華街道後，就是佐村光男的家。在商店街與住宅區的交界處，一棟木造房屋獨自孤立般佇立。面向馬路的一樓雨遮部分，掛著「佐村製作所」的招牌。

純一繫領帶時，南鄉從停好的車窗觀察佐村光男的家。木製拉門後，穿著工作服的年輕男子正面向車床。被害人沒有兄弟，所以那應該是佐村製作所的員工。視線移往作業場後方，南鄉看到金黃色發光的水槽，感到意外。那不就是他在純一父親工廠裡看到的同一類機械嗎？命案相關的文件他不知看了多少次，但加害者與被害者家裡是同行，卻是新的發現，這巧合也真是諷刺。

用後照鏡整理好衣領的純一下了車，穿上西裝外套。大概是出獄之後沒時間準備吧，那身打扮給人不協調的感覺。但南鄉認為這樣反而強調了展現誠意的意願。

「怎麼樣？」純一不安地問。

「沒問題。對方一定能感受到你的誠意。去吧，加油。」

純一離開車子，一邁開腳步，聽到腳步聲的佐村製作所員工，便回頭看向純一。純一以眼神招呼，緩緩走近入口。

他記得佐村光男的長相。被害者的父親曾以檢方的證人身分出庭，流著淚請求法官「請嚴懲被告」。他說「我的寶貝獨生子，再也回不來了」。

不知有多少次想回頭，但純一還是努力走到了入口。然後問員工：「請問佐村光男先生在嗎？」

「在……請問您哪位？」

「我叫三上純一。」

「請稍等。」員工讓車床停止運作，走進後面與住處相連的門。

等候期間，純一望著製作所的設備。比父親的工廠高了好幾級。大概是用三上家給的賠償金擴充機材的吧。這裡的光造形設備，無論是價錢還是性能，肯定都比三上模具的好上十倍。

這時，他聽到怒吼般叫「三上」的聲音。

純一還來不及戒備，佐村光男便出現了。以髮油梳平的頭髮，寬大的額頭下一雙炯炯大眼，具魄力又精力十足的樣子，和法庭上看到的一模一樣。

光男一看到純一，便當場站住。從他嘴裡發出一句「你出來了」，凶狠的聲音聽起來像詛咒，也像威脅。

「我在松山的監獄服刑贖罪回來了。」純一立定不動，擠出事先想好的話，「我不敢認為這樣就能得原諒，但至少應該來向您賠罪。真的很抱歉。」

純一深深鞠躬行禮，等對方發話。但是什麼都沒聽見，搞不好對方會一腳踢過來。那段短暫的沉默所充斥的緊張氣氛，強烈得讓純一這麼想。

「把頭抬起來。」光男終於說話了。從他發抖的聲音，聽得出他正拚命努力壓抑他的憤怒，「我好好聽你道歉。進去吧。」

「是。」

純一走進佐村製作所。員工大概猜想到是怎麼回事，怯怯地看著他們倆。

光男把純一帶到製作所後方，要他坐在那裡的辦公桌前。他自己也坐了，但又沉吟地站起來。純一感到不安，不知道他要做什麼。光男用放在牆邊的電熱水壺泡了茶，把茶杯放在純一面前。端茶給加害者，一定也需要堅強的意志力吧。

「不好意思。」純一惶恐地道謝，「真的很對不起。」又再三賠罪。

光男瞪也似地望著他好一會兒，問道：「什麼時候出來的？」

「兩天前。」

「兩天前？怎麼沒有馬上來？」

「因為我昨天才知道和解書的內容。」純一老實回答。

聽到這句話，光男泛油光的額頭爆出血管。「要是沒有簽約，你就不來道歉了，是不是？」

「不，不是這樣的。」純一連忙說，但心想被說中了。我根本沒錯，本來起頭的就是你兒子。

光男再度陷入沉默。好像要利用沉默來折磨純一一樣。純一一心想早點解脫，又行了一禮。

「我知道無法平息您的憤怒……真的很對不起。」

「關於和解書，」光男開口了，「我可以理解你父母的誠意。我們是同行，我知道要籌出那樣一筆慰撫金和賠償金有多辛苦。這我知道。」

光男的語氣聽起來，好像是在說給自己聽。一定是當著純一的面，正與內心的憤怒死戰。

「好了，喝個茶吧。」光男這麼說，感動了純一。從得知父母的窘境那時起，「竟然要求那麼一大筆賠償金」的不甘心情一直在純一心中蠢動。但是冷靜想，一切都要歸咎於自己的行為。光男顯示的小小親切，好像為純一頑強的心開了個風洞。

「那我就不客氣了。」純一小聲說，端起茶杯。

「老實說，我再也不想看到你。只是現在，既然都這樣碰面了，我希望你做一件事。」

「什麼事?」純一怯怯地問。

「走之前,我希望你到佛壇前拜一下。」

十分鐘後,純一總算走出了佐村製作所。他筋疲力盡,連走到停在馬路對面的車子都嫌累。打開前座車門一鑽進車裡,便嘆了好大一口氣。

「怎麼樣?」駕駛座上的南鄉問。

「總算順利結束了。」

「那真是太好了。」南鄉慰勞地說,發動了車子。

兩人繞到大眾餐廳,吃了點東西。純一把他與佐村光男會面的情形告訴南鄉。但是,看到佐村恭介被放在佛壇前的遺照時,他的心情卻不是言語可以形容的。因為純一的暴力而從世界上消失的佐村恭介,在相框裡對他微笑。二十五歲年輕人的笑容,與出事時那陰狠的表情截然不同。

這個人已經不在這個世界上了。一這麼想,純一便腦袋一片空白。他不知道自己該做何感想。一直以來不斷在心中反覆的自憐與正當化,以及對命運的死心全消失無踪,無能為力的空白,讓純一周章狼狽、不知所措。

聽完純一的話,南鄉說:「往後,你也不能忘記他家人的憤怒。因為這個案子裡最痛苦的,不是你,而是被害者和他的家人。」

「是。」

「很好。這樣就算是告一段落了。接下來要全力投入工作。」

南鄉拿著帳單站起來,走向櫃枱付了兩個人的帳。他要了收據,應該是為了向律師事務所報帳吧。

一想到工作已經開始了，純一便打起精神。但是要替死刑犯翻案，真的是可能的嗎？

2

離開大眾餐廳十分鐘後，南鄉所開的車已經越過國鐵鐵軌，進入了靠內陸的山區。接下來就變成一條窄路。生鏽的護欄後方樹林茂密，擋住本來應該看得見的中湊郡全景。

轉過一一出現的彎度極大的彎道，他們去的地方，停著一輛白色轎車。

「那就是雇主。」南鄉說，緊貼著白色轎車後方停車。

兩人甫下車，一位身穿西裝的男子從轎車裡出來。年紀五十多歲，老舊的領帶隨風擺動，濃眉下是好幾道因不斷堆笑而刻下的皺紋。

「久等了。」

南鄉的招呼讓男子臉上的皺紋做出堆笑的形狀。「哪裡，我也才剛到。」

「這就是三上純一。」南鄉介紹，「這一位是律師，杉浦律師。」

純一行了一禮。「請多指教。」

「彼此彼此。」杉浦應該知道純一是前科者，但至少在態度上完全看不出來。他和南鄉閒聊了一會兒，才問純一，「三上先生還不了解案件的詳情吧？」

「是的。」

「很好。在白紙狀態下告訴你是最好的。南鄉先生會將審判資料交給你，請你事後參考。」

杉浦說，視線移到柏油路上。「那麼，我依序說明案發的經過。那是十年前一個夏天的晚上。現在兩位站著的地方，倒著一名男子。」

純一不禁後退幾步，看著柏油路面。

「是一場機車車禍。一名男子身旁倒著一輛撞上護欄而嚴重損壞的機車——」

一九九一年八月二十九日下午八點三十分左右。

住在中湊郡磯邊町的教師宇津木啟介，帶著妻子芳枝，開著輕型車行駛在山路上，前往年老的雙親居住的老家。不巧正下著雨，但由於是熟悉的道路，他沒特別小心。

然而，來到距離老家三百公尺的前方，他差點壓過一個倒在路上的男子。大吃一驚的宇津木夫妻飛奔下車，趕到那名男子身邊。

男子痛苦呻吟，因此他們立刻知道他還活著。有一輛越野機車被拋在後方，宇津木啟介直覺認為是機車事故。

經後來的勘驗所了解到的車禍狀況是，機車以七十公里左右的時速行駛，轉彎不完全，擦撞護欄摔倒，騎士被拋離機車撞擊地面。

對於此時的狀況，由宇津木啟介作證的重要事實成為後來審判爭論點，「倒地的男子沒有戴安全帽，一眼便能看到他頭部出血。」

宇津木夫妻立刻上車，想到前方的老家打電話叫救護車。因為當時手機尚不普及。

然而，夫妻兩人趕到老家，看到的卻是雙親遭到大型凶器襲擊慘死的屍體。

「換個地方吧？」
杉浦律師說完後，坐進車裡，領著南鄉開上山路。
三百公尺前方、柏油路的盡頭，有一間木造平房。
那裡便是命案場，宇津木耕平家。看來案發後便被棄置，庭院裡雜草叢生，每扇窗戶都沾滿灰塵。即使在明朗的日光下，這幢小小廢棄平房仍散發出慘淡的氣氛。
「要進去看看嗎？」杉浦不經意地說，準備跨過道路與民宅邊緣拉起的鐵鍊。
「請等一下。」純一不由得制止他。
「怎麼了嗎？」
「有進去的許可嗎？」
「別擔心，沒有人會來的。」
「不，我不是這個意思……」
「啊，對。」南鄉插嘴。然後似乎是為了顧及純一，簡短地說，「他還在假釋中。」
然而杉浦似乎還不了解狀況，「所以？」
「萬一事情變成侵入民宅，他就會被送回監獄。」
「啊，對，是這樣沒錯。我這個律師倒是糊塗了。」
杉浦的臉上露出不以為意的笑，讓純一對他心懷敵意。
「那麼，我在這裡說明吧。」杉浦縮回已經跨進民宅範圍的那隻腳，繼續說，「這棟房子的隔間是一進玄關，右側就是廚房和浴室，左側是客廳和寢室。老夫婦被殺害的地方是緊鄰玄關左邊的客廳——」

宇津木啟介與芳枝抵達老家時，家裡亮著燈，玄關的拉門也是打開的，因此啟介一進屋，就拿起放在鞋櫃上的電話。

芳枝則是想趁丈夫打電話叫救護車的時間，向公公、婆婆解釋情況，便走進去。然而拉開紙門，看見倒在房間兩端的兩具慘遭殺害屍體。

在芳枝尖叫時，啟介也目睹了慘案現場。他扔下通報到一半的話筒，奔入雙親倒地的客廳。查看屍體的狀況，老父、老母顯然早已死亡。

回過神的啟介回到電話旁，還是為雙親叫了救護車。要掛電話時才想起機車車禍，於是又要求出動另一輛救護車。

二十分鐘後，三輛救護車與臨時派出所的巡查趕到了。又過十五分鐘，勝浦警察署的第一組搜查人員趕到。震撼南房總的強盜殺人案，就此開幕。

現場鑑識與驗屍的結果，得到了下述事實。

命案現場的民宅門窗都沒有強行打開的跡象，因此研判兇手是從玄關入內、在客廳行凶。

被害者是六十七歲無業的宇津木耕平及妻子康子。耕平原本是當地國中校長，退休後於七年前從事觀護義工，擔任保護司。死亡推定時刻為晚間七點左右。從兩人全身的創傷看來，推定凶器是斧頭或柴刀等大型利器。致命傷是砍傷頭部的一擊，衝擊力道極強，使兩人的腦連同頭蓋骨完全遭到破壞。耕平似乎曾與兇手短暫打鬥，因他的雙臂有無數防禦性傷口，而這些傷痕也顯示了大型利器的破壞力。被一刀兩斷的四根手指散落於現場各處，左下臂只靠一條筋肉組織垂掛在手肘上。

由會同勘驗現場的宇津木啟介作證，被害者的存摺、印鑑及有提款卡在內的錢包被帶走了。其他房間也留下被翻動的跡象，但兒子、媳婦確認的便只有這幾樣東西。

辦案人員將重點放在命案現場往下三百公尺處發生機車車禍的青年樹原亮。當時二十二歲的樹原因少年時期的不良行徑及二十歲過後引起的輕微竊盜案事，正接受保護管束處分。而負責他的保護司，便是被害者宇津木耕平。

一得知這層關係，辦案人員立刻前往為樹原亮進行急救的醫院，並在樹原的持有物中，找到內有宇津木耕平提款卡的錢包。不僅如此，經過鑑定，樹原的衣物驗出了三個人的血液。分別屬於出車禍的樹原本人，以及兩名被害者。

狀況很明顯。樹原進了認識的保護司家，殺害宇津木夫妻後，掠奪財物，騎機車逃走。然而途中轉彎不慎跌倒，諷刺的是，竟然是由被害者的家屬發現。

結果，樹原亮在住院中以強盜殺人的嫌疑遭到逮捕，傷勢復原後便遭到起訴。

「案情差不多就是這樣。」杉浦律師說完，叼了一根菸。

「嫌疑不確實嗎？」純一問，「有其他證明他沒有涉案的證據嗎？」

「首先——」杉補點了菸才開始說話，「看了一審的紀錄，沒有任何爭議之處。樹原運氣很差。公設辯護人沒有幹勁。」

純一不禁看著杉浦問：「沒有幹勁？」

「是的。這是常有的事。」杉浦若無其事地說，「審判這種事全看運氣。被告人遇到的辯護人、檢察官、法官，這些人的組合會左右判決的結果。這純粹是傳聞，聽說被告如果是年輕美麗的女子，男法官會輕判，女法官就會嚴罰，因為這也是自由心證啊，哈哈。」

純一不理杉浦的笑，低頭沉思。以傷害致死罪審判自己的法庭，又是如何？

「回到原來的話題，」杉浦繼續說，「二審才開始對一審的死刑判決產生疑問。新的辯護人鍥而不捨地追究兩個疑點。首先是被帶走的印鑑和存摺，還有凶器，都沒有找到。關於這一點，案發後警方便立刻發動搜索，結果──」

杉浦律師來到宇津木家門前的馬路，指著通往山中還未鋪設的林中小路。「從這裡進去三百公尺左右的地方，發現了鏟子。是從被害者家的倉庫拿出來的。換句話說，兇手可能在逃走前，曾經先到山裡，掩埋了證據。」

純一問：「可是，埋凶器就算了，連印鑑和存摺也埋，不是很奇怪嗎？」

「辯護人也抓住這一點。但檢方的反駁是，被告認為只要有提款卡就能提取現金。」

南鄉說：「這有點牽強吧？」

「是啊。但是鏟子四周殘留的輪胎痕，確實是樹原的機車的。」

「也就是說，他到與逃走路徑的反方向掩埋證據，是為了擾亂調查？」

「他們是這麼認為的。」

純一問：「結果，存摺和印鑑，還有凶器，都沒找到？」

「對。警方分析了附著在鏟子上的土壤，做了相當大範圍的搜索，卻什麼都沒找到。但是，鏟子上的土壤和機車輪胎上的泥，果然是一致的。樹原的機車確實曾到過棄置鏟子的地點。」

杉浦停頓一下，讓純一和南鄉在腦子裡有時間整理，才繼續說：「第二個疑點，是在車禍現場被發現的樹原沒有戴安全帽的這個事實。根據身邊的人作證，樹原騎機車時一定會戴全罩式安全帽。那是遮住長相的絕佳工具，為何偏偏在他犯強盜殺人的這一天沒有戴？」

南鄉想了想，說：「有第三者？」

「是的，辯護人是這樣主張的。車禍發生時，機車上有兩個人，是坐在後面的人搶了樹原的安全帽去戴。所以發生車禍時，並沒有受到致命的損傷。」

「然後，獨自逃走。」

「是的。車禍現場四周雖然是陡峭的斜坡，但長了很多樹木。只要攀住樹幹，是可以徒步爬下去的。」

純一問：「警方沒有調查腳印之類的嗎？」

「調查了。但是當天下雨，因此就算有那樣的痕跡，也找不到了吧。不過，這第三者的說法也有強力的反擊。」杉浦有所顧慮地說，「行凶後，被害者的戶頭沒有被提領現金。換句話說，假如有第三者帶走了印鑑和存摺，為什麼不用？都為了這個殺了兩個人了。」

純一與南鄉都沒說話。二審中辯方和檢方火藥十足的情況似乎就在眼前。但是結果——

「二審被駁回，最高法院也是上訴駁回，後來聲請再審也被駁回，死刑判決確定。」

「請等一下。」純一發現漏了一件重要的事，「剛才有第三者的說法，遭到逮捕的人怎麼說？他沒說後面有沒有載人嗎？」

「這個案子最特異的地方，就是這一點。」杉浦頓了一下才說，「被告人因為機車車禍的衝擊，喪失了行凶時刻前後數小時的記憶——」

樹原亮在車禍中所受的傷，是四肢的撞傷、右頰皮膚近乎剝落的擦傷、頭蓋骨骨折及腦挫傷。腦內血塊後來手術清除，頭部及顏面的骨折也復位，其餘的傷勢都順利復原了。

然而，車禍留下了令辦案小組困擾的後遺症，樹原完全失去案發當天下午五點後的記憶。

對於樹原供稱沒有犯案時刻前後四小時的記憶，警方持疑，認為他極可能是裝傻。刑警們想盡辦法問出自白，但樹原堅持他什麼都想不起來。

被告的記憶喪失，在後來的審判中也成為爭論點。因為若是裝病拒絕供述，在量刑方面會產生差異。但是法官根據醫療相關人士的證詞，推定被告的記憶喪失是實情。換句話說，法官採信了這樣的證詞：人類在頭部受到撞擊時，確實可能發生「逆行性失憶症」，不僅意外發生瞬間，甚至也會失去在那之前的記憶，這並非罕見病例，而是常見於交通意外的患者。

但這推定只是推定，因為逆行性失憶症發生的機制目前尚不明瞭，而腦器質性的變化也缺乏客觀的觀察。沒有任何物證可以證明樹原亮確實是喪失記憶。

「問題就在這裡。」南鄉接著說明，「沒有記憶這件事，就代表無法反駁檢方所主張的犯罪事實。更進一步地說，因為沒有記憶，也可以視為接受了死刑判決。」

「怎麼說？」

「因為量刑基準。是這樣的，強盜殺人時，若被害者只有一人，不會判處死刑，而是判無期徒刑。但是當被害者多達三人以上，幾乎可以確定會判處死刑。」

「微妙的是，像這個案子，有兩名被害者。」杉浦律師說，「這種情況無論是無期徒刑或死刑都有可能。但對受刑的人而言，就真正是生死之別。逃過死刑獲判無期徒刑的話，依法服刑十年，重回社會的路就會打開。」

純一輪流看了看兩人，說：「所以這和這個案子的有無記憶，有什麼關係？」

「就是悔改之意。」南鄉說，「法官是否判處死刑最重要的理由，便是被告人有無流露悔改之意。」

關於悔改之意，純一熟得不能再熟，因為這在他受審時也成為問題。但是，當時只具有左右幾個月刑期的意義，並非死刑或無期徒刑這麼重大的分水嶺。

純一提出了一直存在心中的疑問：「所謂的悔改之意，別人真的能判斷嗎？犯了罪的人是否由衷反省，從外表看得出來嗎？」

「由過去的判例看來，判斷基準很多。」杉浦律師露出微笑說，「好比在法庭上流的淚、對家屬賠償金額的多寡、在看守所裡做佛壇每天祭拜。」

「被殺了以後再被拿來拜，被害者也不會高興吧。再說，假如以這些來判斷，那不是對有錢又愛哭的人比較有利嗎？」

純一激動地反駁，南鄉顯然感到不可思議。

「這麼說就太過分了。」他平靜地責備純一之後，又加上一句，「但的確不能否定是有這一面。」

「話題回到樹原的記憶喪失，」杉浦說，「由於他本人沒有記憶，所以沒有所謂的悔改之情。因為他連自己是否下手都不記得。他本人有把握的，就是除了失去記憶的那幾個小時，他對宇津木夫妻從來沒有殺意，就只有這一點而已。」

南鄉說：「實在很諷刺。即使是以相同的犯罪被起訴，只要供認罪行再顯示悔改之意，也許就不會被判處死刑了。」

純一再次思索自己不到兩年的刑期。他也剝奪了別人的性命，但純一的性命並沒有受到威脅。強盜致死與傷害致死，同樣是剝奪別人性命的犯罪，但量刑卻有這麼大的差別。

「逆行性失憶症這一點，在判決確定後也變得十分不利。」杉浦說，「死刑犯能夠採取的救濟手段，有再審請求和請求赦免兩種，赦免是承認自己的罪行再乞求赦免，所以沒辦法走這條路。」

「那麼，剩下的辦法就只有聲請再審？」

「是的。過去三次的聲請再審全被駁回，第四次也被駁回了，而現在正在進行抗議第四次駁回的即時抗告。但是這個遲早也會被駁回的吧。我們想請南鄉先生和三上幫忙的，便是為第五次聲請再審蒐集證據。」

純一挺身而出，他開始認真想救這位名為樹原亮的死刑犯了。他也認為如果不是自己背負著前科，可能不會如此同情死刑犯。

「可是沒時間了。判決確定後，已經過了將近七年，所以樹原隨時可能被處死。危險的是，現在的再審聲請被完全駁回的那一瞬間。」

「那麼，您的意思是說，就算我們找到了無罪的證據，也有可能在第五次聲請再審之前行刑嗎？」

「是的。我認為這次來找我的委託人便是考慮到這一點，才會訂下三個月的期限。」

「委託人？」南鄉顯得很意外，「這次的工作不是杉浦律師提出的嗎？」

「哦，我還沒告訴你啊。」杉浦露出客套的笑容，「我只是轉達委託人的要求而已。委託人想為死刑犯平反，希望有人幫忙蒐集證據。」

「所以才選我們做為執行部隊？」

「就是這麼一回事。」

「我就覺得以杉浦律師開的工作而言，報酬太高了。」南鄉半開玩笑地露出笑容，但眼角仍殘留著對杉浦的一絲懷疑，「那麼，這位委託人是什麼人？」

「這是祕密。我只能說，是一位匿名的善心人士，一位反對死刑制度的熱心人士。」

即使如此，南鄉似乎還是感到懷疑，杉浦便圓滑地說：「報酬金額兩位應該滿意吧？」

「是啊。」南鄉一臉厭煩地點頭，「還有沒有我們不知道的事？」

「有一件。現在，許多團體都在進行支援樹原亮的活動，也就是反對死刑制度的民眾。但是希望兩位避免與這些團體接觸。」

「原因是？」

「支援者雖然絕大多數都是以善意為出發點的義工，但其中也有些思想極端的人。若這些人與蒐證有關，聲請再審的審查就會變得更嚴。」

純一無法接受這番說明。「無論是誰蒐集的，證據就是證據不是嗎？」

「沒辦法這樣，正是日本社會的難處啊。」杉浦以抽象論來規避問題，「總之，兩位的活動請千萬保密。」

「可是我必須向保護觀察官和保護司報告。」

「這個沒問題，因為他們對你有守密的義務，消息不會從那裡洩露出去。」

南鄉問：「杉浦律師從以前就支援樹原嗎？」

「不，這是頭一次。」

看南鄉皺起眉頭，杉浦趕緊打圓場般說：「是這樣的。現在，樹原有別的律師，支援活動是以這位律師為主軸進行的。可是其中一名支援者，這次特別來找我，恐怕是在支援團體內感到意見不同，決心單獨採取行動吧。」

「原來如此。」南鄉說，鼻子哼了一聲後嘆口氣。然後，像是切換好心情般地說，「好了，」露出開朗的神情問純一，「要從哪裡著手？」

南鄉問他的意見，純一雖然高興，但也沒有頭緒。「該怎麼做呢？」

「最後還有一件事。」

杉浦插嘴說，所以不只純一，連南鄉也板著臉回頭看律師。

杉浦緊張不安地說：「這次讓委託人採取行動的關鍵，就是樹原亮想起一部分失去的記憶了。」

「部分記憶？」

「是的。樹原說，在他想不起的那將近四小時內的某一個時間點，他正在爬樓梯。」

「樓梯？」純一反問。

「嗯。一面害怕著自己可能會死，一面爬樓梯。」

3

杉浦律師坐進白色轎車下山後，純一和南鄉還留在當場，看了宇津木耕平家好一陣子。

時間是下午一點半，開始傾斜的日光，讓四周的新綠逆光浮現。在淡淡陽光中佇立的木造民房，看起來有如被時光遺留的古代遺跡。

「真奇怪。」南鄉終於說，「這房子是平房啊。」

「嗯。沒有樓梯啊。」

「總是要取得家屬許可，到裡面去確認的。」南鄉環視四周。宇津木家前面唯一的一條路，一邊是通往靠海的鬧區，另一邊是通往理應埋有證據的山中。「總之，要找有樓梯的建築物。」

「關於樹原先生恢復的記憶，」純一問，「會不會太模糊了？只想起對死亡的恐懼和自己踩在階梯上的腳。」

「你是說，他竟然想不起這以外的光景？」

「不能去見本人，問詳細一點嗎？」

「沒辦法。死刑犯完全與社會隔離。能見他的只有律師和部分親屬而已。在確定死刑的那一刻，就等於從這個世上消失了。」

「連擔任刑務官的南鄉先生也見不到嗎？」

「見不到。」南鄉略加思索後說，「同樣是死刑犯，在最高法院確定判決之前還見得到。總之，這方面我們只能靠自己想辦法。」

「南鄉先生認為呢？樹原亮是清白的？」

「這是可能性的問題。」南鄉面露為難的笑容，「從剛才聽到的訊息可以推測出四種可能。首先是樹原亮單獨犯案，也就是審判是對的。其次是有第三者的說法，但如果樹原亮是共犯，死刑判決也不會更動。但是，如果第三者是主犯、樹原亮是從犯，就會減刑到無期徒刑以下。」

以上三種假設，每一種都把樹原亮當作罪人。純一想賭第四個假設。

「第四種是第三者單獨犯案。去找保護司的樹原亮遇到了強盜，強盜威脅樹原，要他幫忙處分證據和逃走，但他們卻在下山途中發生了車禍。」

「安全帽的事，不就證明了這一點嗎？假如一開始就是兩人同夥的話，應該會有兩頂安全帽才對。」

南鄉點頭，但提出疑問：「可是，為什麼強盜沒有在車禍現場殺死樹原？他很可能被樹原看到長相了啊。」

「大概是認為不管他就會死了吧？機車車禍現場要是有一具他殺的屍體，對兇手而言應該更不利。」

「很可能。或者是車禍才發生，宇津木夫妻就經過現場。」

「您的意思是沒時間殺他吧。」

「對。所以嫁禍於他，只留下內有提款卡的錢包。」

純一對合理的推論感到滿意。

「還有，我覺得奇怪的就是，存摺和印鑑不見這一點。不管怎麼想，和凶器埋在一起都很奇怪。我覺得還是以車禍後第三者帶走比較自然……可是兇手為什麼沒有領錢？」南鄉說。

「怕銀行的監視錄影機？」

南鄉笑了。「會這樣想的人，一開始就不會去搶存摺啊。」

「啊，也對。」

「總之，既然相信第四種假設，就要找出樓梯。我覺得消失的凶器應該會在那裡。搞不好其他證據也是。」

對此純一也有同感。強盜在行凶後押著樹原，將他帶到某個有樓梯的地方，強迫他幫忙掩埋證據。強盜一定是認為即使在機車車禍之後被樹原供出來，警方也會認為證據是依照他的自白找出來的。

但是，純一忽然注意到一件事。所謂的樓梯，一般都是在室內，與用鏟子挖洞的行為應該無關。

「我們先回東京。」

南鄉說，朝車子走去。純一跟著走，提出最後的問題：「剛才的杉浦律師，可以信任嗎？」

「所謂的律師，就是為了讓人信任而存在的啊。」南鄉笑著說，但隨即加了一句，「不過，這純粹是理想論就是了。」

南鄉特地把純一送到他大塚的家，大概是想和即將共事的夥伴多少培養一點感情吧。確認過次日的準備事項之後，南鄉便回川崎的哥哥家去了。

純一一面和父母吃晚餐、一面告訴他們律師事務所的工作確定了。一如他的期待，俊男和幸惠都睜大了眼睛為他高興。尤其是松山監獄的首席矯正處遇官來找他的這一點，似乎讓父母親的喜悅和安心都加倍。看著兩人的笑容，純一對找上自己的南鄉再次充滿感謝。

一家圍桌的晚餐雖然簡樸，但在開朗的氣氛中，純一胃口大開。關於高額的報酬，純一還沒有告訴父母。接下來三個月的工作可以有三百萬的進帳，假如能救樹原亮一命，還有一千萬。那時他要把那筆錢原封不動地交給父母。

第二天起有兩天的時間，純一忙著為工作做準備。帶著在監獄工作所得的六萬圓，採買替換衣物和盥洗用具等物品。

然後到保護司久保老先生家，繳交要提交給保護觀察所的「旅行申請書」。

顯然久保已經接到南鄉詳細的報告，滿面笑容地說：「保護觀察官落合先生也很高興。這是很了不起的工作，你要好好努力。」

「是。」純一也報以笑容。

同一時間，南鄉也去找了杉浦律師、回中湊郡等，忙著四處奔走。

南鄉考慮了可申報的必要經費上限，想在這三個月的停留期間租一間公寓。一開始他想找中湊郡的房仲，但又重新考慮了地點。這個地方住著純一犯案的被害者家屬，若是佐村光男和純一照面，不能保證不會發生意料外的麻煩。

最後，南鄉決定在車程約十分鐘的鄰市勝浦市租屋。這時他又稍加考慮，為了給純一一個房間，租了兩房的公寓。這是他的一番父母心，為的是讓才剛出獄的純一稍微過點像人的生活。公寓附帶浴室，房租一個月五萬五。和一房的公寓相比，包括禮金在內要多花十萬圓經費，但應該在容許範圍之內吧。

處理好這些雜務後，最後南鄉前往位於東京都小菅的東京看守所。樹原亮應該就被收容在那裡的新四舍二樓的死刑犯牢房，但他當然見不到。南鄉的目的是他在長期調派生涯中認識的刑務官。

南鄉找其中一人，那是在福岡看守分所曾任南鄉部下的岡崎看守長。他等岡崎下班，邀他到近的居酒屋，南鄉要私下拜託。

「要是有執行的動靜，能不能馬上告訴我？」

一聽南鄉如此悄聲地說，小他七歲的後進便愣住了。岡崎看守長在升官的階梯上爬得比南鄉快，現在就任企畫部門的首席矯正處遇官。假如樹原亮的「死刑執行指揮書」送到看守所，這個職位是最快知道的。當然執行方面必須嚴正守密，但南鄉認為岡崎的沉默應該另有理由。

「當然，我不會洩露出去。你只要告訴我就可以了。」

南鄉再三拜託，岡崎悄悄環視四周後微微點頭，「好吧。」

「抱歉了。」

岡崎大口喝酒，「因為我真的受了南鄉先生很多照顧啊。」

聽到這句話，南鄉的心情也變得沉重。

告別後進，回到川崎的老家已超過十二點。

南鄉將從哥哥家中帶出來的鍋碗瓢盆、棉被墊被等，堆進租來的喜美汽車。

準備完畢。

南鄉先喘了一口氣，然後抬頭看夜空，想排解鬱悶的心情。南方天空的星星被雲遮住，看不見了。

梅雨季就快來臨了。

第三章　調查

1

出發到南房總的那天早上，會合的地點仍是旗台的咖啡店。

先進店裡的純一，等南鄉到了之後吃完早餐，坐進塞滿家用品的本田喜美。前往中湊郡的路徑和上次一樣。

「剛才那家服飾精品店，是你女朋友家？」

車子一開動，南鄉便問，純一嚇了一跳。這也是南鄉因擔任刑務官培養出來的獨特直覺嗎？

「就是那家叫『莉莉』的店啊。」

今天早上沒看見友里。純一認為這是和南鄉增進了解的不錯話題，便在能說的範圍之內回答：「是的。高中時一起離家出走的女朋友。」

「離家出走？」南鄉顯得很驚訝，「十年前那個？」

「是的。」

「你們還一直有來往？」

「嗯……不過就只是普通朋友了。」

「正妹？」

「我是這麼認為。」

南鄉笑了。

純一改變了話題，「南鄉先生為什麼會當刑務官？」

「跟我說話不必用敬語啦。」南鄉說完，打方向盤切進前往橫越東京灣的道路，才開始談自己的身世，「我老家是開麵包店的，吃飯雖然不成問題，但如果要讓孩子上大學，就只供得起一個。所以我爸媽便想，那生一個孩子就好。」

南鄉在這裡頓了頓，說：「可是，生下來的是雙胞胎。」

純一不禁看了看南鄉。「那麼，川崎老家的哥哥就是？」

「和我長得一模一樣的雙胞胎哥哥。」

純一笑了。

南鄉也笑著說：「一聽到我有個雙胞胎哥哥，每個人都會笑。這是為什麼呢？」

「你說呢？」

「總之，這下要讓哪一個上大學就成了大問題。結果，我爸決定，看誰考到的大學比較好，就讓他升學。於是我哥進了大學，我就只到高中。然後當了一年無業遊民。就在那時，來我家買麵包的法官很不負責地說，來當刑務官如何。」南鄉一面說、一面動著細眉，給人輕鬆愉快感。「一問之下，原來刑務官的社會，意外是個公平的世界，學歷不會影響升遷。就算只有高中學歷，也能爬到矯正管區長這個最高的位子。」

儘管待過監獄，純一卻不知道這些。「真好。」

「是啊。所以我就一心以刑務官為目標。我那時候還好，但現在可是錄取率只有十五分之一的窄門。薪水方面，也比其他公務員優渥。」

既然如此，為什麼南鄉還要辭掉刑務官的工作？純一感到不解，但沒多問。

「然後我那個去上大學的哥哥，至今仍覺得虧欠我，所以一有什麼，就會想補償我。」南鄉朝塞滿了棉被、電鍋等東西的後座揚了揚下巴，「連這些都借我了。這個哥哥很不錯吧？」

「嗯。」純一點點頭。本來想說因為他和南鄉先生長得一模一樣，但覺得這樣很像在拍馬屁，就沒說了。

車行順利。氣象宣布今天進入梅雨季，但也只是陰天，沒有要下雨的跡象。

車子一進入房總半島，可能是看時候差不多了吧，南鄉要純一取出後座的包包。「裡面有手機和名片，你要帶在身上。」

純一照吩咐，取出印有自己名字的一疊名片和手機。名片上印著「杉浦律師事務所　三上純一」，以及事務所的住址和電話。雖然他對那個律師沒有好感，但這樣一看，就覺得身為前科者的自己有了強而有力的後盾，膽子也大了些。

南鄉把自己的手機號碼告訴他，交代說分頭行動時，要靠這個來聯繫。「還有，裡面有個信封袋吧？」

純一往包包裡一看，有個厚厚的標準信封。

「裡面有二十萬，是零用金。如果是用在私人用途，就從月底的報酬扣；如果是必要經費，要記得要收據。」

「好的。」純一把鈔票放進錢包，收進後口袋。

兩個半小時的車程結束，國道沿線開始出現稀稀落落的人家。他們已進入中湊郡。

「幫我在地圖上找出這裡。」

南鄉給他的字條，潦草地寫著「宇津木啟介」和一個住址。十年前命案的第一發現者的家，就位在中湊郡最熱鬧的城鎮，磯邊町靠海的一角。

嶄新的兩層樓建築，便是被害者兒子、媳婦的家。和四周的住宅相比，也大了一號。因為命案現場的宇津木耕平家那麼破舊，這幢新屋的壯麗更加令人意外。

一下車，南鄉便問：「我們看起來像律師事務所的人嗎？」

純一看看他們的服裝。南鄉的打扮照例像個剛逛完舶來品店的大叔，而純一也好不到哪裡去，身上穿著十足年輕人風格的休閒襯衫和長褲。

「忘了把服裝也考慮進來了。」南鄉說，摘下寬簷帽丟進車裡。純一也撫平襯衫的縐紋，和南鄉一起走向宇津木啟介家。

玄關除了精緻的木製門環外，還有對講機。按下後稍候片刻，便聽到有人說「來了」，一個年過五十的女子出來了。

「請問是宇津木家嗎？」

南鄉一問，對方毫無警戒地回答：「是的。」

「宇津木芳枝女士？」

「是的。」

純一注視被害者夫婦的媳婦。她會以微笑迎接陌生來客，一定是因為這裡不是大都市吧。

「我們是從東京來的。」

南鄉取出名片，因此純一也跟著照做。

「敝姓南鄉，這位是三上。」

看了名片的芳枝一臉訝異。「律師事務所？」

「是的。我們冒昧來訪是有個不情之請。我們正在調查十年前的案子。」

芳枝張著嘴，視線在兩人臉上輪流打轉。

「如果可以的話，能不能讓我們看看您公公的房子？」

「怎麼現在還在查？」芳枝以平板的聲音說，「案子應該已經結束了。」

「是沒錯——」南鄉似乎在吞吞吐吐中，改變了作戰方式，「是想請教您一件很小的事，能不能請您告訴我，那房子裡有沒有樓梯？」

「樓梯？」

「是的。只要告訴我這一點就可以了。」

純一了解南鄉的苦心。假如說要為樹原亮翻案，只會徒然刺激被害者的情緒。但是芳枝就連這個簡單的問題都不願回答。「請等一下。」她簡短地說完，便回到屋裡去了。

「果然沒那麼簡單。」南鄉小聲說。

不一會兒，一位高個子男子和芳枝一起出來了。是被害者的兒子，宇津木啟介。啟介已經以狐疑的眼光看著他們。

「我是這裡的家長，有什麼事嗎？」

「您也在家啊。」

「因為今天是研究日。」啟介說完，補充道，「我是高中老師，每週有一天會在家。」

南鄉正想再次自我介紹，但啟介打斷他說：「我聽內人說了，你們為什麼要重新調查？」

「是簡單的事後調查。只想知道令尊屋裡有沒有樓梯。」

「樓梯？」

「是的。那裡看來是平房，但不知道有沒有通往地下的樓梯——」

「請等一下。我的問題是，為什麼要重新調查？」然後啟介不等南鄉回答便直搗核心，「是不是為了犯人聲請再審？」

南鄉萬分不願地點頭。「是的。」

「那麼恕我無法幫忙。」

「既然您這麼說，我們也不能強求。」南鄉只能以不至於失禮的程度巧辯一番，「我們並不是包庇犯罪人……是對審判的判決稍微有點合理的懷疑而已。」

「沒有什麼好懷疑的。」啟介壓迫般俯視南鄉和純一，「是樹原那個不良分子殺了我的雙親。為了一點點小錢，就殺了我父親和母親。」

「您了解審判的經過嗎？例如——」

「不要再說了！」啟介忽然激動不已。「什麼叫合理的懷疑！那個不良分子穿著濺有血跡的衣服、身上帶著我父親的錢包不是嗎？這樣還不夠嗎？」

南鄉和純一承受著宇津木夫婦緊迫盯人的視線，只能站著，什麼都不敢再說。純一深深體會到，對死刑判決提出疑義，是蹂躪被害者感情的行為。其中沒有講道理的餘地。

「你們雙親被殺害過嗎？你們親眼看過那悲慘的現場嗎？」宇津木啟介眼中含淚，是憤怒與哀傷的眼淚。他忽然低下頭，放低音量說，「我發現時，腦漿都從父親的額頭溢出來了。」

接下來的一段時間，沒人出聲，耳邊只有隱約的海浪聲。

視線終於落在地上的南鄉說：「很遺憾。」他的聲音裡充滿同情。「賠償都拿到了嗎？我是指國家對犯罪被害者的給付。」

啟介虛弱地搖頭。「那是個愚蠢的制度，根本一點用處都沒有。我們還在向被告請求損害賠償的時候，時效就過了。」

「時效？」

「是的，過了兩年就無法申請了。根本沒有人告訴我們這種事。」

南鄉微微點頭，說：「我們沒有考慮到您們的心情，就冒昧登門拜訪，真的非常抱歉。」

「你明白就好。我這輩子最後悔的事，就是幫機車車禍叫救護車。要不是這樣，就可以當場把兇手處死了。」

家屬顯露出報應的情緒非常強烈，令純一難以承受。他心中浮現的是佐村光男的身影。當加害者純一前去道歉時，兒子遭到殺害的父親有什麼感想？是此刻宇津木啟介所形容的，對兇手的報復心嗎？但光男連純一的一根指頭都沒碰。那一定需要莫大的意志力。

「所幸法院判了死刑。」宇津木啟介獨白般小聲地繼續說，「即使父母也回不來了，但總比讓兇手苟延殘喘好，但我想你們可能無法理解吧。」

「哪裡。」低著頭的南鄉簡短地回答。

「很抱歉，對你們大吼大叫，但事情就是這樣。」啟介說完，稍稍點個頭後回到房內。

留下的芳枝開口說道：「外子的話也許重了點，但請你們了解，出事後，我們簡直就像生活在地獄裡。警方的偵訊，還有媒體為了採訪，門鈴按到天亮，讓我們連葬禮都無法準備……那些高喊什麼報導自由的人，跟兇手一樣攻擊我們。外子和我都因而搞壞身體住院，但醫藥費當然是自行負擔。可是那個頭部受傷的兇手，國家卻幫他付醫藥費讓他開刀。」

淚水就要從芳枝雙眼滾落，純一移開視線。

「不好意思，我說話沒條理。可是我希望你們能明白，在這個國家，只要一成為凶惡犯罪的被害者，整個社會就會變成加害者。而且，無論把被害者欺負得多慘，也沒有任何人會道歉、會負責。」芳枝帶著厭惡的神情抬頭看他們。「到頭來，身為被害者家屬，我們只好把所有的錯都怪在兇手身上。雖然對兩位很抱歉，但是我希望再審聲請被駁回。」

然後芳枝伸出了手，輕輕關上玄關的門。

純一覺得很不好受，望著被關上的木門，想起芳枝開門時對他們露出的笑容。宇津木夫婦把十年前沉重的記憶推到內心一角，表面上若無其事地過著日常生活。可是純一和南鄉的來訪，卻連他們死命抓住、僅有的表面平靜都給破壞了。

「我們太輕率了。」南鄉說。

純一點頭。

「前途堪慮啊。」

純一再次點頭。

當天下午，純一和南鄉是在勝浦市度過的。他們將家用什物搬進接下來的活動據點，「villa勝浦」公寓的二樓房間。請人來檢查並打開瓦斯總開關，向住在隔壁獨門獨院屋子的房東打招呼，辦好入住手續。

房子有兩坪的廚房和一體成型的衛浴，而且還有兩間獨立的三坪房間。

房間比想像中好得多，讓純一十分驚訝。因為他一直以為他們會在一房的公寓裡打地鋪。要是天氣好的話，分配給純一的房間應該可以看到遠處的海。找房子的苦差事全交給南鄉，讓純一感到過意不去。

「你會做飯嗎？」

南鄉問，純一老實回答：「我會炒飯。」

「看來還是由我來做飯比較好。」南鄉笑著說。「家事共同分擔吧。洗衣服和打掃就交給你了。」

接著兩人去採買食材和雜物，等南鄉著手準備晚餐時，已經是下午五點多了。

「南鄉先生，想問你一件事。」純一坐在榻榻米上看著在廚房忙的南鄉說。

「什麼事？」

「之前提到對犯罪被害人的國家補償……我的案子在這方面結果是怎樣？」

「你是說，佐村光男先生有沒有得到補償，是嗎？」

「是的。」

「他沒有，因為你的父母已經賠償了。也就是說，」南鄉略加思索後才說，「是這樣的，如果收受高於給付金額上限的賠償金，國家就一毛錢也不出了。」

純一在腦中整理這幾句話的意思，然後又問：「給付金額的上限是多少？」

「一千萬。這是法律訂定的人命價錢。」然後南鄉加上一句，「微乎其微啊。」

純一點點頭。在得知父母的窘境後，他對收受了高達七千萬圓賠償金的佐村光男，一直感到很複雜。可是站在被害者的立場來看，這不過是理所當然的要求。考慮到剛才宇津木夫婦所流露的憤怒，佐村光男對純一的態度只能說是寬容。因為相信自己得到了原諒，純一有種過意不去的心情。

自己正在慢慢學習。忽然間純一發覺到這一點，看著南鄉的背影。現在回過頭來看他們去拜訪宇津木這件事，可說是莽撞，但那真的是南鄉太輕率嗎？還是南鄉基於某種教育意義，才特地帶純一去那裡的？

「我房間裡有訴訟紀錄。」南鄉說，「分量相當多，你能不能先看一下？」

「好。」純一回答後，進了南鄉的房間。有一梱用包袱巾包起來、高達十五公分的文件。

「這還只是其中一小部分而已。」南鄉笑著說。

純一不知道從哪裡著手，便隨手翻了翻。

大概在中間的地方，有一審的判決書。

「主文

被告人樹原亮處以死刑。

扣押之一二五CC機車一輛（平成三年押第一八四二號之九）、白色男用襯衫一件（同號之十）、藍色男用長褲一條（同號之一一）、黑色男用運動鞋（同號之一二）予以沒收。

扣押之現金兩萬圓（一萬圓紙幣兩張）（同號之一）、現金兩千圓（一千紙幣兩張）（同號之二）、現金四十圓（十圓硬幣四枚）（同號之三）、被害者宇津木耕平名下之汽車駕駛執照（同號之四）、同人名下之提款卡（同號之五）、黑色皮夾（同號之六）均歸還被害者宇津木耕平之繼承人。」

——這就是樹原亮所接受的判決全文。

被宣告時，被告是什麼心情？純一試著想像。純一自己收到兩年徒刑判決時的恐懼，一定完全無法相比吧。死刑這個字眼一定是在腦中回響，對於沒收、歸還等主文事項聽而不聞。

繼「主文」之後的「理由」，是以B5大小直書的文件，多達二十幾頁。其中的「量刑理由」項目，有一段文章提及了被告的情狀。

「即便斟酌被告因頭部所負外傷，而陷入逆行性失憶症，記憶喪失症狀之情狀，其肇因之事故乃由犯行現場逃走中途所致，且考慮到就結果而言未對被害者家屬進行任何謝罪及補償，不得不說不見絲毫悔改之意。

另一方面，即便考慮被告絕稱不上幸福的生長歷程，但其後的非行經歷及竊盜事件之際已得到的更生機會，難以認定其情狀值得酌情量刑。」

被告生長歷程這幾個字，讓純一想起自己對樹原亮這個人還完全一無所知。翻頁後，在判決書的「應論罪事實」欄裡，記載了他的身世。

樹原亮是一九六九年生於千葉市內。父親不明，五歲時，母親因賣春遭到逮捕，因而被鴨川市的親戚家收養。其後，雖自當地中學畢業，但與收養家庭關係惡劣，又因一再偷竊與恐嚇等非行而受到保護管束處分。成年後來到千葉市內，靠打工維持生計，但又因自工作的速食店收銀機中竊取現金被捕，判決有罪但得以緩刑。這是他第二次受到保護管束處分。此時，由於擔任保證人的小學時代級任老師在中湊郡，他便移居該地。而被指派的保護司便是宇津木耕平。

一年後，樹原因殺害這保護司夫婦而遭到逮捕。

純一發現死刑犯與自己年紀相當。樹原亮比他年長四歲，案發當時是二十二歲。

純一感到奇怪。至今仍未發現的凶器，據推定是斧頭或柴刀之類的大型利器。但是才二十出頭的年輕人會使用那種東西嗎？純一認為，假如是自己，會用刀子。

純一想到不知還有沒有其他疑點，便翻閱訴訟紀錄，打開證據相關的文件。

他首先注意到的是「宇津木」的印章。看來應該是從銀行的開戶印章複印出來的。看那簡陋的字體，可知從犯案現場被帶走的印章，不是印鑑章，而是一般圖章。

下一頁是題為「檢證調書（甲）」的文件。上有勝浦警察署的警官署名與戳章，可知是現場勘驗的報告。說明宇津木耕平家特定位置、周邊狀況等後，在題為「現場情況」的那一項裡詳細記載了房屋的情形。這部分的內容並沒有明記屋內有樓梯。但是，「廚房地板下有儲物空間」這一小句記述，暗示了樓梯存在的可能。於是，純一看了最後所附的平面圖，進了玄關之後右側的廚房地板上，一個方框裡寫著「儲物空間」。但也沒記載有無樓梯。

純一翻到下一頁，想看看有沒有更詳細的說明。這時，意想不到的照片毫無預警地映入眼簾。在血海中斷氣的宇津木耕平的屍體照片。

純一立刻轉移視線，但那悽慘的光景已經烙在腦海裡。

我發現時，腦漿都從父親的額頭溢出來了——

在調整呼吸的這短短時間裡，純一重新思考——看這張照片是自己的義務。於是他再次將視線移到照片上。

那張彩色列印的圖片，記錄著極其鮮明的色彩。淡褐色的腦漿，豔紅色的鮮血，純白的頭蓋骨。純一這才知道，被害者兒子的形容相當含蓄。然後，也知道了他沒有提起母親慘狀的原因。

附在下一頁的宇津木康子的照片，因前額部分遭受巨大撞擊，眼球——

純一的喉嚨發出呻吟聲。人在廚房的南鄉似乎停下動作了，但他什麼都沒說。

純一不禁按住嘴巴，忘了自己所犯的罪，詛咒犯下強盜殺人罪的人。

這不是人做的事。

這是應處以極刑的殘暴行為。

法務省矯正局偌大的會議室一角，坐著三名男子。天花板上一排排螢光燈，像是只照著他們似的，有一半是亮的。

「收到看守所所長的報告了。」參事官說，依序從局長與總務課長的臉看過去。「身分簿的複本明天也會送到。」

局長與總務課長神色凝重，視線落在桌上。參事官心想，無論經歷多少次，這項工作大概永遠都做不慣。

「所長的報告有沒有問題？」總務課長問。

「除了沒有接受教誨之外，沒有問題。」

「沒有接受教誨？」

「是的。就是那個記憶的問題。」

總務課長明白了，點點頭。「沒有印象，是嗎？」

參事官問：「記憶喪失不能做為停止執行的事由嗎？」

「你是說，應該等到當事人恢復記憶？」

「我是認為至少應該提出來討論。」

這時，局長插嘴了。「我認為停止執行並不妥當。或許他真的是記憶喪失，但其後是否恢復，只有當事人才知道。若是他繼續假裝記憶沒有恢復，我們就永遠無法執行了。」

「您的意思是有可能裝病？」

「對。」

參事官心情一沉，讓話題回到報告上。「除此之外，並沒有情緒不安定的報告。」

「很好。」局長說完，與總務課長一同陷入沉默。

參事官一面等兩人開口、一面暗自祈禱死刑犯發瘋。若是處於心神喪失狀態，就會停止執行死刑。若因而被判斷無法復原，那麼在統計上便視為「已畢」，「無法執行」欄上就會多一個「1」。

雖然當事人值得同情，但總比因毫無印象的罪行而被處死來得好吧。至少對參與死刑執行的三十來個人而言，寧願死刑犯發生精神異常。

話說回來，在繼續籠罩會議室的漫長沉默中，參事官心想：為什麼死刑犯能夠保持正常？這是他一直以來的疑問。日復一日，每天早上都要面臨「迎接」的恐怖。抱著限時炸彈而活的、沒有未來的日子。但就參事官所知，死刑犯發瘋的案例極少。其中印象深刻的是一九五一年定讞的女性死刑犯案例。

貧困交加的她殺害了住在鄰家的老婦人，竊取微不足道的金錢，遭到起訴。死刑判決一確定，對於即將死別的親生孩子的依戀之情激增，最後終於發瘋。不斷出現用意不明的言行、入浴時淋熱水等異常行動的結果，她被免除了行刑。雖然撿回了一命，但這個好消息並沒有讓她的精神恢復正常。她一直處於心神喪失的狀態，在療養院終其一生。

每當想起這個案子，參事官都感到難以忍受。因為他可以推測她的犯罪動機是為了想餵飽自己的家人。

「皇室貴族大人、艾森豪大總統、麥克阿瑟大元帥……」當時的門診紀錄記載了她說的話，「都是我的恩人……為了孩子，為了丈夫，賜予我天大的恩惠。」

而且這椿強盜殺人的被害者只有一人。如果是現在，絕對不會被判死刑。參與異教團體的恐怖行動，隨機殺害十二個人的男子，因為自首而獲判無期徒刑，這件事大家都還記憶猶新。為什麼這個人不必被判死刑，五十年前的女被告卻被判了死刑？這豈不是代表刑法以其強制力所保護的正義，其實並不公正？對如此認為的參事官而言，他能夠肯定的，便是當人以正義之名裁決他人時，所持的正義並沒有普遍的基準。

「假如沒有印象，也就沒有訴請赦免了？」局長終於開口了。

參事官從一介國民回到了專業人士。「是的。」

「起案書呢？」

「在這裡。」

參事官遞出剛經由刑事局送來的「死刑執行起案書」。厚達兩公分的文件封面上，蓋著目前為止負責審查的刑事局參事官、刑事課長及刑事局長的決裁印。

「等樹原亮的身分簿送到再來審查。」局長對參事官說，「還有，在我審查結束前，看守所長要持續報告。」

「我明白了。」參事官回答。

2

南鄉一面開車前往勝浦警察署、一面忍著呵欠。昨晚沒睡好，因為隔壁房的純一說了一晚夢話。大概是看了訴訟紀錄裡的現場照片吧，還是自己犯的案子至今仍糾纏著他？

他瞥了前座的純一一眼，他也是一臉想睡的樣子。南鄉不禁笑了，打開窗戶想趕走睡意，然後問純一。

「我很吵嗎？」

「咦？」純一反問。

「據我老婆說，我每晚都會說夢話。」

「南鄉先生的確一直說夢話。」純一笑了。「我也是吧，不是嗎？」

「是啊。」南鄉深深慶幸租了兩房的公寓，否則他們就會變成兩個男人彼此在耳邊整夜呻吟了。

「這是我從以前就改不掉的毛病。」

「我也是。」但純一對說夢話的原因一字不提。「南鄉先生結婚了啊。」

「是啊，有老婆、小孩。不過現在分居就是了。」

「分居？」說完，純一可能不好意思追問，沒再說話。

南鄉決定滿足對方的好奇心。「就快離婚了。我老婆不適合當刑務官的妻子。」

「怎麼說？」

「刑務官不是要住在官方宿舍嗎？就在監獄圍牆裡。」

「在松山的確是這樣。」

「是啊。這麼一來，就會覺得自己好像也跟囚犯一樣。而且都和同行住在一起，圈子自然會變小。有些人一下子就適應這種環境，有些人卻永遠都適應不了。」

純一好像明白了，點點頭。

「而我又有工作方面的壓力。」

「南鄉先生不當刑務官，是為了這個緣故嗎？就是說，為了分居的太太？」

「不光是這樣，不過當然這也是其中很重要的原因。我不想離婚。一想到我老婆，就覺得她在我身邊才自然。」南鄉眼角瞥見純一的微笑，連忙補充，「不是愛得死去活來那個意思。是因為又有孩子，一家子都一直生活在一起。」

「孩子是男生、女生？」

「男生，快十六歲了。」

純一閉上嘴，露出沉思的神情。大概是想起高中時離家出走的事吧。

不久，純一也打開車窗，於是南房總的風便充斥車內。

「南鄉先生不當刑務官，等這次工作結束之後，要做什麼？」

「開麵包店。」

「麵包店？」純一吃驚地看著南鄉。

「之前我說過，你忘了？我老家就是麵包店。」南鄉笑了。「我不只要賣麵包，也要賣蛋糕和布丁，我要開一家小孩子愛來的店。」

純一也愉快地笑了。「店名要叫什麼？」

「南鄉麵包店。」

「不會嚴肅了點嗎？」

「會嗎？」南鄉想了想，感受著臉頰上的海風，問道，「南風的英文怎麼說來著？」

「south wind。」

「就這個。South Wind Bakery。」

「好名字。」

南鄉和純一都笑了，他加上一句：「我要把家人叫回來開麵包店。這是我現在的小小夢想。」

一抵達緊臨漁港的勝浦警察署，南鄉便把喜美停進停車場，獨自下車。因為他認為要向刑警問事情，刑務官的身分比律師事務所的名義更為有利。純一也同意，乖乖待在前座。

進了玄關，在櫃枱詢問刑事課的所在，女警連來意都沒問，立刻就指了二樓。

刑警的辦公空間相當寬敞。在寬闊的辦公空間一角，總務課與交通課相鄰，寫著刑事課的牌子從天花板上吊掛下來。桌數不到十五張。大概都公出了，刑事課裡只有三個人。

南鄉走向後面窗戶旁的課長座位。穿著短袖襯衫的課長正與一名來客談話。

南鄉以目光招呼，等候兩人談話結束。與課長談話的是一名三十多歲的男子，衣領上別著檢察官徽章。和警察相比，刑務官和檢察官的交流還比較多，因此南鄉沒來由地感到鬆了一口氣。

不久，課長抬起眼來問南鄉：「有什麼事嗎？」

「很抱歉冒昧來訪。這是我的名片。」南鄉向與自己年紀相當的刑事課長行了一禮，遞出名片，「我是從四國松山來的南鄉。」

「松山？」課長驚訝地說。隔著眼鏡仔細看名片。坐在一旁的年輕檢察官也好奇地看著他。

「我是刑事課長船越。」對方邊遞出名片邊說，「請問有什麼事？」

南鄉打算以虛實交錯的方式進攻。「其實，是想請教您一件十年前的案子。就是樹原亮的案子。」

一聽到這個名字，不僅船越，連檢察官的表情都變了。在對方的驚訝平息之前，南鄉一口氣把話說完。自己是即將退休的刑務官，曾在東京看守所服務，認識了樹原亮，但「個人」心中有一個小小疑問。

「怎樣的疑問？」船越課長問道。

「現場，或是現場附近，有沒有樓梯？」

「樓梯？沒有。」船越說完，仍向年紀較輕的檢察官客氣地問：「沒有吧？」

「沒有。」檢察官說完站起來，露出友善的笑容遞出名片。「我是千葉地檢管山支部的中森。來就任不久，便負責了這個案子。」

「這樣啊。」南鄉說，心想運氣不錯。

「可是，為什麼會問到樓梯？」

南鄉說了死刑犯恢復記憶，想起樓梯的事，中森與船越互看一眼。

「檢證調書裡記載了地下有儲物空間，那裡面也沒有樓梯嗎？」

「聽您這麼一說，這點倒是不清楚。」

南鄉點點頭，緊接著又提出下一個問題。非一口氣穿越難關不可。「那麼，在法庭上未公開的證據裡，有沒有顯示第三者存在的東西？」

兩個人都定住了。

「再小都沒有關係。」南鄉含蓄地說，但看來這終究是不可能回答的問題。因為這個問題和強迫自白一樣，都是直接指向冤獄發生的可能。在日本的審判中，檢方蒐集到的證據不必全部出示。假如其中有惡意介入，要隱藏證明被告無罪的證據也是可能的。

「南鄉先生好熱心啊。」船越笑著說，「為什麼要問這些？」

「只是心中有一點遺憾。這麼多年來，我看過好幾萬名犯罪者更生。其中，樹原亮是最特別的。」

中森問道：「是沒有記憶這一點嗎？」

「是的。他是因為本身毫無印象的罪受到制裁。這樣的話，要本人悔改也是不可能的。而且也希望自己能心安理得。我想知道樹原亮這個死刑犯，是真的犯了應該處死的罪。」

這句話他是看著中森說的。對犯人求處刑責的，不是警察，而是檢察官。死刑的執行也是由他們指揮。

「您的心情我很了解。」中森說話的語氣顯得很困擾，視線看向年長的刑事課長。

「沒有人隱瞞證據。」船越臉上的笑容已經消失了。「關於樹原亮的案子，調查沒有瑕疵。」

「是嗎？」

「南鄉先生真的是從松山來的？」船越看著給他的名片問。

「是的。」

「不介意讓我確認一下吧？」

「請。」松山那邊他已經提出了假單和外宿單。外宿地點他是隨便填的，但就算被處以記載不實的處分，也只是退休金少了點而已。

「打擾了。」南鄉簡短地說，離開了刑事課。

一回到停車場，便看到喜美的前座旁站著一位制服警官，正和純一說話。南鄉以為警官是來警告任意停車，但發現純一臉色不對。他臉色蒼白，摀著嘴，好像很想吐。

南鄉快步趕到車旁。

「你還好吧？」對前座說話的年長警官，發現南鄉回過頭來。

「怎麼了嗎？」南鄉問。

「他好像不舒服。」警官擔心地說。「你們是一起的嗎？」

「是的，我是他的代理監護人。」

「這樣啊。其實我和三上是老相識了。」

南鄉不明所以，看看警官又看看純一。

「十年前曾經見過。我當時是派駐在旁邊的中湊郡。」

南鄉總算明白狀況了。當年就是這位警官輔導了離家出走的純一和他的女友。

「好久不見，嚇了我一跳。」警官笑了。

南鄉猜想，光是輔導從東京離家出走而來的少年少女，對這位警官而言大概就是一件大事了吧。不過，為什麼純一會臉色發青呢？

「他好像是暈車了。」

「不好意思，讓您擔心了。我來處理吧。」

南鄉這麼說，警官便點點頭。然後對前座的純一說：「以後你也要好好做人。」便走進警察署了。

南鄉坐進駕駛座，問純一：「還好嗎？」

純一喘著氣回答：「還好。」

「暈車？」

「就是忽然覺得很想吐。」

「一看到那位警察先生就想吐？」

結果純一竟然不作聲了。南鄉覺得奇怪，半開玩笑地試探：「想起了和女朋友青澀的歲月？」

純一吃驚地看著他。

「十年前，你不是被那位警察輔導了嗎？」

「大概吧。」

「大概？」

「我記不太清楚了。腦中好像起了霧。」

「沒有記憶啊？跟樹原亮一樣。」南鄉這麼說，但他並不相信純一的話。他直覺純一有所隱瞞，但即使現在問，純一也不會回答吧。他想，應該是青春期特有的尷尬回憶，但有人會因為這樣就感到身體不適嗎？

不久，大概是嘔吐感緩減，純一問：「裡面怎麼樣？」

間。

「白跑一趟。」南鄉說，然後把船越課長和中森檢察官的談話內容告訴他。南鄉邊說邊耗時間。

說完了還是不發動引擎，所以純一覺得奇怪，問：「在等人嗎？」

「對。」

南鄉回答時，中森從玄關出來了。

「心有靈犀。」南鄉笑了，開了後車門的鎖。

檢察官不動聲色地轉動眼掃視四周，很快便發現他們的所在。然後一面走，手一面微微抬起，指了路邊。

南鄉發動引擎，開過中森，來到警察署之外。

不久，中森追上停下的喜美，瘦瘦的身軀鑽進後座。等南鄉開車後，才問：「前座這位是？」

「他叫三上，我請他來幫忙。他的口風很緊。」

中森點點頭。「那麼，南鄉先生不是因為個人興趣才採取行動了？」

「算是吧。」南鄉沒有正面承認。

「好吧，沒關係。」檢察官沒有繼續追問，立刻以辦公的語氣進入正題。「關於剛才那件事，只有一項證據沒有在法庭中提出來。鑑識人員在樹原亮的機車車禍現場，採集到了黑色的纖維碎片。」

「黑色纖維碎片？」

「對。是綿的纖維，與樹原亮身上的衣著不符。但也沒有切確的證據，可以證明這是因為機車車禍而掉落在現場的。」
「也就是說，不知道是什麼時候掉在那裡的？」
「是的。當然，我們也徹底追查了有共犯的可能性。結果，從殺害現場的地板上，發現了好幾根黑色纖維。」
「不一致嗎？」
「很微妙。首先，車禍現場的纖維碎片經過鑑定，得知是來自某家成衣製造商的馬球衫。然而，這種衣服只有在衣領、袖口部分使用了合成纖維。殺害現場採集到的是合成纖維這部分，但除了這款馬球衫，還有其他襪子、手套等產品也採用了這種合成纖維。」
「不是完全一致。」
「是的。我們也清查過馬球衫的販售途徑，但製造商的銷售網遍及整個關東地區，要特定是不可能的。因為這些原因，便沒有將纖維碎片列入提示證據，並不是因為檢調方有惡意。」
「這一點我十分明白。對了，那片纖維碎片上有沒有血跡之類的跡證？」
「沒有血跡，但是有汗漬。穿過馬球衫的人的血型是B型。」中森說完，稍微停頓了一下，好像是確認有沒有漏了什麼。「關於未提示的證據，就只有這個。」
「即使是提示了這項證據，也不足以成為展開再審的關鍵吧？」
「對。要用來翻案是太弱了。」
「我明白了。謝謝你。」
「那麼，請找個地方讓我下車。」
南鄉直接往前開，進了勝浦車站前的圓環。

「這裡對我很方便。」中森說完，小小點頭致意。

南鄉迅速掏出律師事務所的名片。「如果有什麼事，麻煩打這支電話。」

中森顯得有些遲疑，但還是收下了名片。然後一下車便說了一句：「但願冤獄的可能性會消失。」關上車門，朝車站的樓梯走去。

「他就是我剛才在刑事部門遇到的檢察官，」南鄉終於向純一介紹，「中森先生。」

純一一臉訝異地反問：「檢察官怎麼肯幫忙？」

「大概是因為案子是他負責的吧。」南鄉說完後，心情變得沉重了，「對樹原亮求處死刑的，就是他。」

純一驚訝地望著爬上樓梯的中森。「也就是說，他是頭一個提出要判樹原亮死刑的人？」

「對，我想他一輩子都不會忘記吧。」南鄉很清楚檢察官身上背負著什麼沉重的包袱。

前往中湊郡的路上，純一都沒說話。他想的是給人颯爽之感的檢察官。

中森看起來年齡不到四十歲。這麼推算起來，他對樹原亮求處死刑的時候，才二十幾不到三十歲。和純一現在差不多年紀，就與凶惡案件的被告對峙，向對方提出死亡宣告。

身為被制裁的一方，純一對檢察官沒有好印象。認為他們是通過司法考試的菁英，沒有感情，只會以法律做為武器，高舉正義的大旗。但是，希望樹原亮的死刑判決並非冤獄的中森，顯然十分苦惱。純一心想，要是他從事別的職業，搞不好會反對死刑制度。

車子進入中湊郡，穿過鬧區磯邊町時，陰霾的天空開始下雨了。

南鄉打開雨刷，純一問他：「接下來我們要做什麼？」

「找樓梯。」

喜美開始爬上前往宇津木耕平家的山路。

「你有駕照吧？」

純一從後口袋裡取出錢包。駕照在裡面，但他確認內容後，「啊」地驚叫一聲，「住址是松山監獄。」

「跟我一樣。」南鄉笑了，「兩週內去更改就行了。因為等一下要換你開車。」

「我？」

「是啊。」南鄉以瞥了純一一眼，「我知道，你會不安吧？」

「對。」現在的純一光是超速或違規停車，就會被送回監獄。

「但是只能請你開了。我等一下要進那個房子，也就是入侵民宅。」

純一吃了一驚，看著南鄉。

「不確認有無樓梯沒辦法做事。」

「可是，真的要這麼做嗎？」

「沒辦法啊。」南鄉笑了。「所以呢，考慮到萬一要是被誰看到，你在附近就不妙了，會被當成共犯。而且房子附近有車，無論如何都會引人注目。所以我進去後，你就開車下山。知道了嗎？」

看樣子只能照做了。「南鄉先生，那你要怎麼回來？」

「我這邊弄好了，再打手機給你。你到機車車禍地點來接我。」

純一點點頭。

南鄉意興闌珊地嘆了一口氣，搬出藉口：「入侵廢棄民宅和死刑犯的冤獄，哪一個重要啊。」

和上次來的時候一樣，宇津木耕平家門前沒有人影。喜美開上唯一一條路，以前似乎是通往內陸地區的重要道路，但後來因為交通發達，就沒什麼人走了。

在霧雨中，南鄉下了車，打開車箱取出必要的用具。摺傘、鏟子、紙筆和手電筒。然後想了想，雙手戴上粗布手套。

撐著傘，轉身面向木造民宅，只覺屋子顯得特別陰森。屋簷滴落的雨滴宛如房子流出的血淚。

喜美的駕駛座上，純一正緊張地調整座椅的位置。

「沒問題吧？」南鄉說，但聲音好像被身後的房子吸進去似的，讓他不由得轉過頭去看。

「應該可以吧。」純一不太有把握地說，然後踩了油門，重複幾次小小的前進和後退，讓車子回轉。

「很好。」

「那麼，待會兒見。」純一留下這句話，把車開下山。

南鄉再次面對房子，甩開心中升起的不祥預感，回想檢證調書的平面圖。

後門——南鄉這麼想，便撥開雜草走向屋子後方。

那裡的門，與其說是門，不如說是木板。檢證調書上寫著「房子內側有木製門閂」。

南鄉把傘靠著牆放，拉開摺疊式的鏟子，以鏟柄敲了敲木門。一敲，被推進去的木門反彈，毫無抵抗地朝南鄉打開。

原來門本來就沒關——發現這點後，南鄉告訴自己：冷靜，千萬別慌。

朝昏暗的內部看進去，看得到三坪左右的廚房。打開手電筒，走進屋內，關上身後的木門。一進門，雖然很淡，但鼻子還是聞到一股帶有金屬味的異臭。他有不好的預感，但還是在門口脫了鞋，直接走進廚房。

地板都是灰塵。南鄉認為無論如何都會留下腳印，便又穿上鞋，直接走進廚房。馬上就找到要找的儲物空間。半張榻榻米大小的正方形地板，就崁在餐具櫃前。

南鄉抓住把手，拉起地板。揚起的灰塵襯出手電筒的光束。

但是裡面沒有樓梯。空間深約五十公分，底部有的是餐具類、調味料瓶及乾透的死蟑螂。

為求周全，他還伸手敲了敲底部和側面，但側面有水泥補強，要藏證據是不可能的。

於是南鄉站起來，朝後面的拉門看。他不打算就這樣回去，要親眼看看現場。

拉開拉門，來到走廊。昏暗中，可以看到左手邊的玄關。宇津木啟介叫救護車的電話仍舊留在鞋櫃上。

因為異臭變強，南鄉皺起眉頭。但事情非做不可。南鄉堅定決心，打開通往客廳的拉門。

房間中央整片都是黑的。這個房子吸了兩名被害者大量的血，便被棄置了。似乎連屍臭都保留下來。

即使如此，南鄉還是靠著手電筒的光，踏進命案現場。

純一下山後，一進磯邊町，就開始找停車場。在去接南鄉之前，要找地方打發時間。這段期間一直開車太危險。

開車走過熱鬧的商店街，他試著喚醒十年前和友里一起來這裡時的熟悉感，但立刻一陣反胃，便放棄了。

結果，純一在車站前找到咖啡店，把車子停進那裡的停車場。

他在店裡點了冰咖啡。雖然解除了緊張，卻興起一股只有自己在休息的罪惡感。此刻，南鄉正在鬼屋般的廢屋裡孤軍奮鬥。

純一想想自己能做什麼，便回到喜美，拿出南鄉放在前座置物箱裡的中湊郡地形圖。

假如那幢房子裡沒有樓梯，就必須到附近去找。純一回到咖啡店看地圖，想大致畫出要找的地方。

從磯邊町到宇津木家只有一條路。開車約十分鐘的距離。從宇津木家門前開始的那條沒有鋪柏油的林間道路在山區蜿蜒，於深入內陸三公里的地方分成三小條。向右那條可以到勝浦市，向左則是到安房郡，直走的話，會與沿養老川的路會合，縱貫房總半島。

警方是在距離宇津木家往山中三百公尺左右的地方，發現曾挖掘過地面的鏟子。證據應該就埋在那附近，但就地形圖的等高線來看，那裡不可能會有人家。這麼一來，死刑犯樹原亮復甦的記憶中的樓梯，會在哪裡？

純一試著從時間來看。被害者的死亡推定時間，是晚間七點前後。之後，樹原亮在機車車禍現場被發現時是晚間八點三十分。也就是在這一小時又三十分鐘之內，樹原爬過樓梯。

無論真兇是誰，肯定曾經利用樹原的機車做為交通工具。這麼一來，樓梯存在的地方便是在機車單程四十五分鐘的範圍內。不過，考慮到挖洞掩埋證據的時間，範圍會更小。即使估得寬裕些，頂多也不會超過單程三十五分鐘的範圍吧。

從磯邊町到宇津木家這段開車需時十分鐘的路，直線距離也只有一公里出頭。考慮到山路不好走這個條件，推定兇手可移動的距離在三公里之內。如果有樓梯的話，就是在這個範圍裡。

純一抬起頭來，開始擬訂向區公所洽詢等今後的計畫。而當他這麼做的時候，發覺窗外出現了意想不到的人物。

佐村光男。

純一整個人僵住了。穿著工作服的光男正好從T字型路口對面的信用金庫出來，似乎沒有注意到純一。他手上拿著裝有現金、傳票等物的小包包。光男以笑容向經過的老人打招呼，便坐進了印有「佐村製作所」商標的輕型卡車。

這平凡無奇的情景，大大撼動了純一。

就算兒子遭到殺害，留下來的父親仍然必須活下去。每天吃喝拉撒睡，遇到熟人會以笑容打招呼，必須工作賺取收入——要這樣繼續活在這個世上。住在海邊獨棟樓房的宇津木夫妻，以及純一的雙親，一定也是每天過日子。儘管他們不時會因為湧上心頭的痛楚記憶而停下工作的手，低下頭不讓任何人發現。

純一感到心痛。

他很後悔自己沒能更誠心誠意地向佐村光男道歉。

犯罪，並不是以有形的方式破壞了什麼。而是侵入了人們內心，抽掉了他們心中的基石。

但是，長久以來，一而再、再而三出現的煩悶閃過心中。

當時，自己還能怎麼做？

除了奪走佐村恭介的性命，難道還有別的辦法嗎？

染血的榻榻米散發出混合鐵鏽味與霉味的惡臭。

南鄉以手帕摀住鼻子，環視整個屋內，親眼證實屋內沒有樓梯。然後，也發現到處都有地板被撬開的形跡。警方一定是懷疑消失的證據會不會埋在土裡，而瘋狂挖地板吧。

總之，目的已經達成，南鄉開始最後一項工作。就是擱置在客廳茶几上的那束信封。那種大型的信封，是檢調單位存放扣押的證據時使用的。多半是繼承人宇津木啟介將審判中未使用而歸還的證據放回這裡的吧。

每個信封都是拆開的，看了內容之後，南鄉發現通訊錄。這是顯示被害者人際關係的重要資料。

南鄉本想直接帶走，但又想起這麼做將是竊盜行為。於是南鄉取出了紙筆，靠著放在茶几上的手電筒燈光，開始抄寫裡面的姓名與聯絡方式。今後在附近一帶的調查，若是找不到樓梯，這份資料應該會派上用場。

但是這項作業很麻煩。他戴著粗布手套，別說書寫了，連翻個頁都沒辦法。不得不脫掉手套的南鄉忽然發現一件事。

消失的存摺。

兇手盜取存摺時，一定看過裡面的內容。當時，他會不會脫掉了手套？

沒錯——南鄉很確定。如果戴著染血的手套，先別說翻不翻存摺，上面一定會留下血跡。這樣在領錢時，不能保證銀行不會起疑。所以兇手一定是徒手去摸存摺的。

根據他過去看過的數千份犯罪紀錄，南鄉知道要完全拭去指紋有多麼困難。只要兇手在現場脫掉手套，一定會留下潛在指紋。這不但肉眼看不到，而且是出自於觸碰物品時完全不會意識到的行動，就算事後想擦掉，也一定會有所遺漏。只要找到消失的存摺及印鑑，上面殘留真兇指紋的可能性很高。

南鄉的視線從通訊錄上抬起，看向宇津木耕平與康子陳屍的客廳兩端。那裡的榻榻米上留著深黑色的污漬，唯有兩人身體的部分免於變色。南鄉朝著那模糊的人形說：也許可以找出殺害你們的真兇。

南鄉回到抄寫的工作。看了看手表，進入這個房子已經一小時了。

他默默抄寫著，在通訊錄裡發現了意外的名字。

佐村光男與恭介。

被純一害死的年輕人及其父親，認識被害者夫婦。

純一接到南鄉的電話，前往機車車禍地點。

小心開上蜿蜒的山路，看到了撐著傘等他的南鄉。

純一鬆了一口氣。他沒車禍、沒違規地順利來到這裡了。

純一停好喜美，立刻把駕駛座讓給南鄉，問：「怎麼樣？」

南鄉把被害者通訊錄中有佐村父子姓名的事告訴他。

「佐村光男與恭介？」純一驚訝地反問。

「一開始我也很意外，但想了想，其實也沒什麼好奇怪的。遇害的宇津木耕平的經歷你還記得吧？」

「保護司？」

「在那之前。」

純一想起杉浦律師的說明。「國中校長？」

「對。我想，佐村恭介大概是他的學生。」

純一同意。

「還有，屋裡沒有樓梯。接下來，我們就要在野地裡工作了。要在山裡爬上爬下。」

「我已經想好了。」純一說，說出與地圖相對許久得到的結論。就是今後的搜索範圍。

聽到這個，南鄉立刻一臉受不了的樣子。「方圓三公里？」

「可是，走得越遠，進森林的時間就會越少，所以搜索範圍應該會是三角形吧。」

「嗯？」南鄉問。

「也就是說，假如走到三公里遠的地方，就只剩下折回的時間對吧。所以就算進了森林掩埋證據，也離道路不遠。」

「哦，我明白了。意思是這樣吧？如果是在宇津木家附近，兇手就有比較多的時間進森林。離開得越遠，地點就離道路越近。」

「是的。這樣計算起來，考慮到在森林中徒步行走的時間，我們只要在底一公里、高三公里的三角形範圍裡找就可以了，對吧？」

南鄉笑了。「沒辦法跟讀理科的人比啊。」

「然後還有一件事，我去區公所問過了，他們說這個範圍裡沒有住宅。不過，可能還留著四、五十年前蓋的造林用設備。」

「好，我們就先找那個。」南鄉說完，發動了喜美的引擎。

他們在當天下午就展開搜索。

兩人先回到勝浦市，購買了登山靴、厚襪子、繩索和雨衣等必要裝備。然後回到中湊郡的山裡，將車停在路邊，進入森林。

但是，辛苦的程度比預期超過兩倍。被雨打濕的地面容易打滑，外露的樹根無情地抽打兩人的小腿脛。再加上南鄉因年紀較長，純一則因監獄飲食生活的影響，體力衰退到自己都難以置信的程度。

「南鄉先生，」不到十五分鐘便氣喘吁吁的純一說，「我們忘了買水壺。」

「漏掉了。」南鄉也喘著氣，被兩人不中用的樣子逗笑了。「而且沒有指南針也一點辦法都沒有。」

「要是在這種地方發生山難，也未免太慘了。」

「一點也沒錯。」南鄉說，問拿著地圖的純一，「我們走了多遠？」

「大概兩百公尺左右吧？」

南鄉笑出來。「前途堪慮啊。」

第二天起，兩人的工作爆增。一早起來，南鄉便像個送孩子去遠足的母親，裝滿水壺，準備兩人份的便當。而純一則是每次結束山中的搜索回到勝浦市的公寓，就得抱著沾滿泥巴的兩人份衣物去自助洗衣店。

同時還得計算經費、細讀訴訟紀錄、向杉浦律師做期中報告等，連喘口氣的時間都沒有。

最重要的山中搜索，隨著日子過去，每天搜索的範圍越來越大。因為兩人的腿力、腰力都訓練出來了。即使如此，這畢竟不是愉快的健行。而且這裡每逢冬季都會舉行狩獵，可見他們有遇到山豬的危險，實際上還有蛇、蜈蚣、水蛭等許多令生長於都市的純一渾身發毛的生物。

有一天，純一想起警方為了尋找消失的證據搜過山，便翻閱訴訟紀錄，看警方進行了哪些作業。才知道除了刑警和鑑識人員，還出動了七十名機動隊員，總數多達一百二十名的調查人員，以地毯式搜索的方式在半徑兩公里內的地區搜索了十天。這是日本警察擅長的搜索方式。而且和尋找樓梯的純一他們不同，為了找出被掩埋的凶器，尋找地面被挖掘過的痕跡，任何可疑的地方全部挖開，再使用金屬探測器將那一帶毫無遺漏地走訪過一遍。即使如此，還是沒有找到做為凶器的大型利器和存摺印鑑。

純一原本期待能在訴訟紀錄中看到有樓梯的山中小屋等記述，但完全沒有這類的描寫。

兩人上山以來過了十天，地圖上的三角形幾乎消掉一半時，在靠山的小河邊發現了木造小屋。

遠遠看到時，純一不禁叫道：「南鄉先生，找到了！」

南鄉大概也以為終於要從苦差事中解脫，雙眼發光，高喊：「過去看看！」

兩人跑到那座小屋。那是一棟建坪只有三坪左右、卻有兩層樓的高細型建築物。入口旁掛著因風吹雨打而難以辨識的招牌。勉強看出寫得好像是營林署。門上的掛鎖生了鏽，用力一拉，就連扣環一起被扯掉。

「第二次的入侵住宅。」

這句話提醒了純一，他不禁四處張望。

「沒有人啦。」南鄉笑著說，用力打開了門。

兩人往裡面看，但立刻感到失望。小屋確實是兩層樓建築，但裡面上下樓用的設備並不是樓梯。

「竟然是工程梯？」

南鄉一面走進去、一面抬頭看二樓。純一跟著進去，環視三坪左右的空間。破掉的杯子、木材、滿是沙土的棉被等物四處散亂。看來這裡是供營林署作業員休息的小屋。

兩人不死心，找遍了小屋內，連地板底下都不放過，想看看有沒有樓梯和證據，但什麼都沒找到。

搜索一無所獲，南鄉和純一茫然地呆立著。他們必須再次回到門外的森林裡，但那就像寒冷的早上要離開被窩一樣困難。

終於南鄉往鋪木的地板上一躺，說：「稍微休息一下吧。」

「好。」純一也靠牆坐下。喝了水壺裡的運動飲料，雙腿的疲累似乎緩和些。純一聽著野鳥的叫聲，問，「我想了一下。」

「什麼？」南鄉看起來很累，只轉動眼珠看純一。

「就是有第三者的假設。強盜威脅樹原亮進了森林對吧。」

「為了掩埋證據。」

「那時樹原爬了樓梯。」

「對。」

「問題就在這裡。他們去掩埋證據的地方有樓梯，是巧合嗎？」

「嗯……兇手一開始就是要去有樓梯的地方。也就是說，他對地方很熟悉。」

「我是這麼認為。」

「兇手是營林署的職員？」

南鄉的玩笑卻成為尖銳的反駁。純一注意到，「也對。就算是本地人，對這種森林也不熟。」

「我是這麼認為。再說，對於樓梯的記憶這一點，我越想越覺得奇怪。樹原真的爬過樓梯嗎？」

「你是說，可能是做夢或幻覺？」

「我也不知道。」南鄉也疑惑。他沉思了一會兒，打氣般說了聲「好」，然後站起來，揚起細眉露出友善的笑容，問純一，「有好消息和壞消息，你要先聽哪一個？」

「嗯？那，先聽好消息。」

「我們的作業已經做完一半了。」

「壞消息呢？」

「我們的作業還有一半要做。」

3

「死刑執行起案書」在時近七月的星期五送到了法務省保護局。

參事官立刻去找恩赦課的課長，確認樹原亮訴請赦免的狀況。

「向中央更生保護審查會確認過了，從來沒訴請過赦免，因為他本人主張犯行時沒有記憶。」恩赦課的課長說。

「關於喪失記憶這一點，不會成為停止執行的事由嗎？」

「這不是由我們考慮的。這是與情緒穩定相關的問題，而矯正局已經審查過了。」

參事官看著以矯正局局長為首的三個決裁印。他們對於喪失記憶的樹原亮，做出了可執行死刑的許可。審查恩赦相當事由的保護局沒有權限對矯正局的結論提出異議。

離開後，參事官開始看起案書。他知道就算看了，也已經無法停止執行了，但他想滿足職業上的良心。他沒有辦法在沒有掌握一切情節的情況下，將一個人送上死刑台。

話說回來，看著起案書，照例又感到空虛。赦免這個制度真的有作用嗎？——他心中有這個疑問。所謂的赦免，是針對於司法所做出的結論，透過行政的判斷來更改刑事裁判的效力。簡單說，就是可以透過內閣的判斷，來取消或減輕犯罪者的刑罰。雖然有批評的意見反對三權分立，但這個制度得以維持，是因為受到高超的理念所支持，例如當案子因法律的一致性做出了不妥的判決時，或者是救濟以其他方法無法挽救的誤判。

可是，看看現實，卻只看得到負的一面。

赦免可大分為政令赦免與個別赦免兩種。政令赦免，是皇室或國家喪慶之際，所施行的全國性赦免。

昭和六十三年（一九八八年），昭和天皇病情惡化時，曾一度暫停與死刑執行相關的一切業務。因為若天皇駕崩，確定會實施政令赦免，考慮到死刑犯也適用的情況，而暫緩執行。這雖可說是行政上的溫情，但背後其實發生了意想不到的悲劇。有幾名正在審判中爭議死刑判決的被告，自行撤銷控訴或上訴，使死刑判決定讞。

這是因為赦免只適用於確定犯而發生的悲劇。政令赦免頒布時，仍在審理中的案子因為判決尚未確定，是無法獲得赦免的。與其爭取取消死刑判決，被告寧願賭政令赦免使死刑判決減刑的可能性。

結果雖然頒布了政令赦免，但對象只限於罪行輕微者，不適用於無期徒刑或死刑的凶惡罪犯。撤銷控訴或上訴的被告們，反而提早了死期。

為什麼會發生這種事？原因很明顯。因為赦免的適用沒有明確的基準。換言之，因行政權者當時的恣意，可任意運用。證據清楚見諸於過去的實績。因赦免而獲釋放或復權者，以違反選舉的事案占絕大多數。也就是說，為了讓政治家當選而犯罪的人們，優先獲得了赦免。

相對於此，死刑犯又如何？過去二十五年沒有任何一個例子適用於赦免。法院的量刑基準變得較為寬鬆也是原因之一。如今若非絕對凶殘的罪行，不會被宣判死刑。現在的日本，一年有一千三百多個殺人犯被捕入獄，但其中被判處死刑的僅有數名。比例極低，在殺人犯中不到百分之零點五。從總人口數來看，幾千萬人中才只有一個死刑犯的比例，簡直形同奇蹟。這幾名是真正「唯有處以極刑」的泯滅人性之人，赦免他們可說是處置不當。

儘管有這樣的背景，參事官仍心裡有疙瘩，是因為政令赦免與個別赦免兩者都沒有明確的基準。「考慮確定審判後的個別犯情」指的是什麼？看守所所長的報告正確地掌握死刑犯的內心了嗎？與赦免制度的基本理念對照時，「其實是不是把應救濟的人給處死了」這個疑問一直在參事官的腦中揮之不去。

他看完了樹原亮的「死刑執行起案書」，蓋上決裁章，應該不會有任何人有意見吧。

參事官回顧自己的人生，心中產生一絲反省。進法務省時，他萬萬沒有想到自己會參與死刑執行的決定。

他一面想著自己當初真是太輕率了、一面在起案書上蓋了印章。

「要不要高喊三聲萬歲？」

抵達最終地點時，南鄉這麼說。

開始在山中搜尋以來過了三週，梅雨季節即將結束時，純一他們終於搜索完預定的範圍。

這當中，只有純一回東京去保護觀察所報到時休息了半天。連日風雨中，在肌肉痠痛的鞭策下到處搜索，卻還是沒找到樓梯。

來到停著喜美的山路上，純一一屁股在路邊坐下。下半身全是泥，雨水不停地從雨衣的帽子上滴落。他喘著氣說：

「這該怎麼解釋？樓梯的記憶是錯覺嗎？」

「也只能這樣想了。」南鄉的手拿著毛巾伸進雨衣裡，擦拭全身的汗水。「找成這樣還是沒找到。」

「那麼，我們的工作以失敗告終了嗎？我是說，沒辦法替樹原亮的冤獄翻案。」

「不，還不到無計可施的地步。今晚杉浦律師會來，再跟他商量吧。」

純一想起律師那張以客套的笑容為招牌的臉。他們說好在搜索告一段落的今天，杉浦會到勝浦市來聽取詳細的期中報告。

還有時間。純一想起律師給他們的三個月期限，還有兩個多月。「不能這樣就罷休，對吧？」

南鄉以讚許的表情看著他，純一連忙補上一句：「我當然想救樹原亮，可是……也是為了成功報酬。」

「說得也是。你也想減輕你父母的負擔吧。」

「是的。」純一老實點頭。

「而我則是為了South Wind Bakery的創業資金。」南鄉笑了。「以錢為目的也不是壞事，畢竟能救人一命啊。」

「就是啊。」

於是純一和南鄉抬起沉重的身軀，坐進喜美，經過宇津木耕平家前方下山。搜索在中午過後結束，因此他們比平常早了四個小時，約在下午三點，便回到了勝浦市的公寓。

沖過澡、做完洗衣等雜務時，自東京前來的杉浦律師到了。

「你們連電視都沒有啊？」

杉浦站在玄關，驚訝地說。那雙眼睛在鋪著被褥的兩個三坪房間轉來轉去。

南鄉似乎也是被他提醒，才注意到室內的冷清，苦笑著說：「反正都是在深山野地裡爬來爬去，回來只是睡覺而已。」

「真是辛苦你們了。兩位的體格一定鍛鍊得很好吧。」

這個玩笑連純一都笑了。因為他看著南鄉中年發福的肚子一天比一天平坦。

「結果沒找到樓梯。」

南鄉的報告讓杉浦回到正經的神色。「去吃個飯吧。我們得討論一下善後對策。」

三人離開公寓後，在杉浦帶路下進了站前飯店的壽司店。他們立刻就被帶位入座，可見律師事先預約了席位。想來是為了慰勞南鄉和純一的辛勞吧。

就座後，三人先以啤酒敬酒，然後閒聊一陣子。純一以好幾年沒吃的壽司打牙祭，心想要是能讓雙親也吃到該有多好。

壽司盤空掉一半時，南鄉終於進入主題。「所以，接下來的打算……」

「請等一下。」杉浦阻止他，「在這之前，我有話要說。」

「什麼事？」

杉浦來回看著南鄉與純一，似乎難以啟齒。「出了點問題。」

「什麼問題？」

「我就不拐彎抹角，開門見山地說了。委託人說，希望實地調查由南鄉先生一個人進行。」

「我一個人？」如此反問的南鄉，有些擔心地看了看純一。

「我也不知道理由，但總之委託人是這麼希望的。」

純一放下筷子，那麼美味的壽司忽然吃不下去了。他知道只有自己被排除的理由。

「是因為三上有前科嗎？」南鄉以壓抑著怒氣的聲音說，「前科者蒐集的證據無法通過再審的審查嗎？」

「我不知道委託人是基於什麼原因提出來的——」

「還會有什麼原因。你已經向對方報告過三上的經歷了吧？」

「報告了。」杉浦律師直言不諱地承認。

南鄉移開視線，沒有針對任何人地罵了聲：「狗屎。」

純一頭一次看到南鄉動怒。這讓他很驚訝。因為自被捕的這兩年來，從來沒人為了自己動怒。

在尷尬的氣氛中，南鄉卻突然露出笑容，邊為杉浦的酒杯倒啤酒邊說：「杉浦律師和我這下就麻煩了。」

「麻煩？」

「好比這次找樓梯，要是沒有三上，時間就要加倍。接下來也是。一個人進行的話，為冤獄翻案的可能性也會減半。」

「應該是吧。」

「報酬也是，我們並沒有要求加倍的金額。我是說要和三上平分。」

純一對此刻才知道的這個事實大吃一驚。原來這次的工作是找南鄉一個人，他明知報酬會減半，卻還把純一拉進來？

「再說，」南鄉露出更促狹的笑容說，「杉浦律師一樣也簽了成功報酬吧？」

杉浦為難地露出無聲的笑容。

「你覺得這樣如何？我是單獨接受了杉浦律師的委託，然後自行僱用了助手。這件事杉浦律師一概不知。」

「唔——。」杉浦歪頭沉思。

「這個提議不錯啊。我們三個人得到成功報酬的機會都會增加。況且，」南鄉突然正色說，「如果不讓三上加入，那我也退出，你們就要重新找人。」

「咦，你是當真的？」

「當然。你要選哪一個？」

「傷腦筋啊。哎，真的傷腦筋、傷腦筋。」杉浦一再說，似乎是為了做出結論而爭取時間。

南鄉露出笑容，耐心等候對方的回答。

「那好吧。」杉浦說，「我只聘請了南鄉先生。這樣可以了吧？」

「可以。」南鄉高興地點頭。然後對正要開口的純一說：「你完全不必在意。」

純一默默地行了禮。

「抱歉，提出這樣一個話題。」杉浦對純一說，拿濕手巾擦了擦嘴角的醬油。「那麼，來談談接下來的事吧。假如樹原君的記憶不可靠，那麼看來最好是改變作戰方式。」

「的確。」南鄉說。

「也就是說，不再查證樹原亮的記憶，而是朝查出真兇的方向走。」

南鄉點點頭。

純一感到緊張。

「有勝算嗎？」

「不試試看不知道。」南鄉想了想，然後問，「杉浦律師是專門的刑事律師對吧？」

「所以才窮啊。」

「十年前的指紋，驗得出來嗎？」

「要看證據的保存狀況，不過應該不是不可能。」

「是用鋁粉驗嗎？」

「那個是潛在指紋還很新的時候。」

「鋁粉的話，」純一插嘴，「我們工廠可能有進貨。」

杉浦點點頭。「只不過，如果是十年前的指紋，用這個方法也許驗不出來。應該是用氣體還是雷射光之類的辦法。」

「哦。」

「指紋怎麼了嗎？」

「沒有，只是想參考一下。」

杉浦點點頭，坐正後說：「有一件事想要告訴你們，就是時間限制。」

「三個月的期限？」

「是的。其實，兩天前，樹原亮的即時抗告被駁回了。雖然立刻提出特別抗告，但這個被駁回時會怎麼樣……也就是說，第四次聲請再審被完全駁回的時候。」

停頓了一會兒，南鄉才說：「行刑？」

「對，終於進入危險區了。能確保安全的大概是接下來一個月左右。」

「那之後，隨時都可能被處死？」

「是的。」

送要回東京的杉浦到勝浦站後，純一和南鄉走回公寓。時間是晚上九點多。一進二樓冷清的公寓，窗外突然下起傾盆大雨。梅雨季結束前的雷雨降臨了。

純一從小冰箱裡拿出兩罐啤酒，走進南鄉的房間。

日光燈下，盤腿而坐的南鄉黯然低聲說道：「沒時間了。」

純一在南鄉前面坐下，打開啤酒問：「死刑執行的時間不是固定的嗎？」

「根據法律，判決確定之後的六個月內，法務大臣就要下達命令。這個命令一下，看守所就必須在五天之內執行。」

「也就是說，期限是六個月又五天？」

「對。只是聲請再審和訴請赦免的期間不算在內。假設聲請再審花了兩年，那就會是兩年六個月又五天。」

「樹原亮的情況是怎樣啊？」純一想回自己房間去拿訴訟紀錄。

「期限已經過了。樹原在判決確定之後的羈押期間快七年了。就算扣掉聲請再審的期間，也超過十一個月。」

「為什麼一直到現在都沒有執行？」

「因為法務大臣不守法。」南鄉笑了。「在這方面是很隨便的。現在執行的死刑，從這方面來說，幾乎都是違法的。」

「可是，為什麼會這樣？」

「因為沒有人去抗議。就死刑犯來說，當然是多活一天算一天。執行方也希望有時間讓本人冷靜下來。」

純一點點頭，但還是有不明白的地方。「既然這麼不清不楚，樹原亮不就還沒問題嗎？如果不見得會立刻執行的話。」

「因為到執行為止有一個平均數據。根據這個數據，從確定開始七年左右是最危險的。」

純一懂了。他終於明白南鄉和杉浦律師為什麼著急了。

南鄉啜著啤酒、搧著團扇，就地躺下。純一也覺得熱，去打開廚房的窗戶。傾盆大雨從紗窗噴進來，但純一不管。既然公寓沒附空調，實在無法不開窗。

一回到房間，純一就問：「吃飯時提到的，十年前的凶器上面還會有指紋嗎？」

「我在想的是存摺和印鑑。只是，包括凶器在內，警方找成那樣都沒找到。所以對我們來說，這是好消息也是壞消息。」

「好消息是什麼？」

「凶器、存摺和印鑑都還在山裡某處沉睡著。因為搜索過的範圍，就是最好的藏匿地點。」

「那麼，壞消息呢？」

「我們想找也找不到。」

純一無力地笑了。包括機動隊員在內發動了一百二十人搜山，都沒找到關鍵證據。

「再來就是檢察官中森先生說的，B型的血型。我覺得機車車禍現場的纖維碎片是兇手的。」

「我也這麼認為。」

南鄉大概是恢復幹勁了吧，抬起上身說：「總之，接下來我們要從兩條線來想。殺害宇津木夫妻的強盜是他們認識的人的情況，和不認識的情況。」

「果然可能是認識的人？」這一點純一老早就有預感。

「問題是那個家的位置。那麼偏僻的一戶平房，隨機行搶的強盜會特地去嗎？或者是因為地點偏僻才選上的？還有一點，也必須考慮到樹原亮一開始就被盯上的可能。」

「你是說，兇手一開始就打算嫁禍給他？」

「對。」

南鄉從放在房間一角沾了泥的背包拿出記事本。「我把被害者的通訊錄抄在這裡。如果是認識的人做的這個假設正確，兇手就在這裡面。」

純一翻了翻，確認有佐村光男的名字。他可能是兇手嗎？這麼想的時候，純一的腦中被一件事卡住了。

一開始是有種不太對勁的感覺。就是明明走的路應該沒錯，一回神卻在完全不同地點的那種感覺。

純一抬起頭。這種感覺好像突然改變成凶暴的模樣，朝他疏於防範的背後襲來。

「怎麼了嗎？」南鄉問。

「請等一下，南鄉先生。」純一拚命讓混亂的頭腦冷靜。「萬一找到了真兇……然後上了法院，會怎麼判？」

「死刑。」

「就算有酌情量刑的餘地也一樣？我是說，像是身世或犯案動機與樹原亮不一樣，也會被判死刑？」

「對，因為犯罪事實並沒有改變。無論情狀如何，法院多半會堅持之前的判決。」

「這樣太奇怪了。」純一發現自己說得很激動。「我接的是為死刑犯冤獄翻案的工作，是個救活一條性命的工作。可是，萬一找到真兇，結果不是要把另一個人送上死刑台嗎？」

「沒錯。在有死刑制度的國家抓到凶殘罪犯，就等於是殺死對方。如果我們找到真兇，他一定會被處刑。」

「就算那樣，南鄉先生也覺得沒關係嗎？」

「那也是沒辦法的事啊。」南鄉以強硬的語氣反駁，「不然該怎麼做？就這樣什麼都不做的話，無辜的人就會被處死刑？」

「可是——」

「你要知道，這是二選一的問題。現在，我們眼前有兩個人溺水了，一個是冤獄的死刑犯，另一個是強盜殺人犯。假如只能救一個人，你要救哪一個？」

純一有了答案。於是他這才明白，原來犯罪者的性命與所犯之罪的輕重成反比。這樣的話——想到這裡，純一背上竄過一陣寒意。犯了傷害致死罪的自己，性命就變得那麼輕了嗎？

「如果是我，不會救殺人兇手。」南鄉斬釘截鐵地說。

「南鄉先生真的要那麼做嗎？」純一對殺人兇手這個字眼感到反彈，說，「我辦不到。我一樣也曾經殺過人。我是殺人兇手。」

但是南鄉的神情不為所動。

「我不能再奪走別人的性命。」

有那麼短短的片刻，房間裡只有下雨的聲音。但這段時間並沒有持續很久。「殺人兇手不只是你。」南鄉說，「我也殺了兩個人。」

純一懷疑自己聽錯了，看著南鄉。「咦？」

「我這雙手殺過兩個人。」

純一聽不懂南鄉說的話。他以為是開玩笑，但南鄉的表情僵硬，眼睛也失去光彩。看到那陰沉混濁的眼睛時，他覺得好像聽到了南鄉每晚做噩夢的呻吟。

「什麼意思？」

「執行死刑啊。」南鄉垂落視線，說，「那是刑務官的工作。」

純一一時語塞，凝視著南鄉。

第四章　過去

1

一九七二年，十九歲的南鄉正二所看的刑務官招募海報上，對於該職務也包含執行死刑一事，隻字未提。

這是很有意義的工作。矯正犯罪人，引導他們重回社會。在防止犯罪證據湮滅的同時，使羈押中的被告獲得公正的審判——

南鄉通過刑務官考試，被分發到千葉監獄。在這座矯正設施裡的受刑人都是頭一次坐牢，但刑期都是八年以上（ＬＡ級）。

南鄉進了保安課，熟悉雜務之後，在矯正研修所接受為期七十天的初等科研修。終於結束了實習，他也學了相關法律與防身術，自以為已經成為堂堂刑務官了。

然而，回到千葉監獄的南鄉，卻因悖離理想的現實飽受挫折。當時，全日本的監獄正處於混亂中。絕非所有受刑人都有心悔改向上，而管理的看守方也並非全都想將他們教育成正當的人以便重回社會。

過度的處置與因此而起的官司，同情受刑人、為他們設身處地的看守最後卻反遭利用，受到懲戒處分。那裡不是教育的地方，而是洞悉人類本性的人們勾心鬥角的場所。

為了終結這場混亂，從大阪展開的「管理行刑」方法論，全面改變了日本的監獄行政。採取徹底嚴格管理受刑者的方針，諸如軍隊式的行進、取締不專心和閒聊。每一個看守都必須隨身攜帶被稱為「小票」的便條本，奉命舉發違規，無論多細微都不放過。

南鄉的階級升為法務事務官看守那一年，正是日本行刑制度大改革的一年。

而南鄉在執行職務的同時，心中總是有著「自己究竟在做些什麼」的疑問。

受刑人只是在整隊時不斷分心看旁邊，就必須加以懲罰。同事中也有人瞧不起受刑人，稱之為「懲役」，一心只想著要他們達成刑務作業的規定額度。

南鄉感受到許多同事都對這樣的風潮不以為然。他們希望能以自己的工作為豪，令犯罪者改過，開拓重回社會的路，進而剷除對社會的威脅——教育刑崇高的理念去哪裡了？但另一方面，嚴格的規律只要稍有放鬆，也肯定會出現順著竿子爬上來的受刑人。在導入管理行刑之前，甚至發生過監獄裡的流氓叫看守去麵攤買拉麵的事。

該如何處遇眼前實際存在的犯罪人？被迫站在監獄行政最前線的看守們直接面對這樣的兩難。

於是，工作五年後，南鄉的內心起了變化。契機是監獄內一年一度的運動會。這是受刑人很期待的活動，只有在這一天，他們會忘記與看守之間的緊張關係，一群老大不小的大人賽跑、笑鬧不斷，是特別的日子。

在運動場上看守著這項活動的南鄉，忽然間發現到，這裡收容了三百多個殺人犯。這就代表著，有三百個犧牲者因為他們，從這個世界上消失了。

一這麼想，南鄉眼前的光景便為之一變。為了特別配給的豆沙包滿面笑容、吃得津津有味的殺人犯們。為什麼要討他們歡心？這樣犧牲者能安息嗎？南鄉在受到衝擊的同時這麼想。

當時，正巧是南鄉為了通過晉升的第一道門檻中等科考試，而開始苦讀的時候。在這過程中讀過的、刑法史上記載的歷史性辯論，從他腦海中掠過。近代刑法的搖籃期，歐洲大陸曾針對為何要有刑罰而發生過激烈的辯論。

一方是對犯罪人採取報復的報應理論，另一方則是主張教育、改善犯罪人，去除社會性威脅的目的理論。兩者的主張經過長久的辯論，最後的結果是以取兩者之長為方向，從而立下了現今的刑罰體系的基礎。

當然，根據各國的法律，重點各自有所不同。一般而言，歐美各國多半是偏向報應理論，而日本則是傾向目的理論。

學到這些時，南鄉終於能夠明白自己感覺到的兩難是什麼了。那嚴格的「管理行刑」表面上是標榜教育刑，實際上卻是嚴格看管受刑人，處遇方針根本就分裂了。

而現在，南鄉看到了殺人犯背後的怨靈，對於自己應該走的路有了明白的自覺——懲治罪犯才是自己的工作。只要想到被害者，報應理論就應該是絕對的正義。

從此之後，南鄉便完全依照管理行刑的方針處事。他通過了中等科考試，研修結業的那一刻，階級便升為副看守長。在上司之間亦獲得好評，被調往東京看守所。

人生最初的死刑執行，便是在這時候經歷的。

到位於東京小菅的看守所就任時，二十五歲的南鄉意氣風發。他之所以會真心想爬升官這道階梯，是因為他發現刑務官的世界是上命下從的絕對階級社會。不站到上面根本什麼事都不能做，而他已經踏上了最初的一步。

對此時的南鄉而言，推動管理行刑，正是託付給自己的使命。而新的職場收容的是毫無改善餘地而被宣告死刑的人。

死刑確定犯所在之處並非監獄，而是看守所。他們在被判死刑之後，才會行刑，因此在那之前，以被告的身分羈押於看守所中。死刑犯的號碼最後一碼都是零，集中在同一區，是重度監視的對象。東京看守所的新四舍二樓便是死刑犯牢房，通稱為「零號區」。

成為刑務官以來的這六年，南鄉對死刑從未深思過。他和一般人一樣，認為那是另一個世界的事。因此當他在新職場到任不久，經由新同事保安課員的介紹下視察「零號區」時，也還沒有實際的感受。

然而，當時同事壓低的聲音令他印象深刻。在步上走廊之前，他說：

「走路的時候請盡量不要發出聲音。還有，絕對不要在門前停下來。」

「為什麼？」

「因為有人會以為是來接他們，陷入恐慌。」

看完新四舍二樓之後，同事才訴南鄉過去發生的恐怖事件。有個看守為了要辦理事務手續，前往死刑確定犯的單人牢房。而且偏偏是來接人的時間——上午九點到十點之間。看守從鐵門外叫人也沒有回應，覺得奇怪，便從觀視窗往裡看。結果房裡的死刑囚已失禁，差一點就昏過去了。幾天後，這次是那個房間的報知器翻起來了。所謂的報知器，是聯絡看守用的木牌，拉起房中的拉桿，走廊這邊木牌就會翻起來。被呼叫的看守立刻前往牢房，往觀視窗看裡面有什麼事。這時，忽然間有手指頭從裡面伸出來，戳瞎了看守的眼睛。

「死刑犯完全是處在一種極限狀態下。」同事解釋，「要是不了解這一點，就無法妥當處遇。」

南鄉點頭，但他腦中仍深深印著在運動會裡殺人犯津津有味吃著豆沙包的樣子。那個人雖然殺了人，但只被判了十五年徒刑。死刑犯牢房裡的人犯下的是更加慘無人道的罪行。豈能同情他們？——這是南鄉坦率的感想。

過了一週，他和同一位保安課員在獄內散步時，南鄉看到了樹林裡有一棟象牙白的小建築物，頗有森林公園管理處的感覺。

「那棟建築物是什麼？」

他不經意地問，同事答道：「刑場。」

南鄉不禁停下腳步。那是為了對死刑犯執行絞刑所建造的設施。與時髦外觀不搭調的堅實鐵門，令觀者想起殘酷的童話。南鄉心中泛起了一股莫名的不安。執行的工作會不會落在自己身上？屆時，那扇門裡究竟會進行些怎樣的事？

自親眼看到刑場的那一天起，南鄉一結束工作回到宿舍，便開始學習死刑犯的處遇。其中執行的部分，只能靠自學。因為請教前輩也得不到充分的答案。所有人都像遮掩什麼虧心事般絕口不提。會有這樣的情況，其實也是因為具有執行經驗的刑務官為數極少的關係。

只有一名在千葉監獄時代認識的老看守的低語還留在耳際。「那些人一定都是在傍晚時分來。死神啊！看到黑色的車子直接開到本部前面停下來，就有危險了。」

當時南鄉不知道這是在說些什麼，如今他猜想應該是與死刑執行有關的重要資訊。

南鄉開始研究死刑犯處遇，便發現這裡也有制度營運上的問題。在法律上，死刑犯的處遇比照刑事被告人。換句話說，法律規定的死刑犯處遇，應該與還未受到確定判決的一般收容者相同。但現實並非如此。根據一九六三年下達的法務省通知，幾乎所有的死刑犯都被斷絕了與外界的聯繫，甚至不得與鄰房交談。不僅如此，書信的往來等詳細規定也由看守所所長裁量，並非所有死刑犯都公平地受到同樣的處遇。

就連認為應該嚴懲凶惡犯的南鄉，也對這種作法心存疑慮。通知比法律更具效力，這在法治國家是不被允許的。

南鄉將這樣的矛盾當作鞭策自己的工具。只要通過接下來的高等科考試，晉升就不再有上限。只要一路爬到矯正管區長的位置，就算自己只有高中學歷，也能夠與法務高官平起平坐。

然而，死神終於在專心致志、努力用功的南鄉面前現身了。

正如那位老看守說的，就在傍晚時分，本部大門門廊上停著一輛黑色的公務車。一位身穿深色西裝的三十多歲男子，拿著一個布包袱下車。

看到這名男子胸前發出銀光的徽章時，南鄉認出了死神的真面目。東京高等檢察廳的檢察官，帶著「死刑執行指揮書」來到看守所了。南鄉看到的檢察徽章，別名又叫「秋霜烈日章」，以秋天的寒霜與夏天的烈日比擬發動刑罰的情操之嚴正，是檢察的象徵。

南鄉相信執行不遠了。卻不知道羈押的十名死刑犯中，是誰將被處刑。

接下來的兩天，南鄉身邊什麼事都沒發生。只看到保安課的上司、前輩刑務官們的表情比平常來得嚴肅。

第三天傍晚，南鄉被保安課長叫去。一到會議室，課長便以陰沉嚴肅的表情開口：

「明天，四七〇要行刑。」

南鄉頓時想起四七〇號的臉。他是個二十多歲的男子，因兩件強姦殺人被判處死刑。

課長停頓了一下，盯著南鄉的臉繼續說：「幾經斟酌後，我推薦你當執行負責人。」

南鄉的第一個感想是：終於來了。不可思議的是，他腦中竟出現小學時的記憶。在牙醫候診室等候叫號時的不安，以及被護士叫到時，想奪門而出的緊張。

課長接下來率直地公開了選考基準。平日職務執行特別優秀者。本人無宿疾，家中亦無病人者。妻子不在孕期中者。非處於服喪期者——符合這些條件的七名刑務官，才會留在課長的推薦名單裡。

「但這不是絕對的命令。」課長說，「假如有理由想辭退，不必有所顧慮，直言無妨。」

從他的語氣感覺得出體貼部下的誠意。如果南鄉搖頭，他也就會另覓人選吧。但是考慮到其他名單上的六個同事，南鄉無法拒絕。

「沒問題。」他說。

「是嗎？」課長點點頭，臉上出現對於苦惱的人選得到正面回應的感謝之色。「謝謝。」

一小時後，在所長室集合的七名死刑執行官，接受了所長的正式命令。緊接著被交付由保安課長製作、題為「計畫案」的手寫文件。裡面詳細記載著接下來二十四小時之內必須做的事——從檢查刑場開始，當日人員配置、當日告知死刑犯本人及帶往刑場的程序、每個執行負責人所分配的工作、從遺體處理乃至於其後與媒體相關人士的對應，鉅細靡遺。

南鄉等人根據這份文件，前往那座有如公園管理的建築，以便準備刑場，並進行死刑執行的預演。

打開鐵門的鎖，推開門，一陣低音在夜晚的樹林中微微響起。一行人中最年長的四十歲看守部長，按下牆上的開關，打開了日光燈。

建築物內部統一為米色調。整面地板都鋪了同色的地毯，看起來感覺很像高級的住宅，構造卻與一般住宅大異其趣。南鄉等人進入的一樓，只有入口和走廊。走廊一左一右，分別是通往半二樓和半地下的樓梯。也就是說，這幢兩層樓的建築，有半樓是在地底下，而南鄉他們是從中間的高度進入的。

七名執行官默默地爬上不到十階的樓梯，來到半二樓。

首先看見的，是裝設在走廊牆上的三個按鈕。這叫做執行鈕，是打開刑場活門的開關。之所以有三個，是為了不讓負責按下按鈕的三名負責人知道哪一個才是真正為死刑犯引渡的按鈕。

奉命負責這部分工作的三人留在走廊上，包括南鄉在內的四個人，進入了位於牆後、稱為佛堂的房間。

這裡以百葉拉門隔間，大小約有三坪。正面是佛壇，房間中央有餐桌與六張椅子。是讓教誨師誦經、死刑犯用最後一餐的地方。

進了佛堂的四名執行官當中，在這裡進行工作的有兩人。即將執行時，一人矇住死刑犯的眼睛，另一人將死刑犯的手反銬在身後。

南鄉為了預演分配給自己的任務，準備進入佛堂後被百葉拉門隔開的地方。

但是，看到刑場的那一瞬間，南鄉不由自主倒退一步。

拉門之後，僅僅一公尺遠的地方就是活門。那裡同樣鋪著地毯，所以矇起眼睛的死刑犯站上去也感覺不出來吧。

邊長一公尺的四方形活門正上方，垂掛著一條粗約兩公分的麻繩。繩子全長約有八公尺。末端繫在側牆的柱子上，經過天花板的滑輪，掛在活門上方。

南鄉被指派的任務，是將那條繩子套在死刑犯的脖子上。他佇立在拉門前好一會兒。其他六名同事默默無言地等著他。南鄉想嚥一口唾沫，但唾液卻從口中消失了。無奈之下，他便喘氣般做了一個呼吸，走進刑場，拿起形成繩圈的繩子末端。

與死刑犯脖子接觸的部分，捲了黑色的皮革。看到皮革表面柔和的光澤，南鄉覺得好像聞到了屍臭。繩圈的根部有一小塊橢圓形的鐵板，兩端鑽了洞。穿過兩個洞的，是從天花板垂下來的繩子，以及形成繩圈之後的前端部分。也就是說，把繩圈套上死刑犯的脖子之後，推動這塊板子將繩圈收緊，繩子就不會從犯人脖子上脫落。

南鄉在腦中描繪這個過程，感到反胃想吐，但這就是他的工作。既然根據法律規定，死刑制度繼續存在，就必須有人要做這件事。

南鄉想起計畫案上記載的命令——將繩索調整至死刑犯的雙腳離地三十公分之處，便進行作業。死刑犯四七〇號的身高也記載在計畫案裡。

調整好繩長，眾人便在年長的看守部長指導下，開始預演。由留在走廊上的三人中最年輕的一名看守來充當死刑犯。將他上了手銬、矇住雙眼，打開百葉拉門，然後帶到刑場，讓他站在活門上。分別站在左右的看守部長與南鄉，一個縛住他的雙腳，一個在他的脖子套上繩圈。然後退後一步離開活門。實際執行時，將由監看整個過程的保安課長向走廊上的三人打信號。三人同時按下執行鈕，死刑犯的身體便會朝著兩點七公尺之下的半地下墜落。

以上的執行程序操演了好幾次，所需時間越來越短。需時之短，令南鄉感到驚訝。從四七〇號進入刑場到打開活門，用不到十秒的時間。南鄉對於將繩索套在死刑犯脖子的作業已經非常熟練。

到了晚上十點左右，預演結束。七名執行官走到宿舍附近，在那裡解散。其中兩人回到自己的住處，四人進了一個刑務官常去消遣的、他們稱之為「俱樂部」的地方。

只有南鄉回到新四舍，與值班長商量，取得了四七〇號身分簿的閱覽許可。他想在執行之前，牢記自己即將殺死的那名男子的罪狀。

南鄉獨自在會議室坐好，默默地翻開文件。四七〇號的罪狀為兩件強姦殺人，犯行當時的年齡是二十一歲，是東京都內某大學三年級的學生。另一方面，遭到強姦殺害的是兩名少女，當時是五歲與七歲的幼童。

讀著紀錄，南鄉感覺到沉重的心頭稍稍輕了一點。因為不需要靠意志力，便自然而然泛起對於死刑確定犯的厭惡。南鄉本來就很喜歡孩子，對於犧牲幼兒的罪行，比一般人更加憤慨。去川崎拜訪雙胞胎哥哥時，姪女會開心叫著和爸爸長得一模一樣的叔叔來了。一想到若是那孩子遇到這樣的犯罪，便不難想像她的家人及整個社會會有多激憤。

而且四七〇號在公審中，偽裝精神異常，還聲稱犯行時被害者對他加以性誘惑等，激怒了主審法官。以「看不出更生的可能性」被判處死刑也是理所當然。

如此一來，南鄉在意的就只有一點：證據是否齊全？四七〇號是否為冤獄？他要殺的人會不會是個清白無辜的人？

就身分簿上的法庭紀錄來看，這一點不需要擔心。被害者體內殘留的精液，與被告在好幾個血型系統中的血型均一致。而且，在搜查階段時扣押的被告內褲，上面沾有被害者的血液與陰道分泌物。除了這些證明強姦罪的證據之外，更在被告人的毛線衣中，發現了做為凶器的岩石碎片。

這些物證所指出的犯行內容，令南鄉不由得閉上雙眼。

兩名幼女不但遭到性侵，最後還被岩石砸破腦袋。

這不是人會做的事。就連野獸都不會這麼做。

南鄉將處死的是個比畜牲還不如的東西。

然而，當晚南鄉無法成眠。事後他才知道，前一個晚上，是他人生最後一次安眠。

翌晨，特別任務點名時，七名臉色蒼白的執行官與他們的上司都到齊了。當中恐怕沒有一個人在前一晚能熟睡吧。

點名後，七名執行官前往刑場。在那裡進行最後一次預演後，為佛壇上設置的靈位上香。包括南鄉在內的刑務官都朝佛壇合十。他們合十禮拜，卻感到疑惑，因為他們在弔唁一個還在世的人。結束後，一行人在椅子坐下，等候執行的時間。

上午九點三十五分，一樓的鐵門開了。在佛堂待機的南鄉耳中，聽到教誨師誦經。隨著誦經聲上樓而來的一行人——由警備隊長帶領的教誨師、四七〇號，以及所長與五名幹部、檢察官、檢察事務官等人——抵達了佛堂。

南鄉頭一次在近處看到四七〇號。對兩名幼女犯下強姦殺人慘案的男子，有著一張長臉，身材削瘦。那雙手細得令人認為，這個人能推倒壓制的，也就只有還沒長大的孩子了。

他受到迎接後，被帶到講堂，已經被宣告執行了。眼看著絞刑執行就在眼前，死刑犯雙手被銬在身前，正在哭泣。嘴角向下撇，皺起的眉頭下方不斷湧出眼淚。

「這裡準備了很多好吃的東西，」保安課長解開四七〇號的手銬，以平靜的聲音說，「想吃什麼就吃吧。」

四七〇號朝桌上擺的食物看。有青菜、肉、白飯、水果。甜點更是特別用心準備，有和菓子、洋菓子、蛋糕和巧克力等。

死刑犯哭著伸出了手，將大福塞進自己嘴裡。但是，隨著小小一聲「嗚呃」吐了出來，然後慌張地要撿起掉在地上的大福，卻忽然停了手，依序看了環繞著自己的人們。

那雙眼睛朝向南鄉就不動了，使南鄉全身緊繃。為了執行而戴的全新白手套裡冒出了汗水。

「救救我。」四七〇號看著南鄉的眼睛，從嗚咽中擠出微弱的聲音，「不要殺我。」

南鄉拚命想著對這個蒼白青年的厭惡。

四七〇號揮開想制止他的警備隊員的手，在南鄉面前跪下。「救救我！求求你！請不要殺我！」

南鄉動也動不了，只能俯視著四七〇號。在他眼前的只是一個矮小又悲慘的人。南鄉在心中將前一晚感到的厭惡狠狠砸在拚命討饒的四七〇號身上。

你在強暴女童的身體、要她們的性命時，得到了什麼快感？

那些快感抵得過你現在嘗到的面臨死亡的恐懼嗎？

死刑犯的身體被警備隊長拉起來。在場的人們互使眼色，向全員傳達提早四七〇號死期的決定。他們是一個因殺死四七〇號而團結起來的集團。

「臨終之前，你有沒有話要說？」即使如此，保安課長仍力持平靜。「或者，用寫的也可以。」

與此同時，一直持續不斷的誦經聲停止了。顯然是為了讓大家聽清楚四七〇號的遺言。

在突如其來的寂靜中，四七〇號開口：「不是我做的。」

那一瞬間，佛堂裡近二十名男子停止了動作。
「真的不是我做的。」
「只有這樣嗎？」保安課長說，「你想說的就是這些？」
「不是我做的！救救我！」
眼看四七〇號就要大鬧，三名警備隊員撲了上去。同時所長下達了簡短的命令：「執行！」
好幾個人的腳步聲雜亂地響起。教誨師以更大的聲音再度開始誦經。
四七〇號的頭部已經罩上面罩，讓他看不見。南鄉看到這裡，便打開百葉拉門，快步進入刑場。
眼前垂掛著已調整好長度的繩索。
南鄉不禁回頭。四七〇號被壓制在地上，雙手正被反銬上手銬。
這個繩圈必須套在他脖子上。一這麼想，南鄉的臉便失去了血色。教誨師響徹整個刑場的誦經聲，更加劇了南鄉的動搖。弔唁死者的經文，無法為心中帶來安寧。在弔唁對象還活著的此刻，誦經便徒具咒語效果，喚醒獵奇的人性。
「救命！救命啊！」四七〇號邊喊邊被拉起來。
這時候所長的聲音響起：「你再叫會咬斷舌頭的！」
但是四七〇號就是不肯住口，繼續大叫，一再對抓住他雙手的警備隊員展開絕望的抵抗，就這樣被帶進了刑場。
南鄉以最快的動作抓住了絞繩圈。但他眼裡看到的手的動作，卻像目擊車禍的人的視野般模糊。

四七〇號的腳來到活門跟前了，南鄉想把震耳欲聾的誦經聲與死刑犯的哀嚎隔絕在外。到了這個地步，能支撐他的，只有側面支持報應理論的哲學家康德的話：絕對報應才是正義——

四七〇號的腳踩上了活門。

絕對報應才是刑罰的根本意義——

南鄉在心中不斷重複這些話，舉起手中的麻繩。

即使是在公民社會解散、世界毀滅的最後一刻——

南鄉將圈有黑色皮革的繩圈套在四七〇號脖子上。

都必須將殺人兇手處死——

「不是我做的！」

南鄉眼前的面罩下傳出四七〇號的聲音。

「救救——」

南鄉把小鐵片推到貼住死刑犯的脖子。然後往後跳了一步。

緊接著，地鳴般的衝擊聲響徹刑場，活門打開了，刑場直通地獄的深淵。四七〇號的身體宛如被突然出現的洞吸進去般消失了。繩索繃直的同時，也傳出喘不過氣的聲音、骨頭折斷的聲音、繩子繃緊的聲音。

南鄉仔細調整好的麻繩，彷彿在告訴他已完美達成任務般，在他眼前緩緩左右搖擺。

「請到下面去。」是所長為檢察官與檢察事務官帶路的聲音。他們必須下樓到半地下室，確認四七〇號的死亡。

南鄉對此刻仍持續響起的誦經聲感到不耐，卻仍佇立在當場。過了一會兒，繩索的搖晃忽然間停止了。是按下執行鈕的兩人到半地下去，按住了四七〇號不斷痙攣的身體。此刻，在地板下，醫務官應該正將聽診器按在四七〇號胸口，等候心臟的跳動停止吧。

過了十六分鐘，確認四七〇號的心跳停止。依照監獄法的規定，死刑犯的遺體要維持掛在繩上的狀態五分鐘。

南鄉等人為了處理遺體來到半地下時，是上午十點整。死刑犯的屍身，經過十五分鐘以酒精處理乾淨，已穿上了壽衣。入柩後，這具遺體送入緊鄰刑場的遺體安置所，南鄉他們的工作便結束了。大夥兒被給付了現金兩萬圓做為特殊勤務津貼，並被交代在刑場上發生的事絕對不能洩露後，便到宿舍區的「俱樂部」去洗澡。

這一連串的行動，在南鄉看來，好像都是別人做的。

七名執行官結伴來到看守所外。時間才中午十二點。一行人沒說什麼話，走到鬧區後，無法繼續待在一起，便解散了。南鄉獨自走過餐飲店林立的街道，尋找中午就有酒喝的店家。

等他回過神來時，人在夜晚的路上。他四肢著地趴在柏油路上，正嘔出胃裡的東西。是酒喝太多了嗎？在矇矓的意識中，他搜尋著僅僅幾分鐘前的記憶。是不是在酒吧的吧枱喝威士忌？

又繼續吐了一陣子，南鄉終於想起噁心反胃的原因了。喝酒時，處理遺體的情景突然在腦中復甦。為了確認死相，從垂掛在繩索上的四七〇號頭上取下面罩時，被咬斷的舌頭前端滾落在南鄉腳邊。

我殺了人。

凸出的雙眼，因為墜落的力道拉長了十五公分的脖子。

對於那悽慘的現實，他所相信的正義卻無法給他任何回答。

南鄉在路邊嘔出胃酸，開始哭。做了無法挽回的事的悔恨充斥內心，一想起少年時代與家人用餐的情景，便不斷自問為什麼會變成這樣。假如自己考上比哥哥更好的大學，就不用殺人了嗎？或者這是無可避免的命運，從一出生就注定如此？自己是為了成為殺人兇手才出生在這個世界上的嗎？

眼淚不但止不住，還更洶湧地自雙眼流出。只覺趴在地上吐著嘔吐物的自己更加悲慘，南鄉終於放聲大哭。

接下來的一個星期，他繼續和以前一樣上班。到了第八天，終於到了極限，南鄉請了假到醫院，醫生開了安眠藥處方。那時候，他看到配藥的藥局職員胸前小小的十字架項鍊發著光。他問她是否是基督教徒，年輕女孩露出靦腆的笑容搖搖頭。她說：只是普通項鍊。但南鄉感到這件事好像有什麼啟示。

每天晚上，南鄉吃了安眠藥，利用入睡前的時間看所有的宗教書。書裡寫的神的話優美又充滿慈愛，有時也斥責人們。南鄉從中感覺到無與倫比的舒適安心，但不久便把宗教書丟掉了。

他覺得倚靠神明太卑鄙。

一切都是人為的。施加於兩個女童身上的殘暴罪行是人為的，處死犯下這些罪行的人也是。罪與罰，都是透過人的手進行的。對於人類所做所為，難道不是應該在人類身上找出答案嗎？

他花了七年的歲月，才得到這個答案。

南鄉與戴十字架項鍊的女孩結婚了。從認識到登記結婚長達五年。因為頭一次和她過夜之後，她說「你一整晚都在做噩夢」，讓他想放棄結婚。執行死刑的事他從未對任何人說過。瞞著她這件事，娶她為妻，這樣是對的嗎？他曾懷疑過。但他不願意失去她給他的安詳，於是他決定結婚。

組成家庭兩年後，兩人生了一個男孩。

孩子可愛極了。看著嬰兒的睡臉，不知何時已放棄的高等科考試的念頭又回來了。他也開始相信自己七年前做的事或許是正確的。

假如自己的孩子遭到殺害，而兇手就在眼前，南鄉一定會讓對方有同樣的下場。但如果認同私刑，社會就會呈現完全無秩序的狀態。必須由國家這個第三者發動刑罰權代為處置。人類的內心存在著復仇之念，這復仇之念是對失去的人的愛，而只要法是為人類而存在的，包括生命刑在內的報應理論不就應該獲得肯定嗎？

自處死四七〇號以來，南鄉便對死刑制度存疑。但他發現這是錯的，因為他混淆了自己親手殺人的不快感。直到執行之前，他都是支持死刑制度的。

南鄉倒轉七年的時間，回到當時。俯視下跪求饒的四七〇號，心中厭惡傾洩而出的那時候。因此，在這輩子第二次奉命執行時，他也能夠壓抑住內心的衝擊。只要忍耐對殺人這件事的生理厭惡就好。就算這會奪走他往後四十年的安眠，也必須執行正義。

接到命令時，南鄉已調派到福岡看守所。服務地點頻繁地更換，意謂著他仍在晉升的軌道上。

執行前一晚，南鄉一到宿舍的「俱樂部」，就看到年輕的看守鐵青著臉正在喝酒。是後進岡崎，他也獲選為執行官。南鄉與岡崎，以及另一名執行官，被分配的任務是同時按下打開活門的執行鈕。

南鄉懷著看到過去自己的感慨，坐在岡崎旁。是岡崎先開口的。他會談起死刑犯各方面的處遇，大概為了避免直接談到明天的行刑吧。年輕的看守提到為何能無視監獄法的條文，而以法務省的通知為優先的問題，這是南鄉也曾有過的疑問。

「關於這一點，我想過很多。」南鄉說出自己所做的結論，「法務省應該是希望修改監獄法，但政治家卻不採取行動，所以改不了法律，只好發出那樣的通知吧。」

「那麼，不對的是不修法的政治家？」

「表面上是。只不過，也必須考慮國會議員不採取行動的原因。他們不採取行動，是因為只要一提到犯罪者的處遇，尤其是與死刑犯相關的問題，社會形象就會變差，對他們爭取支持率有負面的影響。」

「這樣還是政治家的錯不是嗎？」

「你沒看過死刑制度的民調嗎？」

「民眾有過半數支持啊？」

「沒錯。」南鄉說，「日本人心裡認為應該要判壞人死刑，卻對把這種想法說出口的人白眼相看。這就是表裡不一的民族的陰險之處啊。」

岡崎有所領悟般地張開了嘴，然後才點點頭。「看電視什麼的，也都只有反對死刑的人。」

「是啊。而且被白眼看待的不只是政治家而已，我們也一樣。明明符合人民的期待，卻被他們在背後指指點點。沒有半個人會說，謝謝你們把窮凶惡極的壞蛋殺掉。」南鄉嘆息著說，「可是一定得有人去做啊。」

「那麼，」岡崎朝四周張望了一下，壓低聲音問，「南鄉先生是贊成死刑制度的？」

「對。」

「對明天的一六〇號執行也一樣？」

南鄉望著岡崎。看得出對方臉上不知所措的迫切。「一六〇號有什麼特別的狀況嗎？」

岡崎沒有回答。

南鄉有不好的預感。「難不成是冤獄？」

「不是的。證據方面沒有問題。可是——」話說到一半，岡崎又吞下去，思索後才說，「請看看他的身分簿。最後一頁。」

南鄉前往死刑牢房。他自以為已經掌握了一六〇號的罪狀。他是五十多歲的男性，因為當朋友貸款的連帶保證人，害得自己負債累累，猶豫著要一家尋死還是搶劫，最後選擇了後者。被害人數有三名，是一對資產家老夫婦和他們的兒子。若是選擇一家尋死，殺了妻小三人，多半也不會判無期徒刑，更不用說死刑了。

南鄉取得身分簿的閱覽許可，將厚厚的檔案夾拿到晚上無人的會議室裡，和七年前一樣，開始翻閱。在看到岡崎所說的最後一頁前，他看到一六〇號關於宗教教誨的記述。

「逮捕後立即認罪，在第一審公判中成為天主教徒。」

南鄉以手指滑過記載事項。

「並非同時信兩種以上宗教的所謂『蝙蝠信徒』，而是真誠遵從負責教誨師的教導，日日為被害者祈禱。」

南鄉以為岡崎所說的是這一項。也就是深自悔改的死刑犯有無處死之必要。

關於這個問題，南鄉已經準備好自己的答案。這是他因工作關係認識大批無期徒刑犯與死刑犯，加以比較之後的結論。

無論犯下多重大的罪行，無期徒刑犯中有相當高的比例完全看不到悔改之意。心中有的全都是為自己找的藉口，甚至有不少痛恨正好出現在現場的被害者。他們在監獄內循規蹈矩，為的就是以模範受刑人身分獲得假釋。

另一方面，也有展現悔改態度的人。這方面可說是多數派。但他們的態度，與部分死刑確定犯所表現的那種被某種熱情所驅使般悔恨，又有所不同。那種彷彿達到宗教性的法悅般熱烈的悔改，只有死刑犯身上才看得到。

經過這一連串的觀察，南鄉得到的結論是，死刑犯悔罪改過，是被判處死刑才得到的結果。也就是說，是報應理論所支持的死刑判決，引導出了「犯人的悔悟」這個目的理論所要達成的目標，這樣的現象其實非常諷刺。

而現在，看到一六〇號在教誨方面的相關記述，南鄉又有了另一種諷刺的感慨。對於教誨的態度，是觀察死刑確定犯情緒安定的標準，這是行刑時期的關鍵要素。越是遵從教誨師的教誨，得到心中安寧的人，就會越早被處死。

岡崎恐怕是對這些制度上的矛盾感到遲疑了吧。南鄉這麼想著，翻開最後一頁。

上面釘著一封信的影本。收件人是福岡地方法院的主審法官，寄信人是被一六〇號殺害雙親與哥哥的女子。

被害者的家屬寫給主審法官的信。看到道林紙的信紙上以手寫文字寫的「我不希望判處死刑」這句話時，南鄉不禁懷疑自己看錯了。

為什麼？是他第一個感想。對於認為要是自己的孩子遭到殺害，一定要兇手償命的南鄉而言，這是無法理解且深具衝擊性的一句話。

南鄉看到「被告已經做出了十足的賠償」的記述，連忙翻閱身分簿。因為他以為被害者的家人已經在經濟上獲得足夠的賠償。然而，為債務所苦才鋌而走險的一六〇號，經濟上無力支付高額的賠償金。從被捕到現在，死刑犯送給被害者家人的，只有他十一年來在獄中勞動賺取的二十萬圓左右。

南鄉回頭去看給主審法官的那封信。信中寫著被害者家人的心情。

「一開始，我也對被告懷著怎麼恨都恨不夠的激憤。但被告生長在貧苦的家庭，沒有好的學歷，仍要在社會中打滾，因為誤信朋友而負債累累。考慮被告的境遇，我對於是否要求死刑感到猶豫。假如我走過同樣的人生，也許我會對其他人做出他對我家人所做的事。我並不會因此就希望庭上無罪赦免被告。但是我希望被告能就繼續活在獄中，為我的父母與兄長祈求冥福。」

這比任何死刑反對論者的理論武裝更加有力。正因如此強而有力，南鄉反而生起這封信的氣來。我們是以多麼煎熬的心情來執行任務，怎麼可以說這種話——

接著，南鄉發覺自己心中對這個被害者家人懷有厭惡之情，而清醒過來。

南鄉看了初審的判決。收到被害者家屬的信後，主審法官宣告的判決是無期徒刑。然而，檢方對此提出上訴，於是在二審中，原判被推翻，宣告死刑。判決書的量刑理由如下：「被告於偵查、公審階段均保持一貫並顯著的悔改之意，被害者家人並要求減刑等，雖有可勘酌量刑之情狀，但被告之犯行慘絕人寰，予社會莫大衝擊，全無酌量減刑之餘地，即使判處死刑，亦不足以彰顯正義。」

接下來的上訴審判中，最高法院駁回被告的上訴，其後聲請判決更正也被駁回，死刑判決確定。

南鄉直覺感到，法院做出的結論並不是正義。他之所以支持死刑制度，能夠將七年前執行的死刑正當化，就是因為考慮到被害者的報應情感。除掉這一點，剩下的就只有法學家們一手建立的法理而已。一六〇號因為侵害了法律所應保護的利益、法益，而被判死刑。

然而，真的應該這麼做嗎？為了修正這種畫一性判決的救濟措施、赦免制度，在一六〇號身上根本不管用。

南鄉的視線回到被害者家屬的信上。這名女子的家人都被殺了，卻不願被告被判處死刑。這個事實點出了一個意想不到的問題。

明天的死刑是為誰執行的？南鄉和岡崎有理由非殺一六〇號不可嗎？違反被害者家屬的意願，對犯罪人處以絕對報應，不是更進一步傷害犯罪被害者的行為嗎？

那一晚，南鄉目不交睫。他考慮辭職。在三房兩廳的宿舍裡來來回回地走著，去看了妻兒的睡臉無數次。

他有他必須保護的家庭。

南鄉苦思的結果，決定違背自己真正的意願，打消辭職念頭。這是不顧死刑犯的性命，以家人的生活為優先所做出的決斷。

翌晨在刑場預演完畢後，南鄉等候一六〇號的到來。心中浮現的是七年前執行的情景。

不是我做的——

即使如此，南鄉還是認為將繩索套在求饒的四七〇號脖子上是正確的。但這次的一六〇號呢？希望減刑的被害者家屬的信所述說之事實，是人心實在太多樣化了，無法以一律的法制來制裁。

刑場的門打開了。在身穿教服的神父帶領下，一六〇號爬上又窄又短的樓梯。一個年近六十、殺死三個人的男子。那張臉削瘦、雙眼凹陷，但毅然的神情令人感到活人的生氣。死刑犯以確實的腳步走入了佛堂。

南鄉替就在身旁的岡崎擔心。年輕的看守似乎已經無法承受痛苦，身體微微顫抖。

解開手銬的一六〇號出神地望著設在台上的十字架好一會兒。然後企畫課長開口請他用最後一餐，他向企畫課長的貼心道謝之後，吃了少許甜點、水果等食物。

一六〇號沉著的態度，讓在場的檢察官等二十名男子都面露安心。

最後，被允許抽菸的死刑確定犯抽著菸，與看守分所長進行最後的交談。遺物要交給他的家人。遺書已經寄放在負責看守那裡。他所持有的一點點現金，要給被害者家屬做為補償。他已提出將自己的遺體捐給大學醫院，並事先領取五萬圓左右的現金做為報酬。

過了四十分，保安課長開口了。「那麼，差不多該告別了。」

一六〇號瞬間停止了動作，但很快便點頭說：「是。」

與此同時，七年來看守死刑確定犯的負責看守，已忍不住開始流淚。

一六〇號也悲傷地垂下雙眼，但很快便又轉向教誨師，「神父，我想告解。」他說，「我犯了罪。」

神父點點頭，走到跪下的死刑犯面前。然後背對著台上的十字架，莊嚴地說：「你願對畢生的罪、對背棄萬能的神懺悔嗎？」

「願意。」

「我赦免你的罪。」

聽到這句神的話，南鄉只覺當頭棒喝。神原諒了一六〇號犯的罪，人卻不原諒。

「以聖父、聖子、聖靈之名，阿門。」

「阿門。」一六〇號跟著念，在胸前劃了一個十字，站起來。

這時，兩名執行官走上前，罩住他的頭部，將他的手反銬上手銬。

南鄉與岡崎，還有另一名看守，走向佛堂牆後的執行鈕。從這裡看不見刑場。再來就是等保安課長的信號，按下執行鈕即可。

打開拉門的聲音響起，通往刑場的門開了。南鄉望著眼前的按鈕，心想這是辭職的最後機會。在這裡放棄職務，然後提出辭呈，至少可以不必殺死一六〇號。

可是家人呢？要背叛強忍痛苦和南鄉一起按下按鈕的兩個後進嗎？

這時，保安課長舉起的手揮下了。

南鄉反射性地按下眼前的按鈕。

然後，什麼事都沒發生。

南鄉抬起眼。沒聽到活門打開的聲音。佛堂裡，保安課長一臉錯愕，交替看著這邊和刑場。情況確實有異。但發生了什麼事？連忙環視四周的南鄉，很快便發現了原因，不寒而慄。

岡崎的手指停在執行鈕前。

南鄉維持著按鈕的姿勢，小聲說：「岡崎。」

但是，年輕看守的臉色蒼白、指尖顫抖，彷彿什麼都不願聽般緊閉著雙眼。

南鄉發現，這個人是不可能按下按鈕了。因為岡崎的猶豫，已經暴露出哪個按鈕才會殺死一六〇號。

南鄉看了看佛堂。保安課長正朝南鄉右側的看守招手。當執行鈕沒有運作時，就要拉動刑場的手動桿。而當手動桿也沒有運作時，執行官當中就要有人親手絞死死刑犯。因為依照刑法規定，死刑是「以絞首執行」。

被叫的看守慌慌張張地跑出去。但南鄉等不及了。讓脖子上套著繩索的一六〇號忍受恐懼死亡的折磨，連多一秒鐘都太過殘酷。南鄉推開岡崎僵硬的手指，以自己的手按下執行鈕。

重重的衝擊聲響起。

在這之後，南鄉的耳朵什麼都聽不到。

殺了兩個人了。

他腦中就只有這個念頭。

假如在刑場外做同樣的事，自己被判死刑也不足為奇。

從第二天起，南鄉以死刑犯的性命來維護的家庭，開始慢慢崩潰。

因為全國性的報紙刊載了「福岡看守分所執行死刑」的報導。

南鄉的妻子看了報紙，似乎知道了丈夫前天晚上醉醺醺回來的理由了。嘴上雖然沒說，但她的態度開始產生微妙變化。

一開始，南鄉以為她是在責怪自己參與了死刑的執行。但隨著時間過去，他發現妻子的不滿不在這裡。她是為了丈夫不肯對她坦誠以告而不滿。假如南鄉老實說出自己的苦惱，她也會一起陪他受苦吧。

即使如此，南鄉還是無法說出執行的事實。隱瞞七年前處刑的事實與她結婚便已虧欠在先，回到家看到纏在腳邊的孩子，縱使撕了他的嘴也說不出「你父親殺了人」的事實。結果，他繼續遵守職場的封口令，沒有把刑場上發生的事告訴任何人。

後來，到了兒子上幼稚園時，夫妻間頭一次談到離婚。結論是等到孩子上小學時再考慮。而當那個時間來到，又決定忍耐到上國中。南鄉打算無論如何都要避免離婚。因為他知道，被送進監獄的犯罪者大多數都生長於家庭失和的環境。二十年後自己的兒子被送上法庭，父母離婚被做為酌刑情狀，是南鄉最難以忍受的想像。只要以孩子的將來為第一考量，夫婦之間需要的就不是心理上的愛情，而是來自於意志力的團結。

對此妻子很努力配合。就算因為丈夫的調職輾轉遷移至日本各地，就算疲於應付宿舍的人際關係，她在孩子面前仍然沒有一絲不悅之色，繼續維繫家庭。

而到了二〇〇一年，孩子進了高中，趁著南鄉轉調松山監獄的機會，夫婦分居。對兒子只說父親是單身赴任。

南鄉認為，等三年後兒子畢業，也許家庭就會完全破碎。以一六〇號的性命換來的家庭——

這時，他聽到一個意外的消息。

有人要為死刑犯翻案。一個不知名的律師正在找調查員。

南鄉認為這正是自己的工作。他彷彿是在強烈的衝動驅策下，主動向律師聯絡。等到實際見面才發現，他在東京看守所時曾與杉浦律師照過面。

杉浦律師對於刑務官前來應徵感到驚訝，並且大為歡迎。南鄉因職務之便，精通包括聲請再審在內的死刑犯處遇。

南鄉決定退休。有了退休金和成功報酬，除了供孩子上大學，還能重建父親的麵包店。到時候再把一切告訴妻子，一家團圓。

要著手進行這件困難的工作前，只剩下一件事要做。為了讓死刑犯從絞刑台上生還，他要找一個一起調查的搭檔。

而三上純一這個二十七歲的受刑人，就在他面前。

「違反服務規章了。」在漫長的故事最後，南鄉說，「全都說出來了。不過，心情輕鬆了點。」

日期已變，大雨停了。清涼的風從窗外吹進來。

純一望著眼前四十七歲的刑務官。一個處死了兩名犯罪、一心想挽救自己崩潰家庭的男人。平常和善的笑容消失了，取而代之的是殉教者般嚴肅的神情。純一心想，也許這才是南鄉真正的模樣。

「那麼，南鄉先生，」純一擔心著面露疲態的南鄉，問道，「你現在也贊成死刑嗎？」

南鄉看了純一一眼，說：「不贊成也不反對。」

「不贊成也不反對？」

「對。我不是在逃避問題，是真的不贊成也不反對。死刑制度這種東西，有沒有都一樣。」

「什麼意思？」南鄉的回答聽起來有種自暴自棄之感，純一的語氣便有逼問的味道。

「喂喂，小心點。」南鄉露出懷柔的笑容。「死刑存廢的議論當中，有種令人訴諸情感的東西，恐怕就是本能與理性的交戰吧。」

思考過這句話的意思，純一同意並點頭，「對不起。」

「然後，」南鄉接著說，「殺死別人就會被判死刑，這種事連小學生都知道吧？」

「是啊。」

「這就是最重要的地方。罪行的內容與相對的責罰，事先已經告訴大家了。然而會被判死刑的人，是明知道被抓了會被判刑死，卻還是放手去做的那些人。你明白其中的意思嗎？也就是說，他們在殺人的當下，就已經把自己逼上死刑台了。被捕之後再哭再叫，也已經太遲了。」南鄉的語氣變得焦躁。兩頰的肌肉彷彿要扼殺心底的憎恨般僵硬緊繃。「為什麼那種傻瓜會一再出現？要是沒有那種人，不管有沒有制度，死刑都不會被執行。維持死刑制度的，不是國民也不是國家，而是到處殺人的犯罪者自己。」

「可是——」才開口，純一就趕緊閉嘴。他本來不假思索就想問：那一六〇號怎麼說？

「當然，現行制度也有問題。」南鄉彷彿猜到純一的疑問般回答。「例如誤判的可能性、不妥的判決、完全沒有作用的救濟措施等。尤其是這次樹原亮的例子，就是活生生的實例。」

「關於這件事，」純一回到正題，「南鄉先生要是找到真兇，也認為那個人應該被處死？」

稍加猶豫後，南鄉點頭。「除此之外，沒有別的辦法可以救樹原了。如果什麼都不做，等他被帶到刑場、脖子被套上繩索時，他一定會這麼說：『不是我做的！救救我！』他真的會拚了命向執行官求饒——」

說到這裡，南鄉突然不作聲了。這時，他的雙手正好停在為死刑犯套上繩索的樣子。

純一在南鄉眼中看到痛苦的過去。

「我不希望發生這種事，無論如何都不希望。我要把樹原亮從死刑台上帶回來。我想做的，就是這件事。」

「我明白了。」純一說道。終於下定了決心。「請讓我幫忙。」

聽到這句話，刑務官露出一絲笑意，點點頭。「抱歉啊。」

帶走暑氣的冷風從紗窗後吹進來，兩人暫時沉浸在微風中。

「不可思議的是，」在靜夜中，南鄉悄聲說，「我到現在還是想不起那兩人的名字。四七〇號和一六〇號的名字。」

然後他偏著頭，喃喃地說：「為什麼呢？」

記得名字會更痛苦吧——純一這麼想，但沒說出口。

2

前一晚的豪雨似乎是梅雨鋒面的告別作，翌晨房總半島是個大晴天。

純一與南鄉沐浴在陽光下，坐進了喜美。勝浦市內處處可見車上載著沖浪板的海水浴遊客。觀光季節來臨了。

兩人經過中湊郡，駛往東京。為了轉換方針必須進行的事前準備，有些工作要在房總半島外先解決。因此有幾天的時間，兩人要分頭行動。

「要注意政治新聞。」握著方向盤的南鄉說，「尤其是內閣改組的動向。」

這個突如其來的話題令純一吃了一驚。「為什麼？」

「因為死刑幾乎都是在國會閉幕期間執行。」

純一又問了一次：「為什麼？」

「如果在會期中執行，會成為在野黨炮轟的目標啊。不久前通常國會才剛結束，現在要進入危險區域了。」

向來不關心政治的純一雖然不太明白，還是點點頭。

「內閣改組呢？」

「內閣一改組，法務大臣就可能會換人啊。」

「法務大臣是下令執行死人的人吧？」

「對。他們都是在辭職前簽命令書的。」

純一第三次問：「為什麼？」

「和看牙醫一樣啊。不想做的事，盡可能往後延。然後，一知道沒有以後了，就一口氣解決。」

「對法務大臣來說，執行命令是這種層次的事？」

「是啊。」南鄉笑了。「再審聲請被駁回的時機也好、政治情勢也好，現在都變得對樹原亮相當不利。我們盡量不要浪費時間。」

「好。」

車子進入房總半島內側後，雖然遇到塞車，但中午過後，他們還是橫越了東京灣，進入了神奈川縣下方。

純一在南鄉的哥哥家所在的武藏小杉下車，改搭電車前往霞關。這天是他必須前往保護觀察所報到的日子。

從地鐵車站來到地面，在通往皇居外苑的路上走了幾分鐘，便抵達他要去的合同廳舍六號館。正要進去時，純一發現這裡正是法務省大樓。

在這幢建築物中某處，樹原亮的死刑執行相關審查正在進行。

他走進大樓，暗自祈禱著法務省的官員都很懶惰。

「那麼，生活還順利吧？」保護觀察官落合富泰的身軀靠在椅子上問。

「是。」純一點頭。報告了每天的飲食生活、健康狀態、與南鄉的工作等充實的生活狀況，務實的保護觀察官臉上露出愉快的笑容。

旁邊的保護司久保老先生，也瞇著眼打量曬黑的純一。「看樣子，你身體健壯了不少啊。」

「沒有和女人玩在一起吧？」落合問。

「沒有那個時間。」

「很好。你沒有吸毒方面的問題，唯一要注意的就是喝酒的量。」

「是。」

近況報告完畢後，純一對兩人說：「關於保護管束，我有點問題想要請教。」

「什麼問題？」落合問。

「保護觀察官落合老師是公務員，保護司久保老師是民間人士，對嗎？」

「是啊。我們官民合作，幫助你們重回社會。因為光靠政府機構，沒辦法深入地方。無論如何都需要民間熱心人士的力量。」

純一回想著在監獄接受的出獄教育的內容，針對模糊的地方提問：「保護司的老師純粹是義工吧？」

「是的。」久保老先生回答。「只收取交通費等實際支出。」

「保護司的甄選，是由保護觀察所舉辦的嗎？」

「不，」落合回答，「視地區多少有所不同，不過幾乎都是由前任推薦。前一任保護司選出自己的繼任人選再交棒。」

「那麼，保護司老師實際上保護管束的是怎樣的人？」

「非行少年或從少年院出來的人，像你這樣被稱為三號觀察的假釋犯，還有雖然已經判刑但在緩刑中的人。從孩子到大人都有，範圍很廣。」然後落合問，「你怎麼會想到問這個？」

「因為我們現在調查的命案被害人，就是擔任保護司的老師。」

「哦？」這似乎激起了落合和久保的興趣。

純一在腦中快速整理案件的內容。遇害的宇津木耕平曾擔任當地國中校長。後來，以保護司的身分，與有非行與輕罪前科的樹原亮之間產生了聯繫。一切的過程都很自然。

「保護司老師會定期和受保護管束人約談對不對？」

「對，」久保老先生說，「我們會請受保護管束人來到住處，聽他們談生活近況和煩惱。」

樹原亮到被害者家也不會不自然。那麼，他到宇津木耕平家去時，那裡有怎樣的客人？

「我有一個比較不方便問的問題——」

「你是要問我們會不會招人怨恨，是不是？」落合說。

「是的。」

「這方面的話，是有的。」

「是什麼狀況？」

「取消假釋。你出獄時，還有來這裡時，也都交代過你應遵守事項吧？」

「是的。」

「要是知道有人違反了那些事項，我們就必須取消假釋。以你的狀況，是只要服完剩下三個月的刑期，但如果是無期犯，事情就嚴重了。」

「無期犯？」純一感到意外反問。

「就是被判處無期徒刑的犯人啊。雖然是犯行僅次於死刑的人，卻不像國外那樣是終身刑，並不是一輩子都被關在牢裡。在法律上，服刑十年之後就成為假釋審查的對象。不過，實際上好像是平均十八年就會回到社會上。」

「十八年。」純一很驚訝。僅次於死刑的重罪，就只是這樣？「無期犯被取消假釋會怎麼樣？」

「當然是送回牢裡。下次什麼時候能出來，誰也不知道，所以很嚴重啊。」然後落合表情略為黯淡。「有人甚至聽到取消假釋就自殺了。」

「真的是死活問題啊。」久保老先生微笑著說，「但是，無論會招致怎樣的怨恨，我們都必須那麼做不可。因為那是法律的規定。」

取消假釋，會是殺害保護司的動機。純一這麼認為，挺身說：「我正在調查的案子，是一位名叫宇津木耕平先生遇害的命案。」

「果然是這個案子。」落合說，「我還記得。是發生在房總半島外側的命案吧？」

「是的。宇津木先生當時觀護樹原亮這個前非行少年，但是我們不知道他是否還有其他的受保護管束人，好比其中有沒有無期犯。」

聽他這麼說，落合笑了。「就算我們知道，也不能說啊。保密是我們工作上的絕對條件。我們不能洩露任何關於受保護管束人的資料。」

「那麼，我們有辦法查得到嗎？」

「沒有。」落合說得乾脆。「我是很想協助你，但這一點我實在無能為力。」

純一雖然失望，但仍思索著有沒有辦法可以過濾出嫌犯。利用南鄉身為刑務官的管道，能不能找到門路？

這時，久保老先生客氣地對落合說：「這麼做也許有點冒失，不過我可以給三上一點建議嗎？」

「什麼建議？」落合不安地問。

久保面向純一說：「那個命案，我記得是發生在被害者家中吧？」

「是的。」

「家裡有什麼東西呢？」

純一不明白久保的意思，疑惑地看著他。

「保護司啊，是要詳細填寫受保護管束人的紀錄的。」

「受保護管束人的紀錄？」純一重複他的話。南鄉潛入那幢廢屋時沒看到這個嗎？得趕緊確認才行。

落合責備地說：「久保老師。」

「不好意思。」老人露出微笑說，「因為我非常喜歡推理小說啊。」

南鄉在松山接到純一打來的電話。他在川崎歸還租來的車後，便直接搭機飛往松山。為的是自刑務官退休，搬出宿舍。眼看休假就要結束，現在他想一次處理完所有雜事。

在三房兩廳的宿舍裡，南鄉停下打包的手，對著手機問：「受保護管束人紀錄？你等一下。」

南鄉搜尋記憶後說：「沒有。錯不了，我看過歸還的證物，沒看到這個。」

在電話另一端聽到這句話的純一，聲音顯得很興奮，「會不會被當作證物保管起來了？」

「不可能。審判中沒有用到的證物都會歸還。」

「這樣果然很奇怪，竟然沒有留下任何紀錄。」

「是兇手帶走了？」

「我是這麼認為的。以免被人看出他和被害者之間的關係。」

純一接下來又說出他的推理：真兇可能是出入宇津木耕平家的無期徒刑犯。「查不查得出有沒有這樣的人？」

「很難，不過讓我想想。」

通完電話的南鄉坐在沒有家人的三坪房間裡，整理腦中的資訊。

他覺得純一的推理是正確的。基於某種理由將被取消假釋的人，為了阻止而殺了保護司。並且將顯示兩者關係的紀錄自凶案現場帶走。受保護管束人的紀錄中，恐怕寫有取消真兇假釋的內容。對兇手而言，這麼做便隱藏了動機。如此一來，就能解釋為何帶走存摺和印鑑，卻沒有使用的謎了。也就是說，那是故布疑陣。打從一開始，兇手的目的就不是錢。

純一可能發現了金礦。南鄉這麼想，臉上露出了笑容，但還有一個疑問。假如目的不是錢，而且既然臨時想到要嫁禍給樹原亮，那麼為什麼沒有把存摺和印鑑留在機車車禍現場？

絕不能大意——南鄉心想。要孤注一擲，線索還太少了。

打電話給南鄉後，純一前往新橋。這是為了解開他個人的謎團。純一看著自己名片上印的住址，找到了杉浦律師事務所。

那裡正如純一猜想的，是老舊的住商混合大樓。搭乘頻頻震動的電梯上了五樓，敲了敲鑲有毛玻璃的門。

「來了。」杉浦的聲音響起後，門開了。律師看見純一似乎很意外，說：「怎麼了嗎？」

「有點事情想請教。」

「什麼事？」說完，杉浦又說「來，請進」，請純一進了事務所。就連這時候，律師也沒有忘記露出和善的笑容。

事務所約有五坪大小。鋪地磚的地板上擺了辦公桌和書架。架上陳列著《現行日本法規》和《最高裁判所判例集》等書，不愧是律師事務所。

「南鄉先生呢？」杉浦邊請他坐舊沙發邊問。

「先回松山一趟。」

「嗯，是嗎？就要退休了？」

「是的。」純一想起南鄉退休的原因，沉默片刻。

「那麼你今天來是？」

純一含蓄地提出問題：「如果不會不方便的話，想請律師告訴我，南鄉先生為什麼選了我？」

杉浦有些困擾地看著純一。

「我想，南鄉先生應該有其他可以合作的對象，好比刑務官同事……為什麼他會選擇我這個有前科的人？」

「南鄉先生不是委託人，沒有守密義務。」杉浦自言自語般喃喃說完，抬起頭。「好吧，我說。南鄉先生說，這是他身為刑務官最後的工作。」

「最後的工作？」

「是的。他基本上是支持報應理論的，但同時又無法拋棄教育理論的理想。也就是認為大多數人即使犯了罪，都可以更生，都會改頭換面。南鄉先生在這兩種想法之間擺盪。」

對純一來說，有點意外。

「然而，監獄裡對待受刑人的方式，同樣也模稜兩可。是要懲戒罪犯呢？還是要加以教育，矯正他們的反社會傾向呢？實際上，獄中幾乎沒有進行任何人格教育，只是用規則來規範他們，叫他們勞動而已。結果便得到再犯率百分之四十八這個慘淡的數字。換句話說，出獄的人兩個裡有一個會再犯罪回到監獄裡。南鄉先生站在最前線，曾深自苦惱。於是，不知不覺便開始懷抱一個夢想：要用自己的雙手、自己的想法，讓罪犯更生。他想親眼看見一個人真正重生為堂堂正正的人。」

這就是他身為刑務官最後的工作。純一挺身問：「所以他才選了我？」

「是的。三上先生知道自己假釋的經過嗎？」

「不知道。」這正是純一感到不可思議的地方。因為他聽說，兩年的短期徒刑，只要被罰過一次就沒有假釋。可是，他曾被合不來的刑務官送進禁閉室，卻還是受到模範受刑人的待遇，獲得假釋。

「三上先生的假釋申請書，是南鄉先生寫的。」

「是這樣嗎？可是，為什麼他肯這麼做？」

「其實，為什麼是三上先生而不是別人，我也不知道……只不過有一次，我曾聽南鄉先生半開玩笑地說：『三上跟我很像，是個好人。』」

「我跟南鄉先生很像？」對於這句話，純一倒不是毫無頭緒。

純一離開律師事務所後，搭電車前往父親的工廠。因為今晚要在大塚老家過夜，所以他想在那之前先到「三上模具」去露個面。

他抓著電車的吊環，心想的是杉浦律師的話。南鄉和自己的共同點。在前一晚聽南鄉述說過去時，他也隱約感覺到了。

南鄉和純一都是在二十五歲時奪走了他人的性命。南鄉是執行死刑，純一則是犯罪。而他們曾求助於宗教的慰藉，最後還是加以排斥的這一點也很像。純一在服刑中曾拒絕宗教教誨，這件事身為首席矯正處遇官的南鄉應該在某個機緣下知道了吧。

他相信在這些表面的原因背後，南鄉選擇了自己，有著更深的動機。南鄉會不會是感到自己是罪人，而將贖罪託付在純一身上？刑務官因公執行死刑，即使有犯罪意識，卻永遠都無法贖罪。因為他們不會受到法律的制裁。他會不會是選擇為別人做些什麼，用來做為取代自己受罰的另一種贖罪方式？

這麼一想，他將本來可以獨享的高額報酬與純一平分，也就能夠解釋了。前科者重回社會的巨大阻力之一，便是經濟上的困境。再加上，純一差點被從這個工作剔除時，南鄉的憤怒——純一相信自己的推測絕對不算牽強。

對於南鄉選擇了自己，純一誠心感謝。正因如此，他的心情反而更加沉重。

純一不認為自己會更生。

宇津木夫妻對雙親遇害所展露的憎恨，以及拚命壓抑著同樣情緒會見前來陪罪的純一時，佐村光男那張滿是痛苦的臉。純一親眼看見了他們的苦惱、他們的模樣，要激發罪惡感是綽綽有餘了。他真的覺得很抱歉。但是，考慮到兩年前的狀況，除了殺死佐村恭介，還有別的選擇嗎？不能怪自己，要怪被害者。

電車接近大岡山站。純一猶豫著要不要下車。在這裡換車的話，到友里所在的旗台只要兩站。

但是，純一覺得這樣是提不起放不下，便打消了下車的念頭。他知道，自己已經無能為力了。為了贖自己對友里的罪，能做的他都做了。對她，他只能祈求往後她平安地活下去。

純一在距離三上模具最近的車站下了車。走在地方工廠林立的一區，發覺自己等不及南鄉回來。真想趕快回房總半島，真想在那裡忘記一切，埋首於拯救死刑犯的性命。

一到父親的工廠，便看到與金屬零件設計圖乾瞪眼的俊男。

「哦哦，你來啦。」父親那張運勢走下坡的臉上露出笑容，問，「律師事務所的工作怎麼樣？」

「還在做啊。」純一也以笑容回答。他知道父親為他這份工作感到驕傲。而且上個月的一百萬報酬，扣除實際支出後剩下的九成，他也已經拿回家了。

「今晚要住家裡吧？」

「嗯。」

「那，我們一起回大塚吧。」

純一點點頭，說：「回家前有什麼要幫忙的，讓我來吧。」

「也好。」俊男說完，環視狹小的作業區。然後忽然一臉尷尬地看純一。

純一覺得奇怪，但很快便發現原因：這座工廠唯一的高科技裝置，光造形系統不見了。

「因為派不上什麼用場，就賣掉了。」俊男推託般說。

純一佇立在當場，心想，沒有退路了。一個月一百萬也不夠了。如果不替死刑犯翻案，獲得成功報酬，自己家裡就會陷入經濟困難。

南鄉處理完松山的事務，回到川崎。這一、兩天，簡直是忙得團團轉。將宿舍裡的家具物品送到分居中的妻子家，早起出門，去赴身為刑務官最後一次點名。

他也想到這是他最後一次穿制服，卻沒絲毫留戀，心情反而是清爽的。職場上的同事也爽快地送他走。從女刑務官部下手中接過花束，南鄉簡單地告別，為二十八年的刑務官生涯畫上句點。再來就是全力投入不得叫停的工作，為樹原亮的冤獄翻案。

南鄉先到哥哥家放行李，再到東京的霞關。他的目標是大報社的報導檢索室。這是他的預定行程，為的是找出隨機犯案的強盜殺害宇津木夫妻的可能性。

已事先打電話預約申請的南鄉，被帶到有許多電腦終端機的小房間。經女職員指導如何操作機器後，開始檢索報導。

他將期間設定為宇津木夫妻遭到殺害的前後十年，輸入「強盜殺人」、「斧」、「柴刀」等關鍵字，以及千葉、埼玉、東京、神奈川這四個縣市名稱，等候電腦作答。才短短幾秒鐘後，數不清的報導清單便出現在畫面上。

南鄉一面感嘆世界變得真方便、一面篩選報導。追加的關鍵字是「搜索」、「凶器」、「發現」等詞。換句話說，他要調查的是在這特定的十年內，千葉縣周邊發生的強盜殺人案中，使用斧頭或柴刀等利器，而且凶器經過搜索仍未發現者。

螢幕上出現的報導有十二則，但報導的案件數僅有兩件。他知道報導數較多，是因為追蹤報導也包括在內。從中去除了中湊郡的案件，將剩下的一件叫出來。

在「主婦遭到殺案」的標題下，刊出了發生於埼玉縣境內的強盜殺人案詳細報導。案發於宇津木耕平遇害的兩個月前，深夜，強盜闖入偏僻民宅，持手斧將主婦殺害，盜竊財物。當時使用的凶器，後來經警方的搜索，發現被埋在距離現場兩百公尺的山中。

做案手法可說是相同的。得到了預期的收穫，令南鄉大為雀躍。宇津木耕平的命案，辦案小組之所以如此徹底搜山，一定是因為有這個前例的關係。

南鄉在報導中發現「埼玉縣警方考慮到福島、茨城兩縣案件的類似性，將此案認定為廣域重要準指定三一號事件」這句話，連忙回到檢索頁面。原來福島和茨城也發生過類似案件。南鄉叫出這些報導，才知道原來在埼玉的案件之前兩個月和四個月，也曾發生過以同樣狀況、同樣凶器犯下的強盜殺人案。被害者每次都是一名，當時也是在現場附近的田中或雜木森裡挖出了被用來做案的手斧。

錯不了的——南鄉確信——這個案子的兇手，從福島、茨城、埼玉來到房總半島，一路南下犯案。假如中湊郡的命案不是在現場附近發現了樹原亮這個有力的嫌犯，肯定會被認定為「三一號事件」。

他正想著只要找出這些案子的真兇時，忽然想起一事，便以「廣域重要準指定三一號事件」為關鍵字來搜尋。結果出現了「逮捕真兇」的報導。

兇手已經抓到了。吃驚的南鄉望著上面刊登的兇手大頭照。那是一張賽馬場常見的臉——這是他的第一印象。一個顴骨突出、臉有如岩石般凹凸不平的中年男子。旁邊附了「小原嫌犯」的說明。

南鄉讀起報導內容。

埼玉的案件發生半年後，靜岡市內入侵民宅的男子以現行犯遭到逮捕。是深夜發覺聲響的屋主報的警。

被捕的是居無定所、無職的小原歲三，四十六歲，因攜帶手斧而被追查與「三一號事件」的關聯，最後自行認罪。

南鄉仔細閱讀小原這個人從被捕到起訴的報導。這個強盜犯供認的只有福島、茨城、埼玉這三件命案。與中湊郡的命案之間的關聯，或許是因為當時樹原亮已被捕，警方似乎也沒有追查。

南鄉焦躁不已，接著以「小原歲三」為關鍵字，查出審判的經過。結果得知他在被捕的四年後，一審判決宣告死刑。又在三年後的一九九八年，二審中被判維持原判。

不妙！南鄉心想，叫出下一則報導。如果這個小原歲三已經被處死，那麼可能是中湊郡命案真兇的男子，就從這個世界上消失了。南鄉看了剩下的所有報導。結果小原的相關報導在維持原判的三天後，「小原被告提出上訴」這篇短短的報導後便絕跡了。

這就表示，最高法院還沒有駁回小原歲三的上訴。也就是說，他還不是死刑確定犯。私底下找門路，應該有接見的可能。

南鄉鬆了一口氣，然後露出諷刺的笑容。同年被捕的樹原，現在只能等死刑執行，而小原卻連確定都還沒確定。這是日本審判制度的問題。當一個人犯了相當於死刑的案件，殺死的人越多，審判就拖得越長，被告就能活得越久。

即使如此，南鄉仍注意到他們不能有片刻遲疑了。小原早在三年前就已經向最高法院提出上訴。上訴何時被駁回都不足為奇。到時候，除了部分親人和律師之外，就沒有任何人可以接見小原了。顯然事不宜遲。

南鄉離開電腦終端機前，叫了教他如何搜尋的女職員，問她如何列印。等候相關報導列印期間，南鄉一時惡作劇心起，去用另一台空的終端機。

點了檢索畫面的「地方版」，選了「千葉縣」。然後，看起在中湊郡命案首次登報那天的地方新聞。

在那裡找到「東京離家出走高中情侶被輔導」這篇簡短報導，南鄉不由得笑出來。純樸的三上純一少年與女友兩人上了報，真是值得紀念的一天。然而，這篇不起眼的報導中，卻寫出了南鄉所不知道的事實。

「二十九日晚間十時許，中湊郡磯邊町輔導了兩名從東京離家出走的高中生。少年A（十八歲）手部受傷，與少女B（十七歲）一同找磯邊町的診所治療，診察的醫師認為可能是刀傷，便通報派出所，警方便將兩名高中生加以輔導。少年A與少女B的雙親已報警協尋。」

手上有傷？刀傷？報導沒有再提到更多。

南鄉的眼睛追著那篇短短的記述，心裡一陣混亂。他所描繪的純樸少年圖像，似乎要被迫修正了。從報導裡想像的，是超乎預期的荒唐青少年。純一恐怕是和當地的不良打架了吧。就和八年後，他害死佐村恭介時一樣。

南鄉想起純一心事重重的神情。因衝動而失去理智的個性，要矯正通常很困難。他本人也察覺到這一點，並且已經放棄，認為控制不了自己內心的攻擊衝動了嗎？

南鄉早已注意到純一不時會顯現出對更生缺乏自信的情形。也許要讓他重回社會，意外地困難。看著報導的南鄉如此心想。

3

兩天沒見，純一一臉沮喪地坐進了喜美。

南鄉從武藏小杉站前的租車公司將車子開出來，問：「怎麼了？」

「家裡好像快撐不下去了。」

「撐不下去？」

「要是這件工作不成，真的會撐不下去。」純一說完，說明了家裡的財務狀況。

南鄉聽了之後也有點擔心，「對佐村先生的損害賠償，不能請他緩一緩嗎？」

「那是講好的。要是滯付的話，可能就要上法院了吧？」

南鄉點點頭。一旦簽了和解書，不履行合約而打官司的話，敗訴是可想而知的。如果因此而強制執行，三上家恐怕就要被剝皮了。南鄉再次體認到阻擋前科者更生的那道牆是多麼厚。

「之前你說過的犯罪人的處遇，」悶悶不樂的純一改變了話題，「萬一有人殺了人又不悔改，那個人是不是就只能判死刑了？」

南鄉踩了煞車。前方的燈號是紅燈。南鄉在停下的車內看著純一。之前他都沒注意到，純一左臂手肘內側，有五公分皮膚縫合的傷疤。是被輔導時受的傷。

「你是在說自己嗎？」南鄉率直地問。

「不是。」純一含糊其詞。

「不要太自責。」南鄉認為現在是關鍵時刻，「還有一個半月刑期才滿吧？你要好好想想。家裡的經濟問題，也不是一定就沒救了。」

「說得也是。」無力點頭的純一，好像想起什麼似地說，「對了，南鄉先生。」

「什麼事？」

「之前我就想向你道謝。謝謝你找我參加這次的工作。」

「不客氣。」南鄉不禁笑了，覺得那個純樸的青年回來了，全身都放鬆了。

「只要這次的工作順利完成，就可以讓我爸媽好過一點。現在還有可能吧？」

「有啊，可能性大得很。其實我這邊也有收穫。」南鄉因綠燈踩了油門，把從報社報導檢索得知的「三一號事件」告訴他。「被告小原歲三被羈押在東京看守所。也許最近可以接見。」

南鄉已經向刑務官時代的部下岡崎問過和小原會面的事了。

「那個『三一號事件』，」純一說，「如果殺害宇津木夫妻的是隨機作案的強盜，不是和受保護管束人的紀錄不見了有矛盾嗎？」

「這個我也想到了。你說得沒錯。不過，你說的受保護管束人做案論雖然有力，小原做案論也不無可能。現在我們要放下先入為主的觀念，耐著性子追查每一條線索。」

「說得也是。」純一點點頭，似乎恢復了一點活力。

「對了，昨晚電話裡拜託你的事怎麼樣了？」

「弄好了。」純一拿起後座的包包，取出筆記。南鄉拜託他的，是列出樹原亮公審時出庭的被告方證人名單。這些人在樹原亮被捕前是他的熟人。南鄉和純一打算針對命案的第三種可能性，證明真兇事先就準備陷害樹原亮的假設。

「證人只有兩個。」純一從訴訟紀錄裡查出了這兩個人的姓名和聯絡方式。「兩個人都在中湊郡。是當時樹原的雇主和工作地點的同事。」

「約好了嗎？」

「約好了。」

中湊郡首屈一指的觀光住宿設施「陽光飯店」，是一棟從大浴場到結婚會場一應俱全的十層樓大樓。那白堊外觀昂然獨立於海岸，給人的印象好像是一手撐起當地觀光產業的要塞。喜美駛入的停車場已經半滿，可見觀光季漸入佳境。

和純一一起下車的南鄉感到一陣悶熱，從外玄關走進了飯店。

向櫃枱人員表明來意後，經理便從裡面出來，領著兩人來到三樓。然後經過鋪了地毯的走廊，敲了最後面的門。

「有您的客人。」

門應聲從內側打開。樹原亮的證人之一，便是這家飯店的老闆。

「敝姓安藤。」

請兩人進入辦公室的老闆遞出了印有全名「安藤紀夫」的名片。頭銜是「股份公司陽光　代表取締役社長」。雖已年過五十，但身材結實，從休閒西裝的袖口露出的雙手也曬得很健康。那運動員式的開朗笑容，足以令人感到他這個地位的人少有的平易近人。

南鄉對他心生好感，依序介紹了自己和純一。南鄉取出名片，但純一就只有打招呼。因為他和律師事務所已經沒有僱用關係了。老闆看著純一顯得驚訝，但很快就恢復笑容，請他們在沙發上坐下。

「那麼，兩位來，」做服務生打扮的女子送來三杯冰咖啡又離開後，安藤開口，「是為了樹原亮的事吧？」

「是的。雖然只有一絲可能性，但我們認為可能是冤獄。」

「咦？」安藤顯得很吃驚，但臉上仍掛著微笑。

「在進入正題之前，想請教您一件事。請問您對現場附近的地理環境熟悉嗎？」

「有一定程度的認識。因為我和宇津木老師也有深交，曾上門拜訪過好幾次。」

「那一帶有沒有有樓梯的建築物？」南鄉將重視樓梯的原因和搜尋以落空告終的事大略說

了。

安藤側頭思索，「沒有印象呢。」

「沒關係。」南鄉回到最初的目的。「安藤先生當時以被告的證人身分出庭？」

「是的。那時候真的是很折騰啊。」安藤出現困惑的神情。「我的立場很為難。」

「您的意思是？」

「因為我與被害者和加害者雙方都很熟。若是站在其中一方，對另一方就不利。」

「可是安藤先生還是為了樹原站上了法庭？」

「嗯。」安藤露出了有些不好意思的笑容。

南鄉產生了一股終於遇到自己人的安心。他想從安藤口中確認他從訴訟紀錄裡看到的事實關係。

「安藤先生本來就和宇津木耕平先生很熟？」

「是的。宇津木老師是本地屈指可數的有識之士，我在事業和各方面，也常向他請益。」

「您認識樹原，是經由宇津木老師的介紹？」

「是啊。我想您也知道，宇津木老師曾任保護司，要為犯過竊盜罪的樹原找工作，所以便來我這裡商量。」

「您對樹原的印象怎麼樣？」

「老實說，感覺很內向。」安藤彷彿回想當時般抬起視線。「不過，考慮到他的身世，也難怪會造成他這樣的個性。」

南鄉想起訴訟紀錄中樹原的生長經歷。「安藤先生僱用他，也是基於這樣的同情嗎？」

「是的。我們的子公司有一家錄影帶出租店，我就把他安插在那裡。」安藤說完，身子向前傾。「沒想到一上班後，樹原非常努力。」

「是嗎？」

「他提出了不少建議，例如深夜折扣等，店裡的營業成績確實成長了。」

南鄉對於竊盜犯的更生深感興趣。「為什麼他會那麼努力呢？」

「當時我認為，一定是宇津木老師的力量。樹原一定是敬愛保護司，才會那麼發憤的。」安藤說完，臉上蒙上陰影。「在那個案子發生之前，我一直是這麼想的。」

「就當時的情況來想，您完全無法想像樹原會去攻擊保護司？」

「一點也沒錯。就連現在想起來，也還是覺得不可思議。」

「樹原的交友情況如何呢？他的朋友中，有沒有可能會犯下強盜案而嫁禍給他的？」

「這我倒是想不出。」安藤思索了一會兒。「開始工作後，他的朋友好像也不多。」

「朋友很少？」

「是的。我想他和人的往來沒有深入到會與人結怨的程度。」

南鄉點點頭，尋找別的可能性。「宇津木老師曾就其他人的就職問題來找您商量過嗎？」

「怎麼說？」

「意思是說，除了樹原之外，還有沒有其他受保護管束人。」

安藤一聽，便喃喃說「有一個」。

「還有一個人嗎？」

「應該是吧。宇津木老師曾說過要照顧兩個人相當累之類的話。」

「照顧兩個人，是保護管束的意思嗎？」

「我是這麼解釋的。」

坐在旁邊的純一看了看南鄉。這是支持受保護管束者犯案論的佐證。

「他不曾說過是誰？」

「對，保護司有保密的義務啊。這和樹原的情況不同，老師沒有找我討論，所以我也不知道。」

安藤回答後，朝桌上瞄了一眼。南鄉注意到他是在看時間，便決定結束訪問。「那麼，請教您最後一個問題。宇津木老師有沒有和人結怨呢？當然，我是指無端被怨恨之類的情況。」

「就我所知是沒有。」皺起眉頭的安藤忽然笑了，「頂多就是和媳婦處不好吧。」

「媳婦是指宇津木芳枝女士吧？」

「是的。常有的婆媳問題呀。」然後觀光飯店的老闆似乎是怕場面變成三姑六婆說三道四，便在這裡結束談話。「就是每個家庭都有的問題。」

離開安藤的辦公室後，南鄉一面和純一整理這次拜訪的重點、一面走向一樓。

由於受保護管束者犯案論的可能性增加了，純一有些亢奮。「宇津木先生照顧的另一個前科者，查不查得出來？」

「我回松山時問過了，沒辦法。矯正管區不同，又是十年前的保護司。」但是南鄉也知道查出這一點是燃眉之急。「接下來，我們兵分二路吧。你去找第二個證人，我去找那個前科者。」

「怎麼找？」

「可能會碰壁，不過我想去找中森檢事。」

純一點點頭。

「對了，最後提到的婆媳問題，你怎麼看？」

「什麼怎麼看？」如此反問的純一臉上，寫著他並不重視這個問題。南鄉心想向未婚的年輕人問這個問題也是白搭，便沒再問下去。

南鄉獨自坐進喜美，把純一留在大太陽底下的停車場，開車離去。由國道南下，順時針繞過房總半島的南端，前往館山市。他握著方向盤，心想在這場調查結束前，不知道要開多少公里的路。

中森上班的地點千葉地檢館山分部，與千葉地方法院館山分部位於同一建築物內。南鄉在那棟儼然官廳的大樓前停好車，卻又改變主意，認為直接上門去找檢事不妥當。看看表，正好過十二點。南鄉從錢包裡取出中森的名片，懷著一絲期待，撥了手機的電話號碼。

電話響了一次，中森就接了。檢事一點也不嫌煩，表示午休可以見面，然後指定三十分鐘後的碰面地點。

那裡是距離中森上班地點開車五分鐘的洋食咖啡店。

南鄉占用了靠近入口的桌位，正喝著這天的第二杯冰咖啡時，手機響了。本以為是中森，但電話另一頭傳來的聲音卻是杉浦律師。

「事情有點麻煩了。」杉浦以求救的聲音說。「不知道怎麼搞的，委託人起疑了。」

「委託人？懷疑什麼？」

「懷疑三上還和南鄉先生一起行動。」

南鄉皺起眉頭：「他怎麼知道的？看到我們了嗎？」

「不知道啊？」

南鄉忽然猜出委託人的身分。「委託人是本地人嗎？」

「我什麼都不能說。」

「是剛剛才打電話給你的？」

「對。」

「他的名字……」說了這幾個字，南鄉就打住了。無論他說什麼，杉浦都不會回答吧。「委託人是非常為樹原亮著想的人吧？」

「那當然了。」

「而且也有財力提供高額的報酬？」

「是的。」

「聽到委託人起疑，杉浦律師怎麼回答的？」

「我裝傻應付過去。」律師大言不慚地說。「可是不知道能瞞到什麼時候。」

「只要工作順利完成，委託人就無話可說了吧。」南鄉很不高興地說，「請瞞著三上的事，拜託了。」

「好。」杉浦嘆氣掛上電話。

「久等了。」

忽然有人這麼說，南鄉驚訝地抬起頭，一身西裝的青年檢事就站在桌旁。

「不好意思，沒注意到你來了。」

南鄉連忙站起來，中森笑著說：「哪裡，我也正遲疑著不知該什麼時候出聲呢。」然後他脫掉外套，坐在南鄉面前。

「不好意思，把你找出來。」

「沒關係。」

南鄉看到檢事的笑容，稍微放心了。從他快活的樣子看來，目前他仍是願意幫忙的。

兩人向女服務生點了中餐，稍微閒聊幾句，便進入正題。

「被害者所負責的受保護管束人？」

聽了南鄉的解釋，中森像回想當時的資料般，視線朝著半空。

「沒有在偵查方向中出現過嗎？」

「至少沒有在嫌疑範圍內。因為樹原亮以幾近現行犯的狀況被捕了。」中森一面回答、一面繼續搜尋記憶。「哦，對了，有一個人。」

「一個人？」南鄉身子向前傾。看來安藤老闆的話是對的。

「可是，去翻資料庫雖然找得出來，但實在是沒辦法告訴你。」

「為什麼？」

「因為那是前科者的個人資料啊。身為刑務官的南鄉先生應該能了解吧。」

南鄉只好笑了。「是啊。」

檢事也報以笑容，然後忽然恢復正色，「南鄉先生把焦點放在受保護管束人身上，意思是您認為強盜案是偽裝的？」

「是的。」

「犯案動機是取消假釋？」

南鄉對檢事腦筋之靈活大為驚嘆。「嗯。」

中森微微點頭，陷入沉思。

要是他肯主動幫忙調查就好了——南鄉一邊這麼想、一邊提起第二個可能性：「對了，你知道『三一號事件』嗎？」

中森似乎很意外，看著南鄉，「知道。」

「當時曾調查過宇津木夫妻的案子和『三一號事件』之間的關聯嗎？」

「你的著眼點果然敏銳。當然調查過，但期間也非常短。在急救醫院從樹原的隨身物品中找到被害者的錢包時，就停止了。」

「後來呢？」

「後來反而是將『三一號事件』的嫌疑轉向樹原。但福島和茨城案發時，樹原有不在場證明。」

「而四個月後『三一號事件』的兇手就被逮捕了——」

「小原歲三是吧？」

「嗯。調查過這個小原的不在場證明了嗎?中湊郡的這個案子的。」

「沒有。」

看來對南鄉他們來說，小原歲三仍是有力的嫌犯。

接下來的一段時間，兩人的談話脫離主題，邊吃飯邊閒聊。

南鄉提到要從刑務官退休，中森嚴肅地問：「是為了這次的調查嗎？」

「也可以這麼說。」

檢事這時候才頭一次投以提防的視線，壓低聲音問：「說實話，南鄉先生是怎麼想的？你認為樹原亮真的是冤獄？」

「我是這麼認為。」南鄉考慮到檢事的心情，遲疑著該不該說，但終究還是說了。

「也就是說，求處死刑是錯的？」

南鄉點點頭。然後看著小他十來歲的檢事眼睛說：「現在的話，還來得及。只要樹原還活著就都來得及。」

中森沉默了。這陣沉默意謂著什麼，南鄉不知道。但他可以肯定的是，對方也了解他的苦惱——也就是同樣負責死刑執行的人們所產生的連帶意識。

直到用餐完畢，檢事都沒有再提到樹原亮的事。最後南鄉拿著帳單站起來，中森堅持各付各的。這是在檢察官身上常見的潔癖。無論何時何地，他們都小心提防，避免行動被誤認為收受賄賂。

但願他的正義感也發揮在樹原亮的案子上——南鄉一面這麼想、一面付了自己的餐費。

在陽光飯店與南鄉分手之後，純一在豔陽下走了十分鐘，前往磯邊町。

第二位證人的姓氏很罕見，他姓「湊」，是樹原亮在錄影帶出租店的同事。

樹原亮曾工作過的「陽光錄影帶出租店」位於最熱鬧街道的中心，張貼著好萊塢大製作電影的海報，氣氛熱鬧華麗。走過自動門來到冷氣充足的店內，櫃枱內看似工讀生的女孩便笑臉相迎。

「歡迎光臨。」

「不好意思，請問湊先生在嗎？」

純一擦著汗問，女孩點點頭，叫聲「店長」。

店內一個正在排舊片錄影帶的男子回頭。

「請問是湊先生嗎？」

純一走過去，湊大介站起來。「我是。」

「我是昨天跟你通過電話的三上。」

「哦，是律師事務所的人吧？」

「嗯，算是在那裡幫忙的。」純一回答，免得有詐稱身分之嫌。「其實我是為了樹原亮的事來的。」

「咦？為了樹原？」湊在黑框眼鏡之後的眼睛似乎瞪大了。

有必要這麼吃驚嗎？——純一感到訝異地說：「不好意思打擾你工作。我晚點再來吧？」

「不用，十分鐘左右的話沒關係。早上沒什麼客人。」

純一道了謝，開始發問。自己好像成了刑警還是偵探，感覺很奇妙。他一面提醒自己不要得意忘形，一面問：「湊先生是在這家店裡認識樹原先生的吧？」

「是的。不過當時店址在別的地方。」

「別的地方？」

「那時候更靠近海岸。後來店裡的生意不錯，才搬到這邊來的。」

純一想起安藤老闆的話，「樹原先生工作好像也很認真？」

「嗯，發傳單、延長營業時間啦，他都很有幹勁。」

「剛才我們聽安藤先生說——」

「安藤先生？」

「就是陽光飯店的老闆。」

「嘿？」湊露出足以用驚愕來形容的表情坦誠表示佩服。從子公司錄影帶店的店長看來，安藤老闆似乎是高不可攀的大人物。

「據說樹原先生幾乎沒有朋友？」

「是的。他就只有跟我比較好。我跟他很談得來，像是喜歡的電視節目、流行歌曲。」然後湊露出了不知所措的表情，「只是他竟然做出那種事，我的心情也很複雜。」

隨著樹原被捕，湊所感到的友情也變成苦的了吧。純一忽然想起自己的朋友。被捕之後就沒有再見面的那些朋友，一定會躲著現在的自己吧。

「湊先生覺得樹原先生給人什麼感覺？」

「至少看起來不像是會犯下那種案子的人。可是，他被捕後我才知道，原來他在來這裡之前，好像也偷過東西。」

「嗯。」

「所以我覺得真的是人不可貌相啊。」

「現在是假設，」純一先把前提說清楚，再提到冤獄的可能性，「假設是有人嫁禍給樹原先生，有沒有這種可能情況？」

「這、這個！」湊說不出話來。剛才純一就注意到，這位錄影帶店店長似乎天生就對所有事情採取誇張的反應。

「有沒有和樹原先生合不來的人，或是——」

「請等一下。」湊伸出手打斷純一，然後猛抓後腦勺。「對了，我想起來了。樹原他啊，說過很奇怪的話。」

「很奇怪的話？」

「當時有一個大叔偶爾會來。」

「大叔？」

「一個中年男子。是個專門租成人片的客人，但那時樹原說：『要小心那個大叔。』」

「小心？」

「他說『那個大叔以前殺過人』。」

「咦？」純一不由得驚咦了一聲。「什麼意思？」

「我就是不懂啊。我問樹原，他也沒有詳細解釋。」

「那個大叔是個怎樣的人？」

「四十幾歲，看起來像做短期工的。」

「知道他的姓名嗎？」

「不知道耶。」

「最近有沒有來光顧？」

「沒看到呢。不知道什麼時候開始就沒來了。」湊側著頭想，但好像什麼都想不起來的樣子。

純一在咖啡店和從館山回來的南鄉會合後，把錄影帶出租店店長說的話告訴他。

南鄉不解，「那個大叔就是當時的受保護管束人？你怎麼能說得這麼肯定？」

「因為犯罪者遇見犯罪者啊。」純一信心十足。因為才剛出獄沒多久，他就在保護觀察所看到許多前科者。「樹原和那個大叔一定是在保護司家裡碰面的，所以樹原知道他的前科。」

「有道理。」南鄉說完，開始確認。「慢著，樹原是因為竊盜被捕的，不會是那時候在拘留所或看守所見到的嗎？」

「我認為不是。如果是的話，犯了殺人罪的大叔去的是監獄。見不到被判緩刑就送出來的樹原的。」

南鄉認同地點點頭。「也不會在錄影帶店租成人錄影帶了。」

「把事情整理起來就是這樣：因為竊盜被判緩刑的樹原，開始定期出入保護司宇津木老師家。在那裡有另一個假釋的殺人犯，某個機緣下兩人交談了。」說到這裡，純一滿懷遺憾地壓低聲音。「只是不知道那個大叔是哪裡的誰就是了。」

「不，等等，我想到一件事。」南鄉揚起細細的眉毛，露出有所領會的笑容。「我們先回到原來的推理。如果是受保護管束人殺死保護司，動機是什麼？」

「取消假釋。」

「這樣的話，如果是有期徒刑，這個動機就太弱了吧？」

「嗯。兇手恐怕是假釋中的無期徒刑殺人犯。」

「這麼一來，宇津木耕平被殺之後，他應該也會繼續受保護管束。」

純一猛然抬頭。「也就是說，現在仍定期向繼任的保護司報到？」

「沒錯。問題是時間。這十年內，他是否已經獲得免刑。如果免刑的話，也就不必接受保護管束了。」

「南鄉先生認為呢？」

經驗豐富的刑務官回答：「我認為還在受保護管束。」

「這樣的話，」純一傾身向前，「只要監視現在保護司的家，那個男的就會出現不是嗎？」

南鄉點點頭。「好，到圖書館去。應該有本地保護司協會出版的刊物才對。」

「要查現在的保護司對吧？」

「對。」

兩人不約而同地舉起冰咖啡杯，以吸管喝起剩下的咖啡。然後站起來。這時南鄉的手機響了。

「喂？」將手機貼在耳旁的南鄉的臉，顯得很急迫。「明天嗎？可以，沒問題。十一點之前去就可以了吧？我知道了，謝謝。」

南鄉一掛電話，就對純一說：「另一條線也開始運作了。」

「另一條線？」

「這是東京看守所的後進打來的。可以和『三一號事件』的兇手接見了。」

「死刑執行命令書」就只等兩個人的批准了。

在刑事局、矯正局、保護局的各部署中，分別由三名幹部檢查過的「死刑執行起案書」，先送回刑事局更名為「命令書」，再由局長親手交遞到法務大臣官房。

站在法務官員頂點的事務次官，直勾勾地盯著放在桌上的這份文件。官房內部，祕書課長與官房長已經批准，就只剩事務次官的審查了。只要他蓋了印，命令書就會送到法務大臣室，在那裡，等候第十三人，也是最後一名裁決者法務大臣的判斷。

事務次官已經看過所附的資料。就他大致看過的部分，內容沒問題。他拿起辦公桌上的官印，按過印泥後，在命令書上蓋了章。

剩下的問題是，什麼時候把這個送到大臣室。

他所服務的法務大臣，是靠至今仍未改善的國政弊端，也就是執政黨排隊照輪的作法，被送上大臣寶座的。對於法務行政的一切，既無知識也無見識。而且最讓事務次官頭痛的是，這個體格體面的大臣，其實是個膽小鬼。

光是話題提到死刑問題就大吼大叫。那種態度簡直就像要打針的小朋友吵著不願意打針一樣，幼稚到極點。但現在不是取笑他的時候。事務次官現在正抱著重大危機，只怕法務行政史上的污點拒簽「死刑執行命令書」的例子又會重演。

歷代法務大臣中，有人以自己的宗教信仰為由，拒絕下達死刑執行的命令。更有好幾位大臣不在命令書上簽名卻不明言理由。這些行為受到死刑制度反對論者的歡迎，卻是明顯的失職。既然法律明定執行命令是大臣的職務，若是不肯做這件事，拒絕就任大臣才合道理。不惜無視法律，也不肯做不想做的事，卻只想要權力的寶座，這令法務當局的公務人員無法接受。

該怎麼說服這個白癡？事務次官感到頭痛。他在職務上雖是官僚的頂端，但就實力而言，也才排第五。由於他是檢察廳的檢察官出身，上面還有檢事總長、東京高檢的檢事長等，四名大老重重壓下來。若是無法成功說服大臣，天曉得會有什麼災難降臨。

事務次官認為，最後的王牌終究是近在眼前的內閣改組。在退任之際簽署命令書，也算是半個慣例了。他已經收到報告，死刑犯第四次聲請再審，到時應該會被駁回。

人事改組前兩週——事務次官訂下目標。要在這個時間點取得大臣的內部承諾。若是這時候對方還是不肯簽，那就真的要在他下台的那天，不管三七二十一把死刑執行命令書擺在他面前，逼他簽名。由刑事局長和自己兩人一起上，那個大臣也不敢說不吧。

事務次官沉著一張臉，把死刑執行命令書收進抽屜裡。心情好像被迫演出鬧劇的配角。明明是要做出奪走一個人性命的決定，只因多了一個愚蠢的政治家，就讓整個層次低落到像齣低俗喜劇。要怪就要怪那種人被選上——事務次官把怒氣轉向人民。

然而，只要再忍耐一陣子就好。只要內閣人事改組，那個大臣就會留下命令書滾出大臣室。這麼一來，他也可以告別這份令人憂鬱的工作。

這時，事務次官驀地裡朝收放命令書的抽屜看。他發現，在現在這個時刻，只有自己知道樹原亮這個人還有多少壽命。

簡直就像死神一樣。

事務次官陷入一種不愉快的情緒中，但也只能看開——這也是分內的職責。

再三週，樹原亮就要被處以絞刑。

任誰都無法阻止。

第五章　證據

1

明知沒有時間，但現在的純一除了坐在海風吹撫的水泥地上，沒別的事可做。

在前一天的調查中，得知宇津木耕平遇害後，中湊郡便沒有保護司了。因為找不到繼任者。保護司在其制度史上，一直處於規定人數不足的狀態。中湊郡的處理辦法，是擴大鄰近勝浦市的保護司管區來應急。

接手宇津木耕平業務的，是一位名為小林澄江的七十歲老婦人。她的住宅緊鄰勝浦漁港，就與純一現在坐的防波堤隔著小河相望。

純一一面拿保特瓶補充水分、一面繼續等「大叔」的出現。保護司協會的管區更動，對純一他們來說是好消息。因為符合「大叔」不再出現在中湊郡的錄影帶店的說法。會不會是小林澄江這位繼任的保護司，在環境調整後安排受保護管束人住在附近，然後把「大叔」叫到這勝浦市來呢？

他們準備採取的步驟是，當疑似的人物出現，便以前幾天買的數位相機拍下來，拿給錄影帶店店長確認。

不過，天氣好熱。純一擦了汗，重塗防曬乳，然後看了看漁會牆上的鐘。

上午十一點。

前往東京的南鄉接見「三一號事件」犯人的時間就快到了。

此時，南鄉在東京看守所的接見等候室。他在一排排長椅的最後面坐下，混在一般接見者之中，等候廣播叫自己的申請號碼。

「請辦理一般的申請手續。」前一晚與岡崎通電話時，他這麼交代。「最好在申請單上面註明是律師事務所的人。其他的我會安排。」

等候室中，有十來個接見的人。南鄉眼前坐著一位抱著嬰兒、頗具風塵味的女人。一想到她應該是來看那孩子的父親，南鄉的心情就很沉重。

「四十五號，請到接見室。」

聽到室內的廣播，女子抱著孩子站起來。南鄉的視線移向販賣處。他猶豫著要不要買點東西送給小原歲三，但又改變主意，決定看接見的情況如何。如果得到了重要的線索，要什麼零食都買給他。

不久，被叫到號碼的南鄉經過接見櫃枱，接受隨身物品檢查與簡單的搜身。他帶來的包包已經存放在寄物櫃裡，沒有問題，但敷衍了事的檢查方式，卻讓南鄉這個刑務官前輩有話想說——做事仔細點！

一進接見室，直線延長的一道狹窄走廊的左側，是一道道的門。南鄉進的是從後面數來第四個房間。三坪左右的空間正中央，隔著透明的壓克力板。南鄉在三張並排的鐵椅中央坐下，壓克力板之後的門立刻就開了，一位身穿制服的刑務官和一位身穿運動服的中年男子走進來。

南鄉細看「三一號事件」的犯人小原歲三。理得短短的頭髮已黑白交雜，臉部如岩石般凹凸不平，和十年前報上的大頭照一樣。這個為了錢而奪走三條人命的男人，和南鄉當刑務官時接觸過的許多殺人犯一樣，是隨處可見的類型。

小原彎腰駝背，抬眼瞥了南鄉一眼，就隔著壓克力板在面對面的位置坐下。

在旁邊筆記枱上就位的看管刑務官脫掉帽子，對他說：「是松山的南鄉先生沒錯吧？」

「是的。」

刑務官只向南鄉的回應點點頭，就沒再說話了。看來岡崎都打點好了。南鄉很滿意，轉而面向小原。

「我們第一次見面。」南鄉說，「我是杉浦律師事務所的南鄉。」

「律師嗎？」小原問。他的聲音意外地粗。

「我沒有律師資格，算是幫忙的。」

「那，你們會給我什麼支援？」小原問得一副理所當然的樣子。多半從一審被判死刑以來，各方面就對他伸出援手了吧。犯罪者也有人權。死刑是野蠻的刑罰，應該廢除。

「在那之前，我想先確認一下事實。」南鄉一面說、一面看了看在場監視的刑務官。他握著筆面向筆記枱，但手沒有動。南鄉放心地繼續說，「小原先生被起訴的是三個案子吧？福島、茨城、埼玉。」

「不，還有一件。」

南鄉抬起眼來。

「靜岡的入侵民宅，這是未遂。」

「嗯，是嗎？」南鄉微感失望，點點頭。「請問，小原先生去過千葉嗎？」

「千葉？」小原說著抬起頭。

「對，千葉縣南部，房總半島外側。」

「你問這個幹嘛？」

小原出現了提防的神情。這純粹是感到奇怪呢？或者是因為南鄉提到了他想隱瞞的過去？

南鄉決定兜圈子。「沒關係。我們先談起訴事實吧。三個案子，你都使用了手斧對吧？」

「對。」

「有什麼原因嗎？」

「一般的斧頭太大，會被人看到，所以選了小的。」

「每次都埋在現場附近是因為？」

「討吉利。」

「討吉利？」

「老實說，頭一個案子我不太記得。因為我那時昏了頭。等我搶了錢來到外面，才發現糟了，我拿著沾了血的凶器。所以就拿鏟子，把東西埋在房子附近。」

「這是第一次的犯案？」

「對。之後，我有好一陣子提心吊膽，不過警察完全沒有要來抓我的樣子，所以我就放心了，想說第二次以後也要照做。」

「用同樣的凶器，埋在同樣的地方？」

「對啊。第二次和第三次都很順利。」

小原臉上露出得意的笑容。南鄉直覺感到，這傢伙是不會悔改的。想想，這也是當然的。如果是殺了人會悔改的個性，就不會有第二個、第三個犧牲者了。

「在千葉縣也發生了同樣的案子，」南鄉壓抑著對眼前這個人的厭惡，進入主題，「推斷所使用的凶器也是斧頭之類的利器，埋在現場附近。」

小原收起笑容看著他。

「我想確認的事實就是這一點。小原先生沒有去過千葉縣吧？」

「你先等一下。那個案子的兇手已經被抓了吧？」

小原沒有上當。「你怎麼知道的？」

小原立即答道：「看報紙的。」

這是老早以前就準備好的藉口嗎？「十年前，而且是別人犯的案子，你記得還真清楚。」

「其實——」小原的視線游移，想著該怎麼說。「那時候，我每天都會看報。」

「為了了解自己的案子的偵辦狀況，對吧？」

「對。結果，竟然有人偷學我的手法，嚇了我一跳。」

「偷學你的手法？」南鄉不禁看著他的臉。從小原的表情無法判斷真假。南鄉發現自己想把一切的罪過推給眼前這個男人，所以盡可能要自己保持理性。有人模仿他的手法，這是無法忽視的可能性。因為當時，「三一號事件」的詳細案情每天見報。

「那不是我幹的，是叫樹原什麼的小伙子學我的。」

「你連名字都記得？」

「記得啊。要是樹原連我幹的案子也扛過去就好了。」

「你現在也這麼想？」

「人之常情嘛。」

南鄉臉上露出笑容。那是來自心底的冷笑。

「我說，你要相信我啊。我從來沒去過千葉那種地方。」

小原懇求般說，但這是不可能答應的要求。這個人現在正在最高法院打死刑官司，要是再增加罪狀，等於是自殺。就算他真的在中湊郡犯案，也絕對不可能招認的。

南鄉為了突破他的心防，採取了踐踏對方心神的言行。「小原先生的死刑判決是不會變的。」

刑事被告人以驚愕的表情看著南鄉。

「已經沒有希望了。犯下三件強盜殺人案，死刑絕對跑不掉。」南鄉身子向前傾，一字一句，教導小孩般繼續說，「在那之前，為你所有的罪懺悔如何？把你犯過的罪毫不保留地說出來，全都掏空、煥然一新之後再去投胎轉世。」

「不是我做的！」小原大喊。

「別說謊。」

「我沒有說謊！」

「你難道不認為自己對不起五個被害嗎？」

「我只殺了三個人！」小原已經不會上當了。「竟然說我逃不過死刑？你憑什麼這麼說！」

「依照過去的判例，就會是這樣。」

「那種鬼東西，去吃屎啦！」小原嘴裡噴出來的唾沫，被壓克力擋住了。「我是有情狀可以酌情減刑的。黏袋子的薪水，我都付給被害者他們了。而且我的身世不幸。」

「幸不幸不是自己說的。」

「不，我偏要說。我沒有媽媽。我爸從早到晚只會喝酒、賽馬。我是被那種人天天打大的！」

「少給我叫苦！」南鄉大喝一聲。那是刑務官管理行刑時讓罪犯發抖的聲音。「有相同的境遇卻認真活著的人多得是。你是丟那些人的臉！」

「你說什麼！」

這時候，監視的刑務官出聲斥責：「小原，冷靜！坐回椅子上！」

小原坐回椅子上，但仍對南鄉投以火燒般的視線，罵道：「我才不會被判死刑！我就活給你看。再審也好，赦免也好，我全部都要聲請。不能怪我，要怪就怪欺負弱者的社會！」

「所以就可以要別人的命？」南鄉再也無法讓臉部不出現厭惡的神情。就是因為有這種混帳，才會無法停止死刑執行。而負責處死這種人渣的刑務官，就得受一生都無法痊癒的心靈重傷。

「好好想想你死的時候。」南鄉以失去抑揚頓挫的聲音繼續說，「你遲早會被套住脖子站上刑場的。會上天國還是下地獄，就看現在了。如果你不悔改就死，保證會下地獄。」

「你他媽的！」小原站起來撲向南鄉，敲打壓克力板。

刑務官立刻扣住他的雙肩，將他從板子前面拉開。

即使如此，小原仍想擺脫刑務官，繼續怒吼：「放開！放開我！」

「南鄉先生……南鄉先生！」

南鄉遠遠聽到有人叫自己的聲音。過了一會兒，這叫聲清楚傳進耳裡，南鄉才赫然回過神來。透明的壓克力板後，刑務官一面壓制著小原、一面對他投以為難的視線。

頭。

「啊，抱歉。」南鄉連忙說。除此之外，他什麼話都說不出來，只能過意不去地對刑務官對

這是結束接見的信號。

刑務官也點頭以對，將受到死刑判決的刑事被告人帶走。

南鄉離開接見室，來到看守所外，經過伴手禮業者集中的一區，找到了香菸攤。他戒菸有一陣子了，但破戒的時候似乎到了。南鄉買了一盒菸和火柴，當場開封，讓肺裡吸飽了菸。

對小原的憎恨是從哪裡來的？

南鄉在苦澀的心情伴隨下回顧接見的情形，想找出答案。

是因為他感覺小原不是中湊郡命案的兇手嗎？是因為這樣會增加樹原亮含冤被處死的可能性嗎？或者只是單純地因為看到了毫無悔改之意的重犯？

南鄉邊走邊想，在餐廳聚集的街上停下腳步。二十二年前，處死四七〇的那天晚上，南鄉就是趴在這條路上吐了一地。

南鄉心想，憎恨並不是來自於義憤。在心裡的是私憤。

全身汗如雨下。南鄉快步經過那個地方，走到停了喜美的停車場。坐上車，開窗讓熱氣散出去。然後拿出手機，馬上打電話給人在看守所裡的岡崎。

「啊，南鄉先生嗎？」身為後進的首席矯正處遇官立刻接起專線電話。

南鄉向他為接見所安排的一切道了謝，岡崎便笑說：「聽說小原那傢伙亂鬧啊。」

「是啊。」

「我會好好懲罰他的。」

南鄉有點猶豫，但還是沒有袒護小原。「那，昨晚拜託你的，你查了他的血型了嗎？」

「查了。小原歲三是A型。」

「是嗎？」這個結果有一半是在預料中。自己對小原放的話，看來更罪過了。

電話的另一頭，岡崎悄聲繼續說：「然後，還沒有執行的動靜。」

「抱歉，麻煩你這麼多。」說完，南鄉忽然感到不安。「你什麼時候休暑休？」

「暑休嗎？」

「假如八月有執行的動作，你會知道嗎？」

「啊啊，對喔。」岡崎頓了一頓才說，「應該沒問題吧。若是要執行，應該會把我叫回來。」

「說得也是。」南鄉也表示同意。

掛掉電話後，南鄉發動車子，前往勝浦。純一正獨自在這大太陽底下監看著他們的目標。

漫長的車程中，南鄉思考著與小原接見所得到的線索，也就是有人模仿「三一號事件」手法行凶的可能性。但腦子卻動不了。對於無法控制自己的怒氣這件事，他的心情依然還沒有平復。

當喜美駛入房總半島時，南鄉把思考集中在殺人犯的心理。殺人的動機因犯罪者而有所不同，但因為某種機緣巧合而一時怒火攻心，失去理智行凶的例子不在少數。現在的南鄉對於犯下這種衝動殺人的機制瞭若指掌。每個人心中，大概在自己也不知道的地方，有個攻擊衝動按鈕吧，那裡在偶然中受到刺激時，便會犯下衝動型殺人。這樣的反應不僅被害者無法預期，連加害者也始料未及。

想到自己也有成為殺人犯的因子，南鄉便想起了搭檔。純一也是因為被觸動了這樣的扳機而殺了佐村恭介的嗎？在更早之前，與女友離家出走時手臂上負傷的原因又是什麼？

駛向勝浦的車正要經過中湊郡時，南鄉離開國道，進入磯邊町。為了觀光季增加的人口，鬧區設置了臨時派出所。看清那裡的警官長相之後，南鄉前往海邊的駐在所。

上次和純一說話的那名制服警察，就在設置於獨門獨院民宅前的警察駐在所裡。

南鄉下了車，輕輕敲了駐在所的玻璃門，向對方說：「敝姓南鄉，前幾天見過面。」

「南鄉先生？」警察完說，似乎馬上想起來了。「哦，在勝浦署的停車場見過的。」

「是啊。我是三上純一的監護人。」

警察以友善的笑容敬了一個禮。

「有點事想請教，你還記得十年前輔導三上的事嗎？」

「嗯，我記得很清楚。」

「你說那時候他受了傷，是和人打架了嗎？」

警察的臉蒙上了一層陰影。「如果是打架還好。」

南鄉暗自驚訝。難道還有比這更糟的？「還發生了什麼事嗎？」

「那時候，三上身上帶了十萬圓現金。」

「十萬？」

「嗯。那時我心想，最近的高中生真有錢而已。可是，等他回東京之後，他父母打電話來道謝，我就是那時候問的，結果他們說，本來預定是四天三夜的旅行，所以只給了他五萬圓。」

南鄉皺起眉頭。「三上來到勝浦，一直到被輔導為止，前後超過十天吧？」

「是的。五萬恐怕不夠。至少錢不會加倍。」

「那麼，有可能是——」

警察把話接過去，「會不會是去恐嚇勒索呢。」

但南鄉立刻就發覺這也很奇怪。受了必須找外科醫師急救傷的是純一。如果被害者有這麼強的反擊能力，不殺死對方應該搶不了錢才對。

「請等一下。那時，女朋友也一起被輔導了吧？」

「對。我記得好像是叫木下友里。」

「會不會是那個女孩子帶了很多錢？」

「你是說，她的錢放在三上身上？」

「是的。」

「這就不知道了。」警察說完，視線停在半空中。「因為那女孩子沒辦法答話。」

「怎麼說？」

「她一副人在心不在的樣子……偵訊時答話的都是三上，木下友里一直出神。」

「一定是發生了什麼事吧？」

「大概是受到很大的驚嚇吧，因為被輔導了。」然後，警察的神情略微緩和。「她看起來像是個家教很好的女孩子。」

南鄉覺得事有蹊蹺。但是這樣的感覺，就像潛伏於他內心的攻擊衝動一樣，只帶來模糊的不安，找不出根源。

十年前，在中湊郡發生了什麼事？即使問純一，恐怕也都問不出什麼來吧。之前問的時候，純一是以記憶模糊搪塞過去。

他是故意隱瞞嗎？

南鄉拚命打消這個懷疑。他不希望選純一做為搭檔是選錯了人。

2

南鄉回來了，監視的辛苦也就隨之減半。純一和南鄉連日都在勝浦漁港防波堤盡頭的喜美裡，持續監視位於小河對岸的保護司家。

自從知道「三一號事件」的兇手血型是A型，純一就更起勁了。因為他自己提出的受保護管束人犯案論，可信度提高了。他唯一擔心的是，在駕駛座上一起監視的南鄉話變少了，一度戒掉的菸，也抽得比以前多。

「南鄉先生，」監視的第五天，純一試著問，「你最近很沒精神呢。」

「沒有，沒這回事。」南鄉露出笑容，但感覺沒往常親切。「只是有點擔心。」

「擔心什麼？」

「如果和『三一號事件』無關，剩下的可能性就只有受保護管束人犯案論。萬一這方面也落空，我們就什麼線索都沒有了。」

「的確是。」純一點點頭，然後問，「那片纖維碎片確定是犯人的沒錯嗎？我是說，判斷兇手的血型是B型不會有錯嗎？」

「也只能這樣推斷了。」南鄉有些遺憾地說，「除此之外，我們沒有別的材料可以特定真兇。」
「說得也是。」
「而且期限也快到了。」
對時間的焦慮，純一也感覺到了。過去五天，進出保護司家的只有她的家人。每次監視以落空告終，都會懷疑真的應該這麼做嗎？
南鄉點了菸，問：「假如兇手是模仿『三一號事件』，那麼會有哪些可能？」
「兇手認識被害者吧？無論如何都想隱瞞他和被害者的關係，所以才會模仿隨機強盜犯的手法。」
「這麼一來，第三個可能性就消失了。」
「你是說，兇手打從一開始就想栽贓給樹原的可能性？」
「嗯。如果一開始就有這個打算，就不會刻意模仿『三一號事件』了。」
純一也認為有理，點點頭。「樹原果然是碰巧出現在現場而被牽連的。」
純一想要確認這方面的事實。去問錄影帶出租店的店長，也許他會知道案發當天樹原亮的行動。
「喂。」
南鄉忽然這麼叫，所以純一的視線回到擋風玻璃。前方有一個頭髮染成咖啡色的高中生走進保護司小林澄江家。
「非行少年出場了。」南鄉笑了。「搞不好今天是和受保護管束人約談的日子。」
純一趕緊拿起放在儀表板上的數位相機。打開電源，調高鏡頭的倍率。

「也許今天之內就會有結果了。」

「是啊。」

接下來兩個人還是在車窗敞開的喜美裡繼續等。咖啡色頭髮的高中生離開之後，大約隔了兩小時，一名年輕女子造訪了保護司家。由這名女子大約三十分鐘後離開看來，應該是受保護管束人。

時間已經過了下午兩點，純一和南鄉開始說起午餐怎麼辦時，一名年過四十的男子從巷子轉出來。

「就是他。」純一不假思索地說，將數位相機的鏡頭對準他。

「真的嗎？」南鄉看了這個頭髮以髮油梳平、顯得頗為乾淨清爽的男子說。「不像是做工的啊。和錄影帶店店長說的，有點出入呢？」

純一將疑似「大叔」的男子拍進相機裡，說：

「他肯定在牢裡待過，而且待了很久。」

「你怎麼知道？」

「他的左手手腕。」

「手腕？」南鄉定睛仔細看他的手。

「他沒戴表吧。而且也沒有表痕。」

「所以？」

純一露出自己沒有戴表的手腕。上面還留著幾道擦傷的傷痕。「一旦坐過牢，就沒辦法再戴表了。因為會想起手銬。」

這時，男子彷彿要證明純一的話般，走進了保護司的家。

說。

南鄉一臉驚訝地望著純一，然後笑出來。「我當了這麼久的刑務官，竟然不知道。」

「沒親身經歷過是不會知道的。」純一回想起被銬上皮手銬、關在禁閉房那噩夢般的一週

接下來的二十分鐘，純一和南鄉計畫跟蹤男子。純一走在他二十公尺之後，南鄉再跟在後面。萬一純一跟蹤被發現，就立刻離開，換南鄉上場。

討論完，南鄉便把車開到保護司家門口的路上。停車位置是男子現身的巷子的另一邊。這樣就不必擔心被發現。

又等了十五分鐘，男子終於從保護司家出來了。

看他沒有朝這邊看，純一輕輕下了車。一時猶豫著要不要關車門，車裡的南鄉打手勢叫他走。純一點點頭，開始跟蹤。

走了一會兒，身後傳來關門聲。是南鄉下車了。但是二十公尺前方的男子似乎沒有注意到。

純一跟著他走過朝市通，開始朝勝浦車站走。馬路兩旁都是商店。男子在一家小書店前停下來，但只看了一眼店頭的雜誌，便又邁開腳步。

直到這時，純一才感到一絲不安。要是他上了電車或公車等大眾運輸工具，該怎麼辦才好？他回頭看後面，走在一個街口之後的南鄉皺起眉頭搖頭。應該是叫他視線不要離開男子。

純一點點頭，轉回來面向前方。就在這時，男子停住，轉向他。純一趕緊轉移視線。他不知道對方有沒有看到他的臉。只是很不巧的是，因為男子停下來，純一便越來越接近對方。

事情變成這樣，只好超越他，讓南鄉來跟蹤了。純一手忙腳亂地東張西望，準備從位在視野一隅的男子身邊經過。

然而與此同時，男子開始走了。純一心神大亂。別說跟蹤了，他現在根本是和男子並肩而行。純一以自然的腳步從男子身旁走開，在右側的店鋪前方停住。然後，緊盯著反射在櫥窗玻璃上的男子背影。

男子似乎對他毫不在意。純一鬆了一口氣，就站在那裡等南鄉來。

快步走過來的南鄉追過他時小聲說：「女裝癖？」

「咦？」純一吃了一驚，拚命想這句話的意思，猜想是不是指他們跟蹤的男子是同性戀者。可是，身穿白色馬球衫和灰色長褲的男子完全看不出那種氣息。

最後純一終於發現了。原來他停下來的地方，是女性內衣店正前方。

純一紅了臉，從穿著連身睡衣的假人面前離開，在南鄉身後二十公尺就定位。

十分鐘後，跟蹤劇結束了。幸好男子並沒有搭電車或公車，也沒有發現他們的樣子，走進了鄰區的一幢公寓。

南鄉在寫著「大漁莊」的老舊招牌前等著純一。那幢兩層樓的木造公寓，似乎是為了招攬漁業相關業者所建的。

「他進了二樓最後面那間。」南鄉小聲地說，似乎正忍著笑。

純一拚命裝出正經的表情，看了戶外梯下方的信箱。男子進的二〇一號室的信箱上，標示著「室戶」。

已經將電線桿上標明的住址抄下來的南鄉，看著純一。純一知道南鄉想說什麼，但暗自希望他千萬別說出來。可是，南鄉說了，「女裝癖？」

然後兩個人小心不發出任何聲響，全力狂奔，跑到大漁莊一百公尺外捧腹大笑。

果然不出純一所料。錄影帶出租店長看了數位相機的螢幕，發出誇張的驚呼聲。

「沒錯，就是他！」

「他就是大叔對吧？」

「對！樹原說殺了人的就是他。」

他的話讓店裡的年輕情侶轉過頭來看他們。於是湊大介一臉慌張地看了看客人，把純一帶到店後。

「才那麼一點線索，你是怎麼找到的？」他非常驚訝，黑框眼鏡後的眼睛因而睜得好大。

「辦法有很多啦。」純一得意地回答。找到「大叔」，對他而言是個稱心如意的結果。

「對了，有件事想請教你。」

「什麼事？」

「你還記得案發當天的事嗎？」

「記得很清楚，因為被警方問過好幾次。」

「那天樹原也有來店裡上班嗎？」

「有。他那天的班是上午進來，一直到晚上十點。」

純一吃了一驚，問：「你們一天工作十二小時？」

「嗯。那時，我和他為了讓店裡的生意上軌道都很拚。」

「可是，這不是很奇怪嗎？案子發生的時間，是晚間七點到八點半之間啊。」

「這件事啊，」湊像是要公開重大祕密般壓低了聲音，「到了差不多六點的時候，樹原說突然想起他有事，說他跟人家約好卻忘了。所以他說會在八點之前回來，然後就離開了。」

這等於是為純一他們的推測佐證。樹原忘了當天要去見保護司，才會在沒有約好的時間到那裡去的。而在那裡，有人模仿「三一號事件」殺害了宇津木夫妻。

「謝謝你。你幫了我們大忙。」

「哪裡。」湊回答後，收起笑容，顯得很失落。

看到他的表情變化，純一問：「怎麼了？」

「樹原他啊，定期去見保護司的事，連我都沒說。大概是不希望唯一的朋友知道他有前科吧。」

純一忽然很有感觸地低下頭。這樣的情形可能會發生在自己往後的人生中。然後，純一心想這也許是最重要的一個問題，問湊：「如果樹原被證實是清白的——」

湊抬起頭。

「然後，如果他回到這裡來——」

「到時候，我會和他一起努力的。」死刑犯唯一的朋友自然而然、平靜地笑著回答，「就和以前一樣。」

「謝謝你。」純一說。

第二天早上，純一和南鄉前往大漁莊。他們認為，宇津木夫妻遇害當時，住在這個房間的人肯定曾以受保護管束人身分出入現場。純一與南鄉的使命，是證明該男子為阻止取消假釋而殺害保護司的事實。

從電話簿裡查到該住址以「室戶」名義登記的電話，因此兩人掌握了那個房間住戶的全名，

「室戶英彥」。

爬上生了鏽的鐵製樓梯，走到走廊的盡頭，門後傳來洗東西的聲音。

純一從長褲口袋裡掏出手表來看。時間是八點整。在對方出門上班前攔截這一步果真沒走錯。

南鄉敲了門。廚房的水聲停了，有人應：「誰？」

南鄉隔著門問：「請問是室戶先生嗎？」

「我是。」

「我們是從東京來的，敝姓南鄉，還有一位是三上。」

「東京來的？」傳出這句話後，門開了。

室戶英彥和前一天一樣，頭髮整個往後梳，穿著漿得很挺的西裝褲。看起來像個在餐飲店工作的店長。年齡應該超過五十了，但看起來小了十歲。

「一早打擾真抱歉。我們想趁您上班前來拜訪一下。可以借用您一點時間嗎？」

室戶懷疑地反問：「請問有什麼事？」

南鄉遞出他自己的名片。「我們目前正在進行人權保護的運動。」

「律師事務所？」

「是的。能不能向您請教一些事情呢？」

「什麼事？」

「室戶先生的經歷，是否為您的社會生活造成不便？」

室戶吃驚地看著南鄉。

南鄉立刻拿純一當幌子。「其實我們所僱用的青年，目前也正在努力重回社會中。然而社會的眼光很冷漠，讓更生陷入惡性循環。」

室戶點點頭。大概是解除了警戒，眼神緩和，問純一：「你做了什麼？」

「傷害致死。」純一回答。「蹲了兩年。」

「才兩年啊。」室戶露出看似羨慕的笑容。

南鄉進一步試探：「室戶先生應該是無期沒錯吧？」

「是的。」室戶說完，掃視隔壁一眼。「來，請進。」

純一和南鄉一起進了二〇一號。一坪半的廚房和三坪的生活空間。另有衛浴。

兩人被帶到三坪的房間，那裡有矮桌和小小的書架，以及疊得整整齊齊的被褥。看到這個整理得乾乾淨淨的房間，純一再次體認到室戶服刑生活的漫長。在獄中，容許帶入牢房中的私人物品必須整理好，否則會受罰。室戶大概已經習慣成自然了。

他們才剛在榻榻米坐下，室戶便泡好即溶咖啡端過來。純一道謝，但感到有些不安。因為他認為室戶好像真的洗心革面了。

「剛才提到的，」南鄉對坐下來的室戶說，「室戶先生的罪狀是殺人吧？」

「說起來真丟臉，」接受保護管束處分的前無期徒刑犯低頭行了一禮說，「當時年輕不懂事，無法原諒女人出軌。」

「被害者是女性？」

「不，我害死的是男的，只是讓她受了傷，所以也有傷害罪。」

「什麼時候的事？」

「已經是二十五年前的事了。」

「保護管束還沒有解除嗎？」

「嗯。因為被害者的雙親不原諒我。」然後室戶自言自語般低聲說，「不過，這也是當然的。」

「過去的已經過去，看來您現在已經重新做人了。」南鄉的臉上露出和純一一樣的迷惑。室戶不像是會拿手斧殘殺老夫婦的人。

「室戶先生是什麼血型？」純一沒頭沒腦地問。他自認為是出其不意。

「血型？」室戶一臉訝異地看著他。

「大家都說A型的人責任感很強。」

室戶笑了。「我還是頭一次被說像A型。倒是常有人說我像B型。」

「實際上呢？」純一急著問。

「這就不知道了。因為我沒生過什麼大病。」

南鄉笑了出來。純一和不明就裡的室戶也跟著笑了。

「那麼，再請教您保護管束方面的事。」南鄉回到話題。「您重回社會順利嗎？有沒有發生過差點被取消假釋的事？」

這一問，室戶收起笑容，說：「十年前曾有一次。」

純一小心不讓自己的表情發生變化，等著他說下去。

「保護司的老師說，我算是違反了應遵守事項。」

南鄉揚起眉毛。「哦？」

「當時我在小酒館工作，但老師說，那樣不算從事正業。」

「後來怎麼樣了？」
「保護司撤銷了自己的意見？」
「不了了之。」
「不是。」室戶支吾了一下。「因為那位保護司的老師遇害了。」
「啊啊，」南鄉一副想到什麼般說，「是宇津木耕平先生的命案嗎？」
「是的。所以負責的保護司換了，我才搬到勝浦。之後就沒有問題了。」
「關於宇津木先生的命案，警方的調查怎麼樣？」
「您的意思是？」
「有沒有因為室戶先生有前科，受到不必要的嚴厲審訊？」
「這是一定的。」室戶露出苦笑。「附近要是有人闖空門，頭一個就會懷疑我。」
「保護司命案當時呢？」
「出事的第二天，馬上就被叫去了。只是我有不在場證明。」
「不在場證明？」
「嗯。工作的小酒館的媽媽桑幫我作證。」
「這樣啊。」南鄉說到這裡，停頓下來。似乎在想下一步該怎麼走。然後，他說，「對了，那個命案，有可能是冤獄。」
「冤獄？」室戶抬起頭。
「這是祕密，但被逮捕的死刑犯樹原亮，很可能是無辜的。」
室戶驚訝地看著南鄉。「其實我和樹原有數面之緣。我們在保護司宇津木老師家裡，偶爾會碰面。」

「是嗎？可是如果兇手沒有出面，他就要上絞架了。」

聽到這裡，室戶立刻面無血色。

南鄉立刻問：「怎麼了？」

「沒有，我想起二十五年前自己被捕的時候。」室戶以沒有戴表的左手擦了汗。「一想到可能會被判死刑，晚上連覺都睡不著。」

「樹原亮現在正處於這個狀態。」

「我了解那種感覺。一直到現在，我都沒辦法打領帶。」

「領帶？」

「怕得沒辦法讓東西繞在脖子上。」

南鄉點點頭，視線從室戶的脖子移到左手手腕。「關於這件冤獄，躲在某處的真兇正要殘害第三名犧牲者。因為他把自己的罪嫁禍給樹原亮，即將奪走樹原亮的性命。」

「查得出真兇嗎？」

「如果不自首，恐怕沒辦法。」

「自首……」室戶的表情黯淡下來。

「對兇手來說，那是贖罪唯一的機會。」

室戶點點頭，然後遲疑一下，才說：「關於那件命案曾有一個疑點。」

「什麼疑點？」

「警方有沒有查過宇津木老師的遺產？」

「遺產？」出現意外的詞語，讓南鄉和純一的上身不由自主地向前傾。「怎麼說？難不成遺產繼承人是兇手？」

室戶連忙搖頭，似乎是覺得自己說溜嘴了。「不不不，不是的。」

「那麼，是怎麼樣呢？」

「再說下去就有點……如果造成無中生有的中傷就不好了。」

「中傷是指對宇津木先生嗎？」

「是的。」

「是哪一位宇津木先生？擔任保護司的宇津木老師，還是繼承了遺產的兒子宇津木啟介先生？」

「不，我不能再說了。」室戶在這裡打住。

一離開大漁莊二〇一號室，純一和南鄉便匆匆上了喜美。對室戶的突擊訪問，有了意想不到的收穫。前無期徒刑犯雖然仍留在有嫌疑圈內，但被害者的遺產對兩人而言卻是盲點。這對破案是重要的線索或完全無關，必須盡早找出答案。

喜美離開了勝浦市，前往位於中湊郡沿岸被害者兒子、媳婦的家。迎著海風而建的新豪宅，就身為高中教師的宇津木啟介而言，的確是不太匹配的住處。

「怎麼辦？」純一從前座看著房子問。「又要突擊？」

「不，若是遺產方面，也許可以從中森先生那打聽出來。」南鄉將車開往館山方向。「這次我們從外圍一步步來。」

在前往千葉地檢館山支部途中，純一思考了兒子、媳婦為了遺產而殺害雙親的假設。因為很常見，反而覺得不會發生。只是考慮到兇手特地模仿「三一號事件」的手法，似乎也像是為了隱瞞常見的做案動機。純一心中有疑點，一個是受保護管束人的紀錄從命案現場消失，還有就是被害者的兒子夫婦對兇手的報應情感。那淒厲的怒氣竟是演出來的？純一一時之間無法相信。

進入館山市後，南鄉把車子開進大眾餐廳。時間還不到十點。純一和南鄉都很心急。兩人先喝了咖啡休息一下後，才打電話給檢察官。

聽到他們希望見面，中森檢事給了一個意外的答覆。今天下午，他有事要到中湊郡，問他們方便的話是否同行。純一和南鄉當然沒有異議。

接下來純一和南鄉就要想辦法耗掉兩小時。在冷氣很強的餐廳裡，不斷喝咖啡。可能是因為腦袋裡不斷轉著命案的事吧，兩人反而很少交談。

十二點十五分，兩人上了車。然後在約好的十二點半，於離地檢不遠的商店街接了檢察官。

「有便車可搭真是太好了。」中森照例露出快活的笑容，在後座坐下。

「車資很貴呢。」南鄉邊開車邊說，「我們會問很多問題的。」

「不是有緘默權嗎？」中森也以玩笑回答，「趁著還沒被逼問，我先招好了，我已經查過出入宇津木耕平家的受保護管束人了。」

「哦？」南鄉看著照後鏡裡的中森。一定是為中森主動採取行動感到高興吧。

「除了樹原亮以外，只有一個受保護管束人。是個因為殺人和傷害被判無期徒刑的人。但這個人不但有不在場證明，而且血型是A型。」

「A？」純一不由得回頭看中森，「室戶英彥是A型？」

檢事面露驚訝。「你們怎麼知道他的名字？」

「我們也相當優秀啊。」南鄉笑了，朝純一看了一眼說，「你血型也猜得很準。」

「但結果並不令人開心。」

「那你自己也是責任感很強的A型嗎？」

「不是，我是B型，」純一不情願地說，「跟兇手一樣。」

「你們在說什麼？」中森依舊感到不可思議。

「沒有沒有，」南鄉從照後鏡看著檢事說，「謝謝你寶貴的資料。還有一點想請教，就是被害者夫婦的遺產。」

「遺產？」中森說完陷入沉默，看著半空。大概是在思考可以回答到什麼程度吧。

「他兒子宇津木啟介先生繼承的金額，不少吧？」

「總額將近一億。」

「一億？」南鄉驚呼。「是壽險之類的嗎？」

「不，保險金的金額並不大。一千萬左右吧。而且受益人是一起遇害的太太。」

「那筆錢到哪裡去了？」純一問。

「給兒子夫婦了啊。」

「可是受益人明明是太太啊？」

中森明白了純一的疑問，將情況解釋給他聽：「是這樣的。宇津木先生雖然夫妻都遇害了，但據判是先生先死亡。於是在這個時間，太太便具有領取保險金的權利。可是緊接著太太也被殺了，所以應該由她領取的保險金，就變成遺產由兒子繼承。」

「原來如此。」
南鄉問：「遺產其他的九千萬呢？」
「是被害者的存款。」
純一心想，果然是為了財產而下手殺人的嗎？是宇津木啟介為了一億圓，殺害了親生父母？然而，南鄉似乎有全然不同的疑問。「宇津木耕平是從國中校長退休後，才當保護司的吧？」
「是的。收入應該只有年金而已。」回答的中森聽起來也語帶懷疑。
「他是地主什麼的嗎？」
「不是。」
「那麼這一大筆錢，是從哪裡來的？」
檢察官略加沉吟後說：「案發之後隨即就逮捕了樹原亮，所以……沒有調查到這方面。遺產問題很快就歸稅務署管轄了。」
「稅務署沒有調查收入來源嗎？」
「並沒有收到特別有問題之類的報告。不過，大概是因為情況特殊，所以沒有對地方名人太深入追查吧。」
「那麼，中森先生，」南鄉以拜託的語氣說，「你沒有打算調查這方面嗎？」
「這我就實在無能為力了。我能行動的時間只有今天而已。」
「今天，接下來嗎？」
「是的。」中森以惡作劇的口吻說，「我到處打電話，終於找到了重要的證人。接下來就是要去見他，還要請兩位作陪。」

「任憑吩咐。」南鄉說。

檢察官帶他們去的，是中湊郡外圍的一所獨門獨院的民宅。這幢平房民宅位於與南方安房郡的交界附近，彷彿險險閃過國道一般，蓋在山邊僅有的一小塊平地上。

將車開進通往民宅、長約五公尺的私人道路後，三人下了喜美。老舊門上掛著「榎本」的門牌。三人穿過雜草叢生的庭院，站在拉門玄關前。

「不好意思，我是千葉地檢的人。」

檢事一說完，毛玻璃後便出來一位穿著羊毛衛生衣的老人，打開了玄關的門。「你就是中森先生？」

「是的。昨天我曾以電話打擾過。」中森將點心禮品遞給老人，向他介紹南鄉和純一。「這兩位和我調查同一件事。」

「是嗎？來，請進。」

三人被帶到玄關旁的四坪房間。破損的榻榻米上，擺著好幾個薄得快磨破的坐墊。純一坐在矮桌前，環視一疊疊包圍房間般滿是塵埃的書籍。與其說是一般書籍，看起來更像是古書之類。

中森說：「榎木先生正在進行鄉土史的研究。」

「鄉土史？」

純一不明白檢事的目的，歪頭不解。鄉土史學家要證明什麼？他看看南鄉的神情，前刑務官的視線正朝向房間的角落。那裡疊放著看似舊軍服的衣物。

這時，榎本老先生端著托盤出現，將茶杯放在一行人面前。然後大概是注意到南鄉的視線，說：「我年輕時打過仗。」

南鄉什麼都沒說，只是微微點頭。

老先生一坐下，便問中森：「那麼，你調查的是什麼事來著？」

中森可能是意識到老先生耳背，略放大音量：「宇津木耕平先生家所在的那座山。昨天電話裡向您請教的事，可以請您說給這兩位聽嗎？」

「哦，那座山啊。」

「是的。那座山裡有樓梯吧？」

純一赫然看著中森。南鄉也因為意外的話題而驚訝，眼神立刻移到老先生臉上。

「有啊。」老人點頭說，「那種東西，一去就知道啊。」

「我們找不到。」檢事很有耐性地將南鄉與純一搜索了附近一帶的事告訴他。

「哦，對了。」榎本老人似乎明白了，「也難怪你們找不到。因為增願寺已經沒了。」

「增願寺？」南鄉問。「是廟宇嗎？」

「是啊。裡面供著一尊威嚴的不動明王，但不知道為什麼，指定歷史文物的時候被漏掉了。那座廟確實簡陋破舊，很難說是古剎。」然後老人環視三人，「你們知道不動明王吧？十三佛之一。」

「知道。」南鄉點頭，迫不及待地問，「您說那座增願寺沒了，是怎麼回事？」

「好久以前因為颱風發生土石流，被埋掉了。」

「埋掉了？」南鄉說，與純一對看一眼，「也就是說，在地下？」

「對。只不過，在土石流之前就已經廢寺了。」

中森從長褲的後口袋取出摺起來的地形圖。「位置是在哪邊？」

榎本戴上老花眼鏡，仔細端詳地圖。然後，指著距離宇津木耕平家約五百公尺靠山那一側的森林說：「在這一帶。」

純一和南鄉的視線緊盯著地圖。那個地點應該包含在兩個月前的搜索範圍裡。

「應該是變成山坡了吧？」南鄉搜尋著回憶說。

「是的。」純一點點頭。那裡應該是表面被刮掉似的陡坡。一眼就看得出什麼都沒有，所以他們也沒有仔細找。

南鄉問老人：「那座寺裡有樓梯？」

「有。有通往本堂的石階，廟裡也有樓梯。」

「土石流是什麼時候的事？」

「已經二十年了吧。」

「二十年？」純一問南鄉，「那麼案發時，就已經被埋在土裡了。」

「不不不，」榎本老先生插嘴，「不是一次就全被埋掉，是後來每次有颱風來就埋掉一點。」

「十年前不知道是什麼樣子？」南鄉問。

「大概還看得到一部分石階和本堂的屋頂吧。」

「這非常值得參考。」南鄉對純一說，「就算全都在土裡，兇手為了埋證據也會把地面挖開。」

「那時候挖到了被埋起來的樓梯？」

「對。」

三人辭別了老先生，由南鄉開車回到館山市。在這裡下車的檢察官交代般說：「我能做的就只有這些了。」說完後便走進地檢支部。

南鄉和純一直接前往東京。兩人的目標是弄到一台金屬探測器。

埋在地下的增願寺的樓梯。

消失的證據應該就埋在那裡。

3

第二天一早，南鄉和純一隨著日出展開行動。經過成為廢屋的宇津木耕平家，往未鋪裝的林道前進約五百公尺，兩人下了車。

靠山的樹木中，看得到空了一塊的陡坡。那是一道寬約三十公尺、高約五十公尺的土牆。吞噬了增願寺的土石流遺跡。

傾斜的程度雖然還不能說是懸崖，但要從下面爬上來看來有困難。純一和南鄉背起裝有登山裝備與金屬探測器的背包走進森林，經過迂迴的路徑來到斜坡上方。

有片刻的時間，兩人的注意力被東方上升的朝陽所吸引。但不久南鄉便說：「開工吧。」

接下來兩人的行動有點蠢。因為兩人必須邊看帶來的登山技術入門書，邊學人稱「Abseilen」、也就是以繩索往下降的垂降技術。

純一先選了一棵斜坡上的大樹，綁好繩索。將繩索穿過安全勾環，扣在繫於腰間的安全吊帶上。背向山谷，利用綁在安全勾環上的繩索摩擦力，以後退的方式下降。

「那，我下去了。」準備好後，純一說。

「要活著回來啊。」南鄉照例開玩笑。

純一一手在身前、一手在身後，以腰部為支點，抓住上下延伸的繩索。然後向後轉，腳踏上斜坡。

一踏，腳邊的土就突然崩落。看來土壤意外地脆弱。純一趴在斜坡上，直接滑了約兩公尺才停止。

「南鄉先生，」純一吹開沾在臉上的泥沙後，說，「不必這麼大費周章。泥土很濕，只要抓住繩索就可以下來了。」

「嗯，這樣嗎？」南鄉沒有隱藏他的喜悅，「我早猜到可能是這樣。」

「你能把金屬探測器拿下來嗎？」

「等我一下。」

南鄉把本來預定以繩子垂下去的探測器拿在手上。那是一個重約兩公斤的機器，在金屬臂的前端裝有圓型的探測器，是要價二十萬圓的最新款式，一探測到土裡的金屬，不但會響起警示音，手上的小型顯示器還會顯示推定深度。

「應該沒問題。」南鄉像忍者負刀般背起探測器，戴上皮手套的手抓住繩索。然後和純一一樣，以四肢著地的姿勢滑下來。

「樣子再難看都沒關係，」南鄉說，「只要能找到證據就好。」

兩人掃瞄斜面般，從一邊到另一邊，由上往下，一面下降、一面看金屬探測器的反應。習慣後，在斜坡上橫行也就不怎麼難了。行進速度雖然緩慢，但將鞋子戳進土裡再走，身體就能保持平衡。

就這樣找了兩個小時左右，金屬探測器的警示音響了。地點是距離下降的起點往下大約十五公尺的斜坡中央。

看了螢幕顯示的深度，是地下一公尺。

沒想到這麼淺。純一心中的期待升高，看著南鄉。

「現在要來挖洞了。」

「我去拿鏟子。」

純一靠著繩索爬上斜坡，拿了兩把鏟子回到南鄉所在之處。兩人小心維持重心，努力開挖。

土壤很軟，所以進度很快。揮汗挖了約莫十分鐘，純一往土裡插的鏟子便隨著悶悶的金屬撞擊聲彈回來。

「南鄉先生！」純一大叫，扔下鏟子，慎重地以手撥開土壤。南鄉也從旁加入。不久，兩人便挖出一個風鈴形狀的金屬藝品。

「這是什麼？」

「大概是寺廟屋簷的裝飾品吧？」

純一也看出來了，往腳底下看。「那麼，這裡是……」

「增願寺的屋頂。」

純一試著拿鏟子挖掘四周。結果出現了好幾排層層疊疊的屋瓦。

「沒錯，這是甍，是寺廟的屋脊。」

「怎麼辦？」

「十年前是什麼樣子？」南鄉彷彿可以透視地底的佛殿般說，「只要本堂有一部分還在外面，兇手就有可能進去過。」

南鄉拿起鏟子，開始挖應該是本堂側面那部分的土壤。純一也跟著做。不久，便露出已腐蝕的木牆及土石灌入的窗框。

南鄉拿鏟子朝那木框裡剷，把泥土撥出來。結果阻力突然消失，出現了一個漆黑的洞。

「人進得去。」南鄉說。

純一推測地底下的本堂是什麼樣子。側面的牆並沒有倒。發生土石流當時，佛殿的地基大概也屹立不搖吧。從上方傾洩而下的土石，以圍繞佛殿的方式堆疊，所以可以推測增願寺幾乎是維持著原狀隱身於地底。若是建築物被壓垮，坡面上應該會出現凹陷。

「我想應該不用擔心被活埋。」純一說。「我們進去看看。」

三十分鐘後，從喜美拿手電筒過來的兩人，從斜坡上打開的入口走進黑暗中。那裡簡直就像洞窟。灌進來的沙石漫過地板，讓他們得以用下坡的方式進入本堂內。

純一確認了上方沒有任何東西之後，站直身子。本堂內部一片漆黑，霉味很重。地板意外結實，因此純一略感安心，仔細看向前方。

憑藉著手電筒的燈光，可以看到木地板和牆。跟在他身後的南鄉想知道空間大小，拿手電筒往四方照，然後「啊」地叫了一聲。燈光照出了五公尺後的牆面上有一道通往上方的樓梯。

「樓梯！」純一不禁大叫一聲，然後注意到增願寺的構造與他們想像的不同。那是兩層樓的樓閣，二樓部分的面積比一樓小很多。純一和南鄉發現的是下層的屋簷，他們是從一樓進來的。

「別急。」南鄉對準備朝樓梯走的純一說，「先確認穩不穩再過去。」

純一點點頭，和南鄉一步一步走近樓梯。每踏一步，已經開始腐壞的木地板便如鬼神鼓譟般嘎嘎有聲。附有扶手的木製樓梯微微反射著手電筒的光，等著踩上階梯的人們。

純一終於來到樓梯下方，停下腳步抬頭看樓上。排成一列的踏板融入上方的黑暗中。

「樹原亮看到的樓梯，會是這個嗎？」

「不是這個，就是外面的石梯了。」南鄉依然不失冷靜。

兩人以慎重的腳步開始爬梯。木板似乎沒有塌陷的疑慮。爬到最上面一階，就可以看到一座佛像穩坐二樓中央。那是一尊比純一還高的不動明王像。在手電筒的燈光下，雙眼燦然生光。背後火焰熊熊的憤怒形相，宛如活人，令純一和南鄉登時不敢動彈。

純一心想，這尊佛像為何而怒？被幽禁在地底的這二十年，在沒有人參拜的黑暗中，不動明王對著什麼燃燒著他的憤怒？

在他身旁停下腳步的南鄉，將手電筒夾在腋下，雙手合十。純一有點意外，但也立刻仿傚。兩人低著頭膜拜不動明王，一會兒才抬起頭。

「我求神明保祐我們找到證據。」

南鄉半開玩笑地說，但純一認為他祈求的應該是別的事。

接下來兩人花了很長的時間，把增願寺本堂裡全部找遍。這裡似乎在廢寺之前整理過，佛殿裡只有空的長衣箱和木魚等幾件佛具而已。

考慮到證據被掩埋的可能性，他們拿金屬探測器驗過部分地板，甚至連牆上的窗戶都驗過了，卻什麼反應都沒有。

「不在這裡面。」這時候終於露出疲態的南鄉坐在地上說。

可能是因為吸入了大量的霉，兩人都吸著鼻涕。

純一掩飾心中失望，問：「會不會是在外面的石階？」

「我們先出去再說。」

爬到斜坡上的兩人，背靠著土牆休息。由於大清早就開始作業，這時候才中午十二點。

「先休息一會兒，再來吃便當吧。」

純一點點頭，茫然地眺望著遠方的中湊郡市區，以及在那之後的遼闊太平洋。

這時，南鄉的手機響了。南鄉把扔在斜坡上的背包接過來，取出手機看了上面的來電顯示。

「是杉浦律師。」南鄉對純一說，然後接起電話。「增願寺？委託人說的？我們現在就在增願寺啊。」

聽到南鄉的話，純一猜想發生了什麼事。

與律師交談的南鄉掛了電話，然後說：「杉浦律師也從委託人那裡得到這裡的情報。」

純一很吃驚。「這裡？是指增願寺嗎？」

「沒錯。」

「委託人自己也調查了？」

「就快執行了，所以委託人也急了吧。」南鄉笑了。

他這種不以為意的態度，讓純一感到不可思議。「南鄉先生知道委託人是誰嗎？」

「我有猜到。是當地人。對樹原亮很好，又有出得起高額報酬的財力。」

純一想了想，很快便想到經營飯店的證人。「我也見過吧？」

「對。」

純一很擔心。因為自己應該是被排除在調查外的人。

「我也一起的話，是不是不太好？」

「別在意這個，只要工作順利就好。」

純一點點頭，然後把話題轉回命案。「南鄉先生對遺產有什麼看法？會是宇津木啟介為了錢殺害雙親嗎？」

「我不這麼認為。依照我們目前的線索來看，已經出現一個合理假設了。」

「什麼假設？」

「就是那個受保護管束人，室戶英彥說的話啊。」

純一想起前無期徒刑犯的臉。「遺產的事就是他提出來的吧？」

「對。從他的態度看來，宇津木耕平在世時，他就對宇津木的收入來源起疑了。」

「也就是說，他會提起遺產，不是懷疑繼承人，而是認為遺產的金額很奇怪？」

「對。而且還有取消假釋的事。他是認真悔改的，這個你也感覺到了吧？」

「是的。」

「而身為保護司的宇津木耕平卻說他沒有從事正業，要把他送回監獄。恐怕室戶英彥那時候就知道宇津木耕平的收入來源了。」

「怎麼說？」

「勒索啊。」

純一吃了一驚，反問：「勒索？」

「這是唯一可能的假設。室戶英彥很可能是被宇津木耕平以取消假釋為由，向他要錢。」

「可是，當保護司的人會做這種事？」純一受惠於久保這位親切的保護司，很難相信有這種事。

「我明白你的驚訝。保護司發生醜聞的情況真的是很罕見。但正因如此，反而成了命案真相的盲點。」

「也就是說，這件命案是被勒索的前科者殺了保護司。」

「對。」南鄉說完後，臉蒙上了陰影。「這件事最可怕的是，嫌犯一下增多了。宇津木耕平當了近十年的保護司。在他的任期內，應該保護管束過不少人。他很可能利用這些人的前科、經歷來勒索。」

純一想起之前的調查中，保護觀察所對保密這件事做得很徹底。前科若是洩露，特別是在日本社會，對前科者本身所造成的不利難以想像。對於認真更生的人而言，很可能會是致命傷。

「這麼一來，」南鄉繼續說，「勒索的對象就不僅止於受保護管束人。當前科者得以免除執行，就會解除保護管束。往後只要認真過日子，身為社會人的地位也會提高。他們越是努力，宇津木耕平勒索的破壞力越強。爬得越高，跌得越重啊。」

純一設身處地想像後，感到不寒而慄。他殺了佐村恭介的過去，要是被左鄰右舍到處散播，會有什麼後果？恐怕父母親也無法在現在的家繼續住下去。三上家不得不再次搬家。離開大塚那個簡陋的家，搬到更悲慘的環境。

「兇手恐怕是我們還沒見過的人——宇津木耕平在保護司任期內認識的人。」然後南鄉看著純一，「你覺得這番推理如何？」

「我覺得很正確。不但可以解釋現場為什麼找不到保護管束紀錄，也可以解釋存摺消失的原因。」

「存摺？」南鄉反問。

「嗯。存摺不是會記錄匯款人的姓名嗎？」

「對！」南鄉說，立起上半身。「被勒索的人的姓名會留下紀錄？」

「是的，所以兇手才會把存摺帶走。」

「不能和金融機關比對嗎？」

「靠我們恐怕不可能。」

「中森先生……」說了一半，南鄉便改了後半，「判決確定後的案件，不能靠公務來運作了啊。」

純一注意到情況不妙。「不能問銀行，就沒辦法從這條線索過濾出兇手了吧？存摺的話用不著特地埋起來，燒掉就行了啊。」

南鄉沉思默考了一陣子。「不，還是有可能。如果我是兇手，我會留下存摺，以防萬一自己被捕。」

「為什麼？」

「宇津木夫妻命案的判決，是卡在死刑和無期徒刑之間。就兇手而言，留下遭被害者勒索的證據，也許可以贏得酌量減刑。」

純一覺得有理。「我們繼續挖吧。凶器手斧、存摺、印鑑，一定被埋在裡面。」

「好！」南鄉拖著疲憊的身體，強打起精神站起來。

兩人回到斜坡上方，邊吃便當邊推敲石梯的位置。從地底的佛殿來推算，做為參道的石梯應該是被埋在斜坡略偏右的地方。

在土壤上決定好範圍，插了樹枝做記號後，他們整個下午用金屬探測器進行重點式的掃描。在斜面上從右到左、從左到右，以一公尺為間隔往下。這項作業非常需要毅力。

直到太陽消失在山後、四周都被晚霞包圍時，兩人仍繼續作業。這時，九成斜坡都掃描過了。但他們想都沒想過要放下沒做完的事回家。

正當純一認為必須要有照明才能繼續，從背包裡取出手電筒時，探測器的警示音突然大聲作響。

純一趕到南鄉身邊看顯示器。推定深度是一點五公尺。就在距離下方的車道往上僅僅五公尺的地方。

「我覺得這次一定錯不了。」南鄉在昏暗中說，「如果是這個位置，兇手爬上來也不足為奇。」

純一打開兩支手電筒放在地面上，拿鏟子開挖。

南鄉也邊出手幫忙邊說：「從旁邊挖。傷到證據就不好了。」

純一點點頭，稍微往下移。

這裡的土壤比斜坡中段硬，但約三十分鐘後，他們便挖出了約有一個人高的洞。

「南鄉先生！」鏟子尖端堅硬的觸感，讓純一大叫：「是石梯！」

「很好，往上！」南鄉也激動地說。

兩人以雙手扒開土壤，讓寬五十公分左右的部分石梯露出來。

純一控制不了焦急的情緒。「十年前，兇手就是把證據埋在這裡。」

「是啊。恐怕是逼樹原埋的吧，拿手斧威脅他。樹原挖了洞，看到了這道石梯。」

不久，純一就在洞的側面發現突出的一包黑色塑膠袋。「南鄉先生，有了！」

「你手上戴著手套吧？」

「戴著。」

南鄉將塑膠袋四周的土壤鏟開，小心翼翼地取出塑膠袋。袋子沉甸甸的，為全長約五十公分的細長狀。

「看看裡面。」南鄉說，拆開裹了好幾層的塑膠袋，找到開口。純一拿起手電筒，往袋子裡照。

裡面有手斧。

「太好了！」純一歡聲大叫。

「這次真的可以三唱萬歲了。」南鄉也大叫，轉眼去看袋子內部。「喂，裡面也有印鑑！」

「存摺呢？登記了兇手名字的存摺呢？」

南鄉把袋子放在地上，仔細看裡面。「沒有，沒有存摺。只有手斧和印鑑。」

純一感到不安。會是南鄉猜錯了，兇手只把存摺處理掉了嗎？或是埋在另一個地方？「還要再挖嗎？」

「不用，金屬探測器對存摺不會有反應。」南鄉說，又看了一次塑膠袋內。「印鑑是『宇津木』。應該是十年前的證據沒錯。」

「怎麼辦？」

「再來就要指望指紋了。只要手斧或印鑑上有指紋的話，」南鄉從背包裡取出手機，「這樣的證據就足以讓中森檢事採取行動了。」

一小時後，坐在公務車裡的中森帶著另一名男子出現。是中森要求同行的檢察事務官。這麼做的用意，是要讓收押證據的過程具有客觀性。

「這可是大功一件。」中森看到渾身是泥的純一和南鄉，高興地說。

「幸虧有增願寺的情報。」南鄉說。

中森戴上白棉手套，打開塑膠袋，確認裡面的證據。「沒有徒手碰過吧？」

「當然沒有。」

中森迅速對部下下達指示。檢察事務官將裝有手斧與印鑑的塑膠袋裝入更大的透明證物袋。然後取出附有鎂光燈的相機，拍了現場。

作業一結束，中森便對檢察事務官說：「不好意思，要麻煩你把這個送去給縣警。」

「知道了。」檢察事務官回答，將證物帶上公務車。

「什麼時候會知道有沒有指紋？」純一問。

「今晚就會知道。」

南鄉問：「有指紋的話，比對結果什麼時候會出來？」

「最晚明天過完之前就會有結論了。」

純一和南鄉鬆了一口氣，當場癱坐下來。或許是因為做完能做的事的充實感，讓疲勞感瞬間湧現。

「如果能證明樹原亮是冤獄，」中森為了不讓身後的部下聽到，小聲說，「再來舉杯慶祝。

我請客。」

「那我可要大喝一場。」南鄉笑著說。

挖掘出來的證物，由檢察事務官親自帶到千葉縣警科學搜查研究所。

負責指紋鑑識的人員立刻將黑色塑膠袋、手斧及印鑑，依序送入指紋檢驗裝置。噴灑特殊染劑，以氬離子雷射光照射，肉眼看不到的潛在指紋便會呈黃色浮現。送來的證物經檢驗的結果，塑膠袋的開口附近和印鑑上，驗出了幾枚應是成人的指紋。

指紋鑑識人員將指印轉換成數位資料，由電腦讀取。然後從紋路的圖形中抽出影像處理特徵點，送入簡稱為AFIS的自動指紋辨識系統。大型電腦便會開始以一秒七七〇個的驚人速度比對警方建檔的龐大指紋資料庫。

與此同時，手斧與印鑑也展開其他鑑定。

手斧的刀刃有缺角，但與犯案相關的便只有這一點。多半是犯案後經過非常仔細清洗，上面不僅沒有指紋，連血液反應都沒有。

但是，印鑑則成為有力的證物。蓋出來的「宇津木」三個字，與十年前銀行提供的存留印鑑複本完全一致。就連肉眼無法辨別的外緣凹陷都一模一樣。進行鑑定的人員判斷這就是自案發現場帶走的印鑑沒錯。

而作業開始的十四小時後，AFIS終於成功辨識出指紋。在前科者中出現了相符的指紋。電腦找出的殺害宇津木夫妻的真兇，是兩年前因傷害致死罪被捕的青年，名叫三上純一。

第六章　被告處以死刑

1

接到來自千葉縣警的緊急聯絡時，中森檢事正在千葉地檢館山支部的偵訊室，做竊盜犯的檢面調書。

「中森先生，」來叫他的檢察事務官臉上有困惑之色，「請你馬上過來。」

中森將偵訊的工作交給部下，走向檢察事務官的辦公桌。

「這是指紋比對的結果。」事務官說，然後把電腦顯示的前科犯資料給他看。看到那張大頭照的瞬間，檢事口中發出「咦！」的驚呼聲。

「這個三上純一，不就是昨晚現場的那個青年嗎？」

「是他沒錯。」中森邊說、邊思考這意謂著什麼。

唯一一個合理的答案，是在挖掘過程中，純一徒手碰到了證物。但是中森確認過，純一是戴著手套的。而且中森也不相信和他在一起的南鄉會沒看見搭檔的失誤。

這麼一來，十年前殺害宇津木夫妻的會是純一嗎？

想到這裡，中森赫然抬頭。現在不是思考純一的時候。既然已驗出指紋，有事情必須緊急處理。

他在腦中確認「白鳥決定」[4]這個開啟再審門戶的劃時代判決。有疑點時其利益歸被告人，這是刑事審判的基本原則，也適用於再審。

中森拿起辦公桌上的電話。

東京高等檢察廳接到來自千葉地方檢察廳館山支部的一通電話。指出死刑犯為冤獄的報告，立刻送到檢事長手中。法務行政的第二號人物接到這份報告，立刻緊急聯絡法務省的事務次官。

「停止死刑犯樹原亮的執行。」

接到這通聯絡電話的事務次官大為驚愕。因為他已經算好內閣改造的時期，將「死刑執行命令書」送到法務大臣桌上了。

他快步趕往大臣辦公室，但仍預料應該可以避免最糟糕的情況。整份文件是前天送進去的，就是樹原亮第四次聲請再審完全駁回那天。大臣至今從未簽過命令書，一定是打算在人事改造前一刻再下命令。在那之前，還有幾天的時間。

大臣辦公室掛上了「不在」的標示。事務次官來到大臣官房，想向祕書課長打聽狀況。然而，就在那時，他在祕書課長的辦公桌上看到了「死刑執行命令書」，為之愕然。

在「針對樹原亮死刑執行一案，依法官宣判予以執行」這句話之後，是法務大臣依循傳統以紅鉛筆簽的名。

4 一九五二年日本札幌發生了名為「白鳥事件」的命案，判決雖可能有瑕疵，但聲請再審與特別抗告均被駁回。但日本最高裁判所（最高法院）因此案做出「『有疑點時其利益歸被告』的刑事審判基本原則亦適用於再審制度」的決定，稱為「白鳥決定」。在此之前必須有完全推翻原有證據的證詞或證據才得以再審，但「白鳥決定」後，只要對審判中的證詞、證據有一定程度的合理懷疑，便得以成為再審的對象，從此開啟了冤獄再審的大門。

「大臣終於裁決了。」祕書課長說。

呆了半晌的事務次官終於問：「有人看過這封命令書嗎？」

「啊？」

「有多少人看過這封命令書？」

「問我有多少人啊，」祕書課長似乎很困惑，「就是所有相關人員。也已經和東京看守所聯絡了。」

事務次官說不出話來，杵在當場。

若依法律行事，再也沒有人能夠阻止樹原亮的死刑執行了。

南鄉在勝浦的公寓醒來時，已經快中午了。前晚和純一一起回來，向杉浦律師報告之後，兩人一直喝酒喝到快天亮。

爬出被窩，便感到全身肌肉痠痛。這是與完成一件工作的充實感交織的，爽快的疼痛。為了洗臉來到廚房時，他看到了純一的字條：

「我外出一下。指紋如有結果，請給我電話。」

南鄉臉上露出笑容。他已經決定今天要放假一天。將近三個月以來，兩人真的是馬不停蹄地工作。對純一而言，這是出獄後的頭一個假日。

洗完臉，南鄉正想著要去外面吃飯時，手機響了。一看來電顯示，是中森檢事。他心想一定是指紋比對有結果了，立刻接起電話。

「喂，南鄉。」

「我是中森。」

「指紋的結果出來了？」

「啊，在那之前，」檢察官聲音不知為何有些欲言又止，「三上在你那裡嗎？」

「三上外出了。」

「什麼時候會回去？」

「應該會滿晚的吧。」南鄉笑了，然後忽然正色問，「怎麼了嗎？」

「可以告訴我你那邊的住址嗎？」

「住址？這個公寓嗎？」南鄉皺起眉頭，「為什麼？」

「現在，勝浦署的人正在找你們兩位。」

「刑警找我們？」

「是的。」然後，中森頓了一下才說，「指紋比對的結果出來了。從印鑑和塑膠袋上驗出了三上純一的指紋。」

南鄉當下無法理解檢事的話是什麼意思。他還在發愣，耳邊便聽到中森的聲音：

「若是願意告訴我住址的話，請打電話給我。然後，等你見到勝浦署的搜查人員，請配合對方的指示。」

於是，電話掛斷了。

三上純一的指紋？

南鄉思索了一會兒，循著前一天的記憶回想。在山坡上的作業中，純一一直戴著手套。挖掘那個塑膠袋時，也確認沒有徒手觸碰。南鄉的視線從來沒有一時半刻離開過那些證物。

南鄉的思考必然地朝向十年前的案子。宇津木夫妻遇害當晚，當時還是高中生的純一和女友都在中湊郡。純一左臂受傷，身上持有來路不明的一筆不小金額。然後一起被輔導的女友呈現遭到極度驚嚇後茫然自失的狀態。

南鄉感到一陣戰慄。

爬上十三階的，不是樹原亮而是純一？

這次的調查中，他說要找出真兇時，純一頑強排斥。他堅持不願意把別人送上絞架。那是因為他心知應該被處死的是自己嗎？

但是——南鄉改變了想法——如果是這樣，他為什麼要親手挖出證明自己是兇手的證據？

他想著要打電話給純一，但立刻打消念頭。他需要時間。他需要能夠冷靜思考的時間。

南鄉想起檢事的話，陷入難以忍受的焦躁中。現在，就在這個時候，勝浦署的刑警就在尋找他們。

南鄉迅速換衣服，思索哪裡是安全的。刑警找出這間公寓是遲早的問題。也許置身於觀光季人潮洶湧的鬧街上反而更難找。

南鄉拿起手機和記事本便離開了公寓。

跑在狹窄的街上，全身汗如雨下。南鄉衝進他看到的第一家咖啡店。掏了一下口袋，幸運的是，香菸盒就在裡面。點了冷飲，抽著菸，終於想出下一步該怎麼走。

他拿出手機，打了查號台。「我要查東京旗台的一家精品服飾店……位在品川區，店名叫『莉莉』。」

在記事本上抄下精品店的電話後，南鄉試著想起十年前出事時唯一一名證人的名字。記得那個警察說的應該是「木下友里」沒錯。

這時，一輛便衣警車從咖啡店的窗外經過。只亮了警示燈，沒有打開警示音。這是搜索嫌犯時的作法。

南鄉連忙按了精品服飾店的電話號碼。

電話響了四聲，有人接了，是個中年女子的聲音。「喂，這裡是『莉莉』，您好。」

「請問是木下家嗎？」

「是的。」

「您好，敝姓南鄉，請問木下友里小姐在嗎？」

「不在。」答覆很簡短。聲音裡暗藏警戒。

「請問是友里小姐的母親嗎？」

「不是。我是親戚，幫忙看店。」

「請問友里小姐有手機嗎？」

對方不耐煩地問：「請問，您是哪一位南鄉先生？」

「我是在杉浦律師事務所工作的南鄉。」

中年女子的語氣變了。「律師事務所？」

「是的。其實是這樣的，我現在正在調查一起重要的案件，想盡快和友里小姐取得聯繫。」

結果一陣沉默後，南鄉得到「友里現在在醫院」的回答。

「醫院？生病了嗎？」

「不是。」

南鄉皺起眉頭。「那麼是發生了什麼意外？」

「這個，」在一陣更長的沉默後，看店的親戚說，「不知道和您的調查有沒有關係，但友里自殺未遂。」

「咦？」南鄉說完，連忙環顧四周，壓低聲音，「自殺未遂？」

「之前也發生過好幾次。可是，身邊的人都不知道為什麼。」

「情況怎麼樣？」

「好像穩定下來了。」

「是嗎？」南鄉低下頭，低聲說，「很抱歉在您百忙之中打擾。日後我再和您聯絡。」

「好的，麻煩您了。」不明就裡的對方略帶遲疑地說。

掛掉電話後，南鄉陷入極度的混亂。友里自殺未遂，與十年前的事有關嗎？兩人被輔導當天，在中湊郡究竟發生了什麼事？

既然如此，只能和純一碰面了。南鄉斷然決定，拿起手機。然而這時手機響了。一看顯示，南鄉愣住了。是東京看守所的岡崎來電。

「喂？」

接起電話，傳來的是好像用手包住話筒般悶悶的聲音。「我是岡崎。今天早上，所長收到法務省來的執行通知了。」

「被行刑的是誰？」

「樹原亮。」

一聽到這個名字，南鄉心一涼，覺得頭暈。他們發現新證據的時間，恐怕晚了幾個小時。

「今天傍晚命令書就會送到。行刑是四天後。」
「我知道了。謝謝。」
岡崎說「已經阻止不了了」後，掛了電話。
目前已陷入預期中最糟的狀況了。南鄉決定稍後再與純一取得聯絡，賭最後一把。如果一切順利，這應該會是阻止樹原亮行刑的唯一辦法。
他打電話到律師事務所，告知行刑行動已經開始，杉浦難掩驚慌地叫道：「一切都完了！到了這個地步，只剩下行刑這條路了！」
「別慌！」南鄉也拚命讓自己冷靜。「還有辦法！」
「你說還有什麼辦法！」
「刑事訴訟法第五〇二條。」
「咦？」緊接著這一聲，是匆匆翻閱六法全書的聲音。
「就是『提出異議』！」南鄉背出條文的一部分，「『當檢察官處分不當時，得向宣判的法院提出異議』。」
律師反問：「然後呢？」
「聽好了，行刑是由檢察官執行的處分。我們要對此提出異議。」
杉浦不作聲。他的腦袋一定正瘋狂快速地運轉吧。
「一般的行刑是宣告當日立即執行。死刑犯沒有時間提出異議。然而這次不同，我們知道執行是在四天後。」
「可是，」律師囁嚅地說，「拿什麼做為異議的宗旨和理由？」

「違反法令。從判決確定開始，法務大臣必須在六個月之內下達命令。樹原的這個期間早就過了。現在處刑是違法行為！」

「可是，這條條文的解釋說，這僅僅是帶有訓示意味——」

「那麼明快的文章，還解釋個屁！」

「不，還是不行！要是這種說法行得通，那目前為止的死刑幾乎全都是違法的啊！」

「我們的目的就在這裡。」南鄉對於理解力差的律師感到焦躁。「如果能容許六個月之後再處刑，那麼就沒有義務在法務大臣下令之後的五天之內執行才對。」

「誰知道當局會不會這麼想。」

「反正這是為了爭取時間。又不是提出異議叫他們赦免樹原。在異議被駁回的這段期間，乘機提出第五度再審聲請！」

「我明白了。我試試看。」杉浦怯怯地服從了命令，真不知道誰是雇主誰是受僱人。

南鄉掛了電話，想叫出純一的手機號碼。然而這時候時間突然到了。

「你是南鄉先生吧？」

一抬起頭來，兩個身穿馬球衫的男人站在那裡。耳裡塞著通訊用的耳機。

「我是。」南鄉裝出沉著的態度，只動了一下手指關掉手機的電源。

「我們是勝浦署的人。希望你能和我們到署裡走一趟。」

勝浦警署刑事課的偵訊室裡，讓五個男人擠滿了。

南鄉面前坐著課長船越，由他親自偵訊。另外還有兩名刑警及坐在入口旁鐵椅上的中森檢事。

船越課長想知道的只有一件事，就是三上純一躲在哪裡。在追問期間，南鄉看出對方對他並沒有善意。宇津木夫妻命案發現了新證物，足夠讓警方顏面掃地。

「三上純一在哪裡？」船越執拗地繼續問，「你明知道卻不肯說是吧？」

「不是的，我是真的不知道。」南鄉很想看看中森的表情，但他坐在背後，因此不可能看到。

「既然這樣，為什麼不肯說住址？」

「我想保有個人隱私。」

船越哼了一聲，又問：「三上純一有手機嗎？」

「我不知道。」

「那麼，請南鄉先生把手機拿出來。」船越以做戲般誇大的動作伸出手。

南鄉光火了。「不要。」

「你說什麼？」

「我這是配合警方調查才來的？你們沒有強制力可以調查我的東西。」

「我勸你別敬酒不吃吃罰酒。」

「這句話原封奉還。我是受律師事務所之託行動的。不然接下來的話就到法庭上繼續吧？」

船越一臉苦相，朝南鄉背後看。大概是向檢事求助。

南鄉也很想知道中森會說什麼，但他立刻結束了這個場面。「我要離開這裡，這是我的自由。你們敢攔就攔攔看吧。」

然後南鄉站起來。這時，中森才總算出聲了。

「請等一下。」檢察官來到南鄉旁邊，對船越等人說，「我想單獨和南鄉先生說幾句話。其他人麻煩離開這個房間。」

警官們明顯地面露不悅，但又不得不服從檢察官的命令。船越課長等三名警官離開了偵訊室。

中森在南鄉面前坐下，把仍是白紙的供述調書推到一邊。「接下來的對話，是朋友之間的聊天。可以嗎？」

「我也想和朋友聊聊。」南鄉笑著說，但在相信檢事的話之前，他想再試探最後一次。他拿出手機，撥了純一的號碼。手機裡傳出人工錄音的聲音，告訴他對方的電話沒有開機。

南鄉暗自奇怪純一那傢伙會跑到哪裡去，在留言裡留下自己的聲音。「三上嗎？我是南鄉。事情變得很怪。那些證物裡驗出你的指紋。你聽好了，絕對不要回公寓。在沒有人會注意到的地方殺時間。知道了嗎？」

在他留言期間，中森沒有加以阻止的樣子。南鄉放心地掛了電話。

「究竟是怎麼回事？」檢察官問。「怎麼想都不合理。三上千辛萬苦卻挖出了證明自己有罪的證據？」

「我也不明白。」

「但既然證據上驗出了指紋，他就肯定碰過。十年前，會是三上殺死了宇津木夫妻嗎？」

中森似乎不知道純一離家出走的事。也不知道純一自稱當時記憶模糊。南鄉猶豫的結果，決定不說出這件事。「中森先生，你怎麼想？」

檢事雙手在胸前交叉，思索片刻，終於開口問南鄉：「南鄉先生，你們這次的調查，有成功報酬嗎？」

南鄉點頭。心中某處閃起了危險信號，但他想聽聽中森做出的結論。「只要證明樹原亮的清白，就會有大筆錢入袋。」

「那麼，下一個問題。三上是不是因為兩年前自己引起的案子，在經濟方面非常困窘？」

南鄉赫然抬頭。因為他想起純一曾擔心家裡的財務狀況而消沉沮喪。「你的意思是，三上為了得到成功報酬，故意頂罪？」

「是的。」

南鄉拚命搜尋記憶。過去三個月內，雖然天數不多，但有幾天純一是單獨行動的。會是他那時候在某處發現了證據，印上了自己的指紋再埋在增願寺遺跡裡的嗎？「可是，這麼做，三上會被判死刑啊。」

「正因為這樣，所以他才自己找出證據不是嗎？也就是說，這是一種變相自首。」

南鄉吃驚地看著檢察官。

「十年前的命案，宣判死刑與否，狀況很微妙。假如犯人自首，也許可以逃過一死。三上會不會是這麼想，才豁出去賭這一把？」

「為了拯救雙親經濟上的窘況？」

「是的。從狀況來看，只有這個可能了。如果他自行向警方自首，你們的調查就不能算是證明了冤獄。這麼一來，也就得不到成功報酬。為了在自首的同時，還能得到那一大筆錢，無論如何都有必要由他親手挖出證據。」

南鄉喃喃地說「怎麼可能」，卻也找不出其他答案。既然證據上有純一的指紋，就一定是純一以自己的意願去摸過。

「可是，有一個大問題。」中森的臉色一沉。「這話不能傳出去，但樹原亮的行刑命令下來了。」

「我知道，」南鄉也老實說，「我聽看守所的後進說了。」

「再這樣下去，四天後樹原亮就會被行刑。可是，三上的指紋已經呈報給當局了。在這種情況下，你知道會發生什麼狀況嗎？」

「不知道。」

「一旦樹原亮被處刑，當局就絕對不會承認錯誤，因為這是動搖死刑制度的大問題。但同時，也無法無視三上的指紋。這麼一來，唯一的可能就只有一個，為了刑罰公平，會把三上視為共犯，日後處刑。」

南鄉心想，這一天之內，是第幾次受到心涼半截的驚嚇？「這種事真的可能發生嗎？」

中森點點頭。「所謂的法律，經常包含了當權者恣意運用的危險。光就證據而言，法院也會判斷他是共犯吧。這麼一來只會對被告宣判極刑。」

「我想救三上。」想都沒想，南鄉已說出這句話了。「他是個好人。以前的確殺了人，但他現在努力改過，很了不起。」

「我知道啊，我知道。」中森的話裡充滿同情。

「我不能讓他被人用繩子套住脖子，推上活門。」將四七〇號與一六〇號處死的感觸重回雙手，南鄉全身冒汗。他想起純一曾對自己提出的疑問：「假如有人殺了人還是不悔改，那個人就只有死刑一途嗎？」

「要救三上的可能性，並不是零。」中森說。「實際上，在執行命令的同時發現新證據，這種事情從未發生過。現在，法務省應該也苦於不知如何應對。」

南鄉感到焦急，問：「所以呢？」

「只要樹原亮能夠避開死刑，就不再有刑罰公平的必要，三上也許就能逃過一死了。」

南鄉頓時心生希望，但又發現悲劇結局依然沒有改變。「在那樣的狀況下，三上會被判無期徒刑？」

「就判決而言，應該算是妥當吧。」

「那可不行！」南鄉不禁叫道。此刻南鄉的腦海中，純一殺害宇津木夫妻的可能性已經消失。他是為了成功報酬，自願替樹原亮頂罪的。「難道沒有辦法了嗎？救不了三上了嗎？」

「可是——」

南鄉忽然伸手打斷開口說話的中森。他想到一件事了。南鄉讓語調恢復正常，對檢事說：

「三上純一和樹原亮，既然這兩人都沒有殺害保護司，那麼真兇就另有其人。」

中森停下動作看著南鄉。

「只要把那傢伙找出來，他們兩個就得救了。」

「可是，你有勝算嗎？」

南鄉不發一語，整理了他們所處的狀況。

到了這個地步，託杉浦律師提出的不服訴願成為了救命繩索。只要這方面順利進行，就能爭取到第五度聲請再審的時間。若是能在那之前找出尚未發現的存摺，揪出真兇的話——

「沒有也得拚了。」南鄉說。

中森建議：「在著手尋找兇手之前，請先保護三上。這是第一優先。要是他遭到逮捕，做出假造的自白，一切就完了。」

南鄉點點頭，請教善後對策：「走出這個偵訊室之後，我該怎麼做才好？」

「恐怕會有人跟蹤你，請想辦法甩掉。然後和三上會合，躲起來。」

「我知道了。」

「也要小心幹線道路和電車車站。刑警埋伏的可能性很高。」

「這支電話呢？」南鄉舉起手機問。頭一次造訪勝浦署時，他曾將印有手機號碼的名片給了船越課長。「有被追蹤的危險嗎？」

「有。就算不通電話，光是打開電源就有被定位的危險。」

「要擔心被竊聽嗎？」

「應該不用，因為不是組織犯罪。」

南鄉站起來，在離開房間前回頭問：「中森先生，你為什麼肯幫我們？」

只聽中森毅然決然地說：「我想看到正義被實踐。如此而已。」

走出勝浦警署後，南鄉直接走向漁港，走在毫無遮蔽物的堤防上。假藉看釣客的魚簍朝後方看，有個一眼就看得出是刑警的男人。

南鄉看出了船越課長的作戰手法。他打算故意明顯跟蹤南鄉，以切斷南鄉與純一的接觸。然後就等失去援軍的純一落入整個勝浦市所布下的天羅地網。

南鄉思索著該怎麼做，感到束手無策。就算能甩掉跟蹤，手機和交通工具都不能用，要和純一聯繫根本是不可能的。

2

在圖書館期間，純一的手機一直沒開機。

九點多被熱醒的他，離開公寓吃過飯，就直接搭上電車前往中湊郡。他想到十年前離家出走的地方，重新思考自己犯的罪。

但是，在中湊郡的車站一下車，就因為反胃想吐而放棄了這個計畫。取而代之的，是前往他在車站前的地圖上看到的圖書館。因為他突然興起想看看佛教藝術書的念頭。在增願寺本堂裡看到的不動明王，深深烙印在純一的腦中。

一到圖書，看到與佛像有關的書便從書架上抽出來，夾在看似考生的學生中坐在書桌前。書裡有各式各樣的佛像。大日如來、彌勒菩薩，還有阿修羅。但其中就屬不動明王最為突出。純一感到不可思議，為什麼這尊佛像如此吸引他？

不久，在翻過好幾本書後，純一注意到題為「造佛技術」的項目。本職是工業用金屬模型製作的純一，對古代的塑模很感興趣。

本雕、蠟模、泥塑等，佛像製作的方式很多。其中，一種名為脫活乾漆技法，是在木製基台上捏製塑土製作原型，在其上層層裹以上了漆的麻布。裡面記載的脫活乾漆技法的最後一道工程，讓純一看得目不轉睛。待表面的漆乾燥、像容修飾完畢後，要去除內部的泥胎。書上寫著

「脫活乾漆的佛像，特徵為內部中空」。

內部中空。

純一把這段描述看了好幾次，闔上書本。他們沒有找過增願寺的佛像內胎。他心想尚未發現的存摺會不會就在裡面？

純一連忙把書歸回書架，來到圖書館外。以手機打電話給南鄉，對方沒有開機。他先在語音信箱裡留下一句「我有新線索了」，接著也要向杉浦律師報告。但對方不在。

純一心想著是有什麼新行動嗎？在律師的答錄機裡也留了言：「增願寺可能有證據」。

接著看自己的電話來電顯示，語音信箱裡有一通留言。是南鄉留的。

「三上嗎？我是南鄉。事情變得很怪。那些證物裡驗出你的指紋。」

我的指紋？

純一皺起眉頭。心想會不會是哪裡弄錯了。因為再怎麼想，自己的指紋都不可能留在證據上。

「你聽好了，絕對不要回公寓。在沒有人會注意到的地方殺時間——」

警方正在追捕他。一明白這一點，兩年前雙手被上銬的記憶復甦的同時，一陣寒意爬過純一的背。

十年前宇津木夫妻遇害時，他和友里就在中湊郡。而從命案現場被帶走的證物上，有自己的指紋——

純一的不安轉變為恐懼。他知道此刻，樹原亮和自己的立場已經對調了。會因不白之冤而被處死的是自己。

但是，為什麼會驗出他的指紋？純一一點頭緒也沒有。他呆立在圖書館前，以畏懼的眼神環視四周。沒有看見警察的身影。

純一低著頭邁開腳步，走上通往海水浴場的路。他盡可能慢慢走，但心跳之快，好像心快跳出來了。純一進了紀念品店，買了帽子和太陽眼鏡，遮住自己的臉。

再度來到人行道上，懷著祈求的心打了南鄉的電話，對方依舊沒開機。

跟蹤重要參考人，變成在驕陽下的毅力競賽。最初的三十分鐘，南鄉在勝浦市內信步閒晃。然後忽然拔腿開跑，忽左忽右地跑過狹窄的街道，甩掉了跟蹤的兩名刑警。

但是，這讓擺陣指揮追蹤的船越課長正中下懷。布署在狹窄鬧區的另一組人馬收到無線電聯絡，捕捉到南鄉的身影。

埋伏作戰成功了。南鄉看來因為甩掉了追兵而安心，不再回頭張望，進了車站前的義大利餐廳。

五名刑警看守住這家餐廳的出入口。為了偵察而入內的便服女警，以手機報告三上純一不在店內。南鄉在店裡打電話，可能是在那裡安排和三上會合。

接下來的三小時，南鄉和刑警們都只是等著。到了太陽西斜時，南鄉終於離席了。付完賬後，他離開了餐廳，爬上勝浦車站的樓梯。

還以為他打算上電車，但他去的卻是公廁。帶頭跟蹤的刑警雖然與從廁所出來的南鄉正面照了面，但南鄉直接走進收票口，顯然沒有注意到刑警。再次走在車站前大馬路的南鄉，由第二與第三跟蹤小組繼續跟監。

最後，南鄉離開了熱鬧的街道，走進了住宅區。刑警們的期待大增。南鄉去的是他和三上純一合租的公寓。他們的推測完全準確。南鄉走了約十分鐘，進了一幢掛著「Villa勝浦」門牌的兩層樓建築。

找到他們的潛伏地點了。其中一名刑警立刻以無線電請示本部的指示。人在署裡的船越課長的回答是「進擊」。四名刑警留在外面堵住逃走的路徑，剩下兩名奔上公寓的樓梯，敲了南鄉進去的那扇門。

「哪位？」裡面傳來南鄉的聲音。

「我們是勝浦署的刑警。請開門。」

其中一名刑警這麼說，於是門開了。露面的南鄉一臉愕然。「警察？」

「剛才也見過吧。」先前也在偵訊室的刑警說，但他立刻察覺情況有異。因為南鄉的長相不太一樣了。

刑警腦中閃起危險燈號，感覺事情不妙，問：「你是誰？」

對方回答：「南鄉正二的雙胞胎哥哥，正一。」

「你在這裡做什麼？」

「因為只有我上大學，」南鄉正一露出微笑說，「所以來還欠弟弟的人情。」

南鄉在勝浦車站的公廁等了五分鐘，才跑到外面。竟花了三個小時才把哥哥從川崎叫來。在廁所裡換上哥哥汗濕了的衣服，感覺頗為噁心。但現在由不得他挑剔。

南鄉找到哥哥停在站前圓環的車，用哥哥給他的鑰匙上了車。然後踩油門，駛向中湊郡。

他已經聽過純一留在語音信箱裡的留言了。但是，純一說的「有了新線索」是什麼意思？如純一還繼續找真兇，就和驗出指紋一事有所矛盾。想直接問他本人，但考慮到手機被追蹤的危險，又不能用手機。他也考慮過停車去找公共電話，但又改變主意，認為現在首要之務是離開勝浦市。

在南下國道上行駛了一陣子，看到對向車閃車頭燈，他心想會不會是前面有超速取締，便踩了煞車。因為他想起中森要他小心幹線道路的警告。前面恐怕正在進行臨檢。

南鄉想起至今不知看了多少遍的中湊郡地圖。宇津木耕平家前方的道路，應該是在山中迂迴後通往勝浦市沒錯。想起那條路與國遂的交會點，南鄉倒轉車頭，回頭開進山路。

接下來，他打算去找中湊郡裡唯一的援軍請求救援。就是那位不惜付出高額的報酬，也要替樹原亮翻案的委託人。將情況告訴「陽光飯店」的老闆安藤紀夫，他應該肯讓南鄉與純一躲在他那巨大的住宿設施裡。

黑暗已經逼近四周。經過房總半島內陸地區的山路上，沒有警方的臨檢。

再撐一下——南鄉心想。趕到「陽光飯店」，就可以用不必擔心會被追蹤的電話，和純一取得聯絡。

在那之前，千萬不要被抓——南鄉拚命祈禱。

用帽子和太陽眼鏡遮住臉的純一，整個下午都在沙灘上度過。長約三百公尺的海岸線，因身穿泳衣的年輕人而熱鬧不已。他混在人群中，打了好幾次電話給南鄉，但南鄉依舊沒開機。

終於到了日落時分，純一開始感到焦慮。擁擠的沙灘上，人群也漸漸散了。再繼續留在這裡，反而有引人注目的危險。

純一站起來，隔著太陽眼鏡觀察了四周，開始慢慢走。沒有看到貌似刑警的人。

搞不好中湊郡是安全的。但才這麼想，截然不同的不安又湧上心頭。人在勝浦市的南鄉，會不會已經被警方拘捕了？

純一離開了海水浴場，走向商店街。到了這時，該採取什麼行動已經很清楚了。他要盡快回到增願寺的遺跡，去找不動明王像的胎內。只要掌握直指真兇的證據，不僅能替樹原亮的翻案，也一定能還自己清白。要救包括南鄉在內的所有人，只有破解十年前的強盜殺人案這條路。

純一找到一間家庭用品雜貨店，買了粗布手套、繩索以及手電筒，塞進手邊的背包裡。然後到車站前，在掛了「自行車出租」招牌的紀念品店租了腳踏車。考慮到他要去的是什麼都沒有的山裡，搭計程車肯定會被人懷疑。

純一踩著踏板，越過國道，進入通往宇津木耕平家的山路。這時，差點和衝出來的自用車相撞。他覺得駕駛座上的人很像南鄉，但回頭去看，那輛車並不是他們常開的喜美。

純一拿下帽子和太陽眼鏡，收進背包裡。然後調整姿勢，騎著腳踏車前往山腰上的斜坡。

南鄉進了「陽光飯店」停車場，安心地嘆了一口氣。總算平安逃離勝浦市，抵達中湊郡了。但千萬不能大意。必須考慮到住宿設施也被警方盯上的危險。

他從正面玄關進去，環視大廳。值得高興的是，那裡只有一群大學生，沒看到監視的刑警。

上次見過的經理在櫃枱後。南鄉提出見老闆的請求，對方立刻替他轉答，不到一分鐘便得到了許可。

上了三樓，在走廊盡頭的門上敲了敲，迎接他的是安藤老闆快活的笑容。不擺架子的親民印象，和上次一模一樣。

「調查有進展了嗎？」安藤邊請他在沙發上坐邊問。

南鄉發覺自己正處為一個困難的立場，不知該如何回答。委託人嚴格要求杉浦律師不得洩露自己的身分。這麼一來，就不方便明說他是來投靠委託人。否則杉浦律師恐怕會有違反守密義務之嫌。

「現在只差一步了。」南鄉採取了不會造成影響的說法。「在我詳細解釋之前，真是不好意思，可以借用一下電話嗎？」

「請用。」安藤笑容可掬地說，指指菸灰缸旁的電話。

南鄉拿起聽筒，按了純一的號碼。聽筒傳來正常的鈴聲。暗暗祈禱著拜託接電話，不久就有聲音傳來了。

「喂？南鄉先生？」

「三上！」南鄉不禁叫道。感覺好像幾十年沒見了。

「南鄉先生，你沒事嗎？」

那雀躍的聲音令南鄉感到很高興。「不用擔心我。倒是你，指紋的事你聽到了吧？」

「聽到了。那是怎麼回事？」

「你問怎麼回事是什麼意思？」

純一似乎很不耐煩。「為什麼會有我的指紋？」

南鄉驚訝地反問：「慢著。你老實告訴我，你真的不知道？」

「我真的不知道。」純一斬釘截鐵地說，「我完全沒有碰到手斧和印鑑。」
「十年前呢？你說你記憶模糊。」
「沒有，」純一略微遲疑後回答，「我沒有殺害宇津木夫妻。我保證。」
「好，我相信你。」南鄉說，決定事後再細想。「你明白你現在的立場吧？」
「明白，」純一的聲音變得很生硬，「和樹原亮一樣。」
「對。」南鄉體察純一不安到極點的心境，不禁又氣又急。你現在怎麼會一個人呢！「你現在在哪裡？」
「我正要去增願寺。」
「咦？」
純一把在圖書館的發現告訴了驚訝的南鄉。「我們和警方都沒有找過佛像裡面。」
「好，我知道了。」南鄉偷瞄了安藤一眼。大老闆正在辦公桌前看著行程表，裝作沒有聽見南鄉的電話內容。「我現在人在『陽光飯店』。」
「啊，對喔！」純一的聲音開朗起來。「委託人一定肯幫忙的。」
「沒錯。」南鄉笑了，然後發現增願寺遺跡是個藏身絕佳地點。「要是找到證據，你就在那裡不要走。我這就去接你。」
「我知道了。」
「還有，我的手機不能用了。沒有聯絡也不要擔心。」
「好。」然後純一最後問，「南鄉先生，不會有問題吧？」
「沒問題。一定會很順利的。」

「那，待會見。」

打完電話，南鄉對安藤說：「謝謝。樹原的冤獄總算可以平反了。」

安藤睜圓了眼睛：「真的嗎？」

「嗯。」南鄉心想不知杉浦律師對委託人轉達了多少資訊，繼續說，「不過，在最後的階段發生了麻煩的問題，無論如何都需要安藤先生幫忙。」

「你儘管說。我能幫什麼忙？」

「如果可以的話，能借用安藤先生的車，送我到命案現場附近的山裡嗎？」

「證據在那裡？」

「是的。」

「好的。」安藤說完，拿起辦公桌上的電話，請人把他的車開到正面玄關。「我們現在就走吧。」

南鄉走出辦公室，和安藤一起前往一樓途中，也拜託了回收證據之後的事。安藤答應讓純一和南鄉躲在自己的飯店裡。

南鄉鬆了一口氣，放心了。

走出正面玄關後，在安藤的建議下，南鄉坐上了賓士車的前座。想到這簡直是VIP待遇，南鄉的臉上露出笑容。在最後關頭終於穩住腳步了。只要從增願寺的佛像裡找出證據，就能在最後一刻轟出大逆轉的一棒。

安藤老闆從泊車人員手中接過鑰匙，自己坐進了駕駛座。然後把空調開得更強，拆下了領帶。

南鄉有點吃驚地看著安藤手上的東西。這位飯店老闆所戴的領帶，不是傳統繞住脖子的那種，而是領結固定直接掛上去的夾式領帶。

大概是注意到南鄉的視線吧，安藤笑著說：「繞脖子那種，戴起來好熱。」

南鄉點頭微笑，然後眼睛朝安藤短袖襯衫袖口下伸出來的一雙手臂看。陽光飯店的老闆雙手都沒有戴表。

站在陡坡上的純一，擔心自己的裝備不夠。

現在天已經黑了，眼底的土牆被黑暗所吞噬，光靠手持的手電筒，實在令人不安。而且，擦過臉頰的空氣感覺突然帶有濕氣。純一後悔沒有帶鏟子來。萬一下起雨來，土石可能會將增願寺入口掩埋。

但現在分秒必爭。純一下定決心，抓住已經垂下斜坡的繩索。將手電筒向下插進皮帶，緩緩朝寺的入口下降。

在家用雜貨店買的粗布手套和繩索，很容易打滑。即使如此，幾分鐘後，純一還是平安抵達了入口。

純一將手電筒拿在手中，讓身體鑽進漆黑的洞裡。可能是從前一天起，通風改善了，霉味好像變淡了。純一照亮腳邊，踏穩木地板，往本堂的深處走。

樓梯等著他。純一以慎重的腳步來到樓梯下，拿手電筒往樓梯上照。光束的前端消失在黑暗中。純一順著樓梯往下照，數著樓梯有幾階。結果是十三。

十三階。

純一不禁閉上眼睛。這會是破滅的預兆嗎？但不爬上這十三階的每一階，就無法拯救樹原亮和自己的性命。

純一抬起頭，慢慢爬上樓梯。

安藤所駕駛的賓士，亮起遠光燈，駛進山路。

應該不到十五分鐘就能抵達增願寺的遺跡吧。

南鄉坐在前座，思索著到底哪裡出了錯。恐怕是因為和安藤初次見面的那天，律師來電的時機太過巧合了。委託人客訴懷疑三上純一仍參與調查。而在那之前，安藤和純一才剛見過面，所以南鄉才會判斷這個人就是委託人。

「要到哪裡？」握著方向盤的安藤問。

「再前面一點。請直接開過宇津木先生家。」

南鄉說完，飛快地動腦。真兇是曾犯過重罪的人物。而且在遭到保護司宇津木耕平勒索時，若不答允就會損失慘重的人物。還有，就是財力強大，能夠在動手殺人之前匯出九千萬圓鉅款的人物。

南鄉向安藤沒戴表的雙手手腕瞥了一眼，說：「安藤先生是個責任感很強的人吧。」

「是嗎？」

「是啊。你肯為樹原做這麼多。」然後南鄉問，「血型是A型嗎？」

「不，我是B型。」

南鄉差點笑出來。這下他進退兩難了。發現證據，對真兇意謂著極刑。十年前的存摺一旦出現，安藤一定會豁出性命來搶。

賓士經過已成廢屋的十年前命案現場前方。由於駛入了未鋪柏油的林道，車身開始微微震動。

「快到了嗎？」安藤問。

「是的。」南鄉說。在老闆辦公室打電話給純一時，應該沒有提到「增願寺」這個詞。「我的搭檔已經拿到證據，在這前面等我。」

「前面是指？」

「森林裡。有一座營林署用過的山中小屋。」

黑暗中，純一終於爬完了十三階的樓梯。

他心想南鄉不知來了沒，便拿手電筒向下照，但光無法照到一樓的入口。

純一把手電筒朝向二樓中央的佛像。不動明王手握降魔寶劍，作勢要殲滅所有佛敵。不動明王是武神，本來是異教的最高神明，以其絕對的破壞力轉生為佛教的守護神。釋迦如來所創作的淨土，以及犯法的人，都必須受這把寶劍一擊。

此刻的純一，已經知道眼前這尊佛像為何如此吸引自己了。他所讀的資料是這麼寫的。佛教是為了光靠慈悲仍無法拯救的愚昧眾生，才準備了這尊破壞神。

純一為自己身為不動明王之敵感到悲哀，仍雙手合十。然後走近神像，朝軀體伸出手。一摸，便有難以置信的觸感，純一打了冷戰，收回了手。再次注視了不動明王憤怒的形相，這次脫掉了粗布手套去摸。

沒錯。這尊佛像是木雕的。不是內部空洞的脫活乾漆。絕望在心中排山倒海而來。他認為證物藏在佛像的內胎，是錯的嗎？

這時，他聽到微微的車輛引擎聲。以為是南鄉到了，他回頭看入口，但聲音沒有停，直接經過。

純一的視線回到不動明王身上，以燈光照著整尊佛像，仔細觀察。結果發現在背後的部分，有四方形的線條狀的東西。但是被火焰造形的光背擋住了，無法就近細看。

純一再度雙手合十後，才去把光背扳開。整尊佛像歪向一邊，插在本體上的光背被他拔掉了。

他把光背放在旁邊，讓光照在赤裸的佛像背上，細看那個四方形的框框。沒錯，那是蓋子。也許木雕的佛像也設有空洞。純一以手指撫摸蓋緣，心跳再次加快。雖然以配色來掩飾，但木頭蓋子確實是以樹脂類的接著劑封起來的。這不是古老的技術。恐怕是十年前犯人弄出來的。

純一立刻就想打開木頭蓋子，卻辦不到。接著劑發揮了功效，將蓋子與本體密合在一起。

純一奔下樓梯，尋找有無適當的工具。結果在本堂一角發現了鋤頭。他帶著鋤頭再度爬上樓梯，繞到明王像背後。

只有破壞佛像，才能看到裡面的空洞。

純一握緊了鋤柄，舉起鋤頭。然後，他猶豫了。

心中的排斥，比兩年前殺死佐村恭介時還強烈。他覺得，他好像明白為什麼世界各地都要指著神的名字進行人的殺戮了。但純一心想，要救樹原亮的性命的，不是這尊木雕佛像。是他自己。

純一朝不動明王的背後揮下鋤頭。

賓士車經過增願寺的遺跡，再往前三百公尺，停車。

南鄉下了車，對安藤說：「要從這裡進森林。」

安藤點點頭，從前座置物箱裡拿出手電筒。「我也去。」

「皮鞋沒關係嗎？」

「髒了再買新的就好。」安藤看了擦得光亮的黑皮鞋，笑了。

兩人朝著營林署的山中小屋走去。在樹木中行進時南鄉不太說話，拚命想著接下來的事情。抵達小屋，一知道純一不在那裡，安藤會採取什麼行動？對，到時正是看清安藤真面目的好機會。假如這個人是真兇，當然知道證據藏在什麼地方。一定會趕往增願寺的遺跡吧。

南鄉心想，一定不能讓他過去。他努力回想小屋裡有沒有可以當作武器的東西，卻想不出任何東西。

這時他聽到小小的車聲。安藤似乎也發現了，停下腳步與南鄉對望。引擎聲停在兩人所在地點的後方。就是增願寺遺跡附近。

究竟是誰？南鄉不禁看著安藤。這個人不是兇手嗎？難道另有真兇，來搶回證據？

「會是誰呢？」安藤問。

南鄉故作納悶，但對方臉上露出原因不明的懷疑。

南鄉感覺到事情不妙。一切都還渾沌不清，但他卻有預感，事態正朝著絕望發展。

車子的聲音，似乎是停在斜坡下方。

南鄉來了。純一懷著得到無敵援軍的心情，繼續揮動鋤頭。每一擊，鋤頭前端的鐵片便將佛像背面的木頭剝開。一點，再一點，隨著純一一鋤鋤落下，蓋子部分終於和四周的木板一起彈開。

純一放下鋤頭，拾起手電筒，朝空空的洞裡看。有一包東西。伸手進去拿出來一看，似乎是古老的經文。他又伸手進去看有沒有其他東西，但內部的空洞意外地深，手摸不到底部。純一又揮起鋤頭，使出渾身的力氣朝佛像背後揮下去。

聲響大作。不動明王背後一整片都被剝下，直達洞穴底部。

一看到裡面的東西，純一立刻小小驚呼。

存摺就在那裡。封面上寫著宇津木耕平的姓名。附著在整個存摺上的黑色污漬，多半是十年前的血跡。其他還有隨便捆成一束的文件。一定是從現場帶走的保護管束紀錄。但純一的驚呼，是為了另一個的原因。因為不應該在那裡的東西也一併出現了。

手斧和印鑑。

兩者都和存摺一樣，沾有血跡。

這兩項證據應該已經發現了才對。可是，為什麼會在這裡？

純一決定先看存摺。他戴上粗布手套，小心不摩擦到紙的表面，翻動存摺。

他立刻就找到以百萬圓為單位的匯款紀錄。匯款人的名字是「安藤紀夫」。

安藤紀夫。

得知真兇姓名的純一不禁回頭看向入口。陽光飯店的老闆此刻不就和南鄉在一起嗎？剛才停在斜坡下方的那輛車，也把安藤載來了嗎？

安藤發動攻擊的時機比南鄉預料得更早。

就在他站在營林署的山中小屋前，正要開門的時候。聽到背後傳來衣物摩擦的聲響，一回頭，直徑十公分的圓木就已經朝南鄉的頭部側面揮下來了。

左耳聽不見了。可能是耳垂受傷了吧，臉頰上感覺到有溫熱的液體流下。南鄉當場蹲下，確信這個人就是真兇。

這時，第二次攻擊來了。南鄉以雙臂護住頭部，裝作無法抵抗，不斷承受安藤的暴力。不久，對方可能以為他昏過去了吧，接二連三的攻擊停止了。南鄉一直盯著眼前對方的鞋子，看到這雙腳朝小屋踏出一步，立刻展開反擊。他抱住安藤的雙腿，抬起他的雙腳般站起來。身軀扭轉、從背撞上門的安藤，撞破了木板門，跌進小屋裡。

南鄉朝對手撲過去。雖一度制住了安藤，但因為被踢到要害而鬆開。刑務官時代學的防身術，隨著年齡增長而生疏了。安藤翻身騎在南鄉身上，雙手勒住他的脖子。

到了這一刻，南鄉清清楚楚地領悟到，這是真正的互相殘殺。意識開始模糊的南鄉，雙手在地板上亂摸。摸到了安藤掉落的手電筒。一把抓住，微微呻吟出聲，往對方的太陽穴敲。

但是安藤的力氣還是一樣大。失去彈力而僵硬的眼皮中，出現了安藤充血的雙眼。

南鄉將手電筒對準那雙眼睛刺過去。

純一闔起存摺，小心翼翼地放進背包，然後去看手斧和印鑑。

為什麼這兩樣東西會在這裡？那麼驗出自己指紋的證據呢？

心中響起一個聲音，叫他趕快離開這裡。假如安藤在剛才那輛車上，慢吞吞的可能會害他沒命。

可是，不應該存在的證據卻訴說著什麼。訴說著一件他和南鄉完全錯漏的大事。

終於，注視著刻著「宇津木」的這個簡易圖章的純一，發覺這是塑膠製的。這一瞬間，他一切都明白了。

這次的調查並不是為了平反樹原亮的冤獄，更不必找出安藤紀夫這個真兇。委託人承諾的高額報酬，每一分錢都是純一的父親出的。要求他不得參與調查的原因，挖掘出來的假證物上如何變造他的指紋，這一切純一全看穿了。

以微米級的精度將光硬化樹脂塑形的光造型系統。只要用這台機器，要從訴訟紀錄裡的印章複製刻有「宇津木」的簡易圖章輕而易舉。不光是簡易圖章。只要以二維數據讓電腦讀取指紋的影像，沿著隆起的線條繼續堆高，就能製造出指紋的印章。

純一回想起他在不知情的狀況下造訪匿名的委託人時的事。當時，對方請他喝茶並非出於親切，而是為了採集純一的指紋。

這時，他聽到地板受壓的摩擦聲。對方想必是躡手躡腳地走，但黑暗中的十三階卻將入侵者的接近告訴了純一。一階又一階，一團殺意逐漸逼近。

委託人一定是透過杉浦律師得知他的所在的。對對方而言，發現透露命案真相的證據非常不利。委託人自行捏造、事先埋在斜坡上的印鑑若不具證據能力，便無法將純一代替樹原亮送上絞架。

純一將手電筒照向樓梯口。化為復仇厲鬼的男子，緩緩現身。

「兩年徒刑太輕了。」緊握獵槍的佐村光男說。「奪走我兒子的性命，竟然只判兩年？」

純一因為過度恐懼而說不出話來。黑亮的槍口筆直地瞄準純一的頭部。對方全身高漲的報應情緒，宇津木啟介根本不能比。

純一心想，這位父親有殺死自己的權利。就像兩年前，自己殺死佐村恭介那樣，這位父親也有報仇的權利。

光男因過度憎恨而高揚的眉毛，幾乎讓他的相貌變了形。將槍架在腰間，緩緩朝純一走來。

「把證據丟過來。這些東西必須處理掉。因為殺死那對老夫婦的就是你。」

這句話把純一從束手待斃的深淵中叫回來。若是沒有證明安藤紀夫犯案的證據，樹原亮便會在含冤莫白的情況下被處死。

看純一猶豫不前，光男大叫：「斧頭和印鑑！還有存摺！」

純一點點頭，伸手去拿背包。往裡面一看，黑不可見。純一拾起地板上的手電筒，做出要照證據的樣子，卻突然關掉了開關。

四周被黑暗封閉的同時，散彈槍噴出火花。純一不顧一切地往地上打滾。槍聲震耳，餘音化為疼痛麻痺了聽覺。

「你這傢伙罪該萬死！我要把你處死！」

在劇烈的耳鳴中，斷斷續續聽到光男的怒吼。然而純一不敢動。若是發出聲響，就會被對方知曉自己的位置。

左眼被戳的安藤在慘叫中向後退。南鄉立刻翻身，四肢著地，拚命吞唾沫，找回中斷的呼吸。這時攻擊從後方來襲。一眼流著血的安藤，拾起小屋裡的角材開始反擊。

南鄉心想假如自己死在這裡，在增願寺裡的純一，還有證據都會有危險。而且樹原亮也會被處死。南鄉成功吸到一點氣，便朝小屋深處跑。那裡有一串鐵鍊。

安藤察覺了他的意圖，朝他的腿上一擊。但是倒地的南鄉右手已抓住了鐵鍊的一端。他頭也不回，便拿鐵鍊朝強盜殺人犯甩過去。

尖銳的撞擊聲響起的同時，安藤的上半身搖晃了。但這也是轉眼之事，安藤又揮舞著角材，朝南鄉衝過來。南鄉雖拉回了鐵鍊，但對方已經近在眼前。當他舉起手臂承受對方的攻擊時，鐵鍊捲住了安藤的脖子。南鄉雙手勒緊鐵鍊。

「你還想殺人嗎？」南鄉口中爆發出對殘虐無道的殺人犯的憤怒。「就是因為有你這種人，我們才會那麼痛苦！」

安藤發出無聲的慘叫，還想毆打南鄉。那惡鬼般的形象令南鄉打從心底感到恐懼，更加用力勒緊安藤的脖子。

「怎麼能讓樹原死在你手裡！三上也一樣！」

南鄉沒有鬆手。他沒發現對方已經不再抵抗。當時，所有生活的記憶都從他的腦海中消失。雙親、雙胞胎哥哥、想重新喚回自己身邊的妻子和兒子都消失了。開一家讓孩子們滿心期待地前來的麵包店的夢想也消失了。

安藤轉變成土黃色的臉上，鮮紅的舌頭無力地垂下。

南鄉赫然回神，放開了鐵鍊。

安藤朝著他靠過來似地跌落。

南鄉茫然地俯視著腳邊的屍體。

他勒死罪犯的所在，不是看守所的刑場。

佐村光男似乎已經放棄透過司法將純一處死了。曾埋在地底的寺廟內部，是個絕佳的殺人舞台。

只能依靠聽覺的漆黑之中，光男耳語般重複著「哪裡？人在哪裡？」，四處走動。純一憋住氣。光男每走一步，摸著地板的雙手就能感到細微的震動。一步又一步，光男確實朝他靠近。

終於再也憋不住氣的同時，純一也受不了恐懼了。他抓住背包，拔腳狂奔。

只聽見哈的一聲抽氣，接著身後便是隆隆槍聲。槍口噴出來的火光，一閃即逝卻照亮了純一的逃走路徑。距離樓梯還有三公尺。但同時，那火光應該也將獵物的位置告訴了獵人。

只聽彈匣彈出的聲音，槍擊緊接而來。被擊飛的地板碎片刺中純一的臉頰。下一聲槍聲響起的同時，右腳側面感到一陣皮被刮掉的疼痛。部分散彈擦過了他的腳。

向左倒下的純一繞到不動明王的前面，靠著觸覺整個背貼緊佛像。這時，一陣有如從十八層地獄傳來、令人發毛的低音響遍整座增願寺。純一驚愕地雙手扶住開始晃動的地板。沒錯。光男胡亂開槍，打斷了支撐二樓的一根柱子。

地板開始大幅傾斜。察覺狀況有異的光男，正朝純一的方向跑來。純一心想，這是最後了。打鬥即將就此告終。在不死即生的最後關頭，純一打開了手電筒的開關。

光男就在旁邊。與純一視線交會的那一剎那，光男舉起了散彈槍。純一一往傾斜的地板的高處爬，便被不動明王像撞上。

因為巨大的重量移動，地板傾斜的速度激增。純一被撞倒，整尊佛像朝著光男滑落。

繼槍聲後響起慘叫。純一被拋入空中。回轉著掉落的手電筒，瞬間照亮了崩塌的增願寺二樓部分，以及被留在側牆上的樓梯。

失去目的地的十三階——

純一才看到樓梯，就受到壓扁全身般的衝擊，失去知覺了。

3

上午九點。

鐵門開了。

沉重的撞擊聲傳進耳裡，樹原亮貼袋子的動作停住了。像被冰凍的針穿過一樣，恐懼從腦門直通指尖。同時整座死刑囚牢房都因不知道活祭品是誰的戰慄與困惑，鴉雀無聲。

終於，死神們的腳步聲響起。腳步整齊，筆直朝這裡過來。

不要過來！求求你們不要過來！

樹原拚命祈禱。但生硬的皮鞋聲沒有停，一步步靠近。然後那一列縱隊，來到了樹原的單人牢房前。

是自己嗎？要被處死的是自己嗎？

這時，腳步聲突然停了。

停了！腳步聲停在自己的房門前！

視察口打開了。

樹原呆望著刑務官看向他的眼睛。

然後觀視窗關上，門開了。被打開的門之後，站著警備隊、身穿制服的處遇部長，以及負責指導教育的首席矯正處遇官。

「二七〇號，樹原亮，」警備隊長說，「出房。」

樹原全身虛脫，當場軟倒。因為失禁的關係，下腹部溫溫濕濕的。

其中兩名警備隊員走進牢房中，從樹原兩邊架住他。就算想抵抗，也已經全身無力了。

處遇部長一臉為難地走到牙根合不起來、下巴喀嗒有聲的樹原面前。

「現在跟你說什麼，你大概都聽不進去吧。但是，在手續上，一定得讓你看這個。」處遇部長說完，把兩張紙拿到樹原面前。「第一張，是根據刑事訴訟法第五〇二條所執行的，聲請異議的結果。」

樹原嚥了一口氣，看了第一張。

「平成十三年（む）第一六五號

決定

東京看守所在監

聲請人　樹原亮

因上述聲請人提出關於審判執行之異議，本法院做出以下決定。

主文

本件駁回。」

其後的「理由」項目，他已經看不下去了。希望破滅了。樹原亮腦中浮現的，就只有這一點。

「看完了嗎？有好好看完了吧？」處遇部長一直問到死囚點頭。接著他又讓樹原看第二張紙。

「再來是聲請再審的結果。」

樹原想別過臉去，但被叱責「看清楚！」，便看下去。

「平成十三年（ほ）第四號

決定

本籍　千葉縣千葉市稻毛區松川町三丁目七番六號

東京看守所在監

聲請人　樹原亮

昭和四十四年五月十日生

關於上述被告之強盜致死案，針對平成四年九月七日東京高等法院所宣判之有罪判決（因同六年十月五日最高法院之上訴駁回決定而確定）聲請再審，本法院於聽從聲請人及檢察官各方意見後，做出以下決定。

主文

本件開始再審。」

樹原睜大了眼睛。

重讀最後一行。

他以為自己是因為意識模糊，產生了幻覺。

「看懂了嗎？」

處遇部長問，樹原搖搖頭。

大概是顧慮到四周的牢房吧，處遇部長壓低聲音，但仍清晰地在樹原耳邊告訴他：「你的再審開始，已經確定了。」

樹原看了看處遇部長，然後又看了圍繞自己的人們。他們臉上都露出微笑。

「聽好？這可不是在耍你。你要被視為即將再審的被告人，移到其他牢房。要離開這座死刑犯牢房了。」

「轉到上面樓層的房間。」警備隊長高興地說完，低頭看了樹原尿濕的褲子。「洗澡後，立刻收拾東西。」

樹原茫然地又看了一次男子們的笑容。他深深感到，原來人類可以是死神，也可以是天使。

「我得救了嗎？」

「要看再審的結果──現在我只能這麼說。」處遇部長說到這裡，露出笑容。「總之，恭喜你。」

兩旁的警備隊員把再審的被告人扶起來。但這次樹原用力甩開了他們的手，為的是擦掉雙眼流出的眼淚。

從鬼門關前生還的男子，接下來有好一陣子趴在個人牢房正中央，不斷號哭。

不久，負責指導教育的首席矯正處遇官在他身旁蹲下，把手放在他肩上說：「這個決定的背後其實付出了重大的犧牲。希望你永遠不要忘記這一點。」

終章　兩人所做的事

此刻，中森檢事的桌上，放著三名罪犯的紀錄。其中一名嫌犯因死亡不予起訴，其餘兩名，在檢察內部激烈的爭論後，予以起訴。

中森感到懷疑，正義真的被實踐了嗎？

他首先拿起死亡嫌犯的紀錄。

安藤紀夫。

「陽光飯店」的老闆於二十一歲時，犯下強盜殺人。由單親母親扶養長大的他，因貸款業者上門惡性討債，憤怒之下闖入對方的事務所殺害兩人，搶奪了借據。

一審、二審均宣判無期徒刑，也確定上訴駁回，於服刑十四年後假釋出獄，又五年後獲赦復權。這時，負責安藤的保護管束的便是宇津木耕平。

安藤紀夫利用復權同時考取的不動產經紀證照，在不動產業建立了財富。他隱瞞前科，結了婚，家庭生活和樂。然而，當他讓公司成長到一手包辦中湊郡觀光事業時，宇津木耕平便展開勒索。

最初安藤順應對方的要求，但後來認為再這樣下去會毀了自己，便模仿關東地區發生的「三一號事件」殺害了宇津木夫妻，帶走相關文件。

接下來的經過，與後來查明的相同。只因再審決定而恢復鎮定的樹原亮，漸漸想起失去的記憶片段，為案情提供了新的事實。他表示，他並沒有認出宇津木耕平家中的強盜犯是戴著鴨舌帽的安藤，而且若非機車發生車禍，下山後自己將遭到被殺害的命運。

目前還在進行的再審雖尚未做出結論，但從檢方的事實認定中有安藤為真兇這一項看來，樹原亮獲釋的可能性極高。

中森拿起第二名犯罪者的紀錄。

佐村光男。

兩年前，他對於獨生子被三上純一殺死而兇手只有兩年徒刑不得緩刑的判決感到不滿，在熟讀公審紀錄之際，注意到被告的離家出走事件。宇津木夫妻遇害時，三上純一在中湊郡。

佐村光男透過報導，知道這起命案被視為兇手的樹原亮是在相當微妙的狀況下被宣判死刑。若能將強盜殺人罪嫁禍給三上純一，便可透過司法為兒子報仇。有了這個想法的佐村光男，一面加入了反死刑運動，一面蒐集樹原的資訊。於是他得知死囚恢復了關於樓梯的記憶，便想出將偽造的證據埋在增願寺遺跡的主意。

另一方面，他認為不宜由自己發現將三上純一逼上絞架的證據，便以高額報酬為條件，聘請了律師。這數千萬圓的資金，便是來自三上純一的雙親依和解書所付的賠償金。

然而此時，陷害三上的地理上巧合，卻也吸引了另一個巧合。受僱調查案件的南鄉，對三上的離家出走事件感到不可思議的緣分，選擇他做為工作的搭檔。佐村光男得知此事，再三要求三上不得參與調查，但因南鄉與杉浦律師的勾結，要求未果。

假如南鄉是單獨發現偽造的證據，三上也許會被處死。這項運用了高科技的犯罪計畫，便是如此巧妙。

檢方內部針對佐村光男的起訴，發生激辯。利用偽造證據陷純一於死刑，是否該當於殺人未遂罪或預備殺人罪？若是，那麼絞首刑的行為本身，豈非該當於刑法中「殺人」這項構成要件？

中森並不知道做出最終判斷的過程。千葉地檢與東京高檢的首腦所做出的結論是，僅有獵槍攻擊三上的行為適用於殺人未遂罪。因此，自增願寺遺跡中獲救的佐村光男，將於三個月後傷勢痊癒時遭檢方起訴。

中森拿起第三名犯罪者的起訴書。

南鄉正二。罪狀是殺人罪。

前刑務官因勒死一名犯罪者的嫌疑而遭起訴。該名犯罪者若遭到審判，多半會被判處死刑。是殺人？傷害致死？還是正當防衛？亦或是緊急避難？案情非常微妙，無論是哪個結果都不足為奇。但是令人意外的是，南鄉本人主張他有殺意。表示自從他看到安藤手腕上沒有表的那一刻，便認為只有殺死此人一途。

中森懷疑他這些話的真實性。南鄉是否試圖想將不必要的罪責攬在身上來贖罪？與被害人會面過的中森產生了這樣的印象。

後來，與被選為選任辯護人的杉浦律師談話時，得知對方打算堅持正當防衛，中森才放下心中的大石。這位貌甚落魄的律師幹勁十足。「不管南鄉先生怎麼說，我都會主張無罪。要伸張正義，非這麼做不可。」

「請好好加油。」中森笑著回答，而這絕非諷刺。他希望南鄉無罪獲釋。

回顧完這一連串的事件，檢察官將整套文件收進檔案夾。然後再次因安心而嘆了一口氣。

他在人生中首度求處的死刑是錯的。

中森對於樹原亮沒有被處死心存感激。

然後心想，不知另一位英雄——從增願寺的崩塌現場被救出來的三上純一，傷勢痊癒了沒？

最後一次看到純一是什麼時候？

坐在看守所的單人牢房裡，南鄉心想。

是他們還在房總半島外側那時候。他們一點也不知道東西是偽造的，在增願寺的遺跡中發現手斧和印鑑的那天晚上。回到冷清的公寓，使盡全力的充實感，讓他們兩人喝酒喝到天亮。那時，純一真的笑得很開心。曬黑的臉皺在一起。

那是最後一次看到純一。接下來將近半年，都沒有見到他。

算一算他也該出院了——曾被告知純一傷勢的南鄉心想。全身撞傷與右大腿的槍傷，以及四處骨折。南鄉笑了，心想他也真是命大。

這時，負責的刑務官來叫南鄉。

有接見。

南鄉站起來，用手撫平起皺的運動長褲，然後走向接見所。

南鄉被帶到律師接見所。這裡和一般的面會所不同，一旁沒有刑務官監視，能夠與律師兩人單獨談話。在這裡，能夠行使賦予被告人的「接見交通權」。

「有三件事。」友善的笑容裡流露出疲勞的杉浦，坐在透明壓克力板後。「罪狀認否的時候請否認，因為南鄉先生不是殺人兇手。」

南鄉張嘴要說話，杉浦伸手制止了他，說：「在公審開始之前，我會一直重複同樣的話。」

南鄉笑了。「我知道了。那，第二件事呢？」

「你太太要我轉交一樣東西。」杉浦一副提不起勁的樣子，取出了一份文件。「是離婚協議書，怎麼辦？」

南鄉望著妻子已簽好名的文件。

「不必急，你慢慢考慮。」

南鄉點點頭，但他早就有答案了。叫回家人，開麵包店的夢想，在殺死安藤紀夫的那一瞬間就破滅了。

南鄉不願讓律師看出他的想法，低頭著說：「這是當然的。不能怪我老婆。誰叫丈夫是殺人犯呢。」

杉浦垂著眼，為了談第三件事，開始翻包包。

對了——南鄉想起來了——「South Wind Bakery」這個名字，就是純一幫他想的。

「三上寫了一封信給你。」

聽杉浦這麼說，南鄉抬起頭。

「他前些日子出院了。復健療程也結束了，情況看起來滿不錯的。」

「那真是太好了。那麼，信呢？」

杉浦在壓克力板之後，為了讓南鄉看而拆了信，然後問：「要我唸嗎？還是要隔著壓克力板看？」

「讓我看吧。」

杉浦在壓克力板之後，將文字那面朝向南鄉舉起了信。

南鄉身子向前傾，讀著純一以原子筆親筆寫的信。

「南鄉先生，你好嗎？我順利出院了。明天起，我想開始到家父的工廠幫忙。這次的事，我真的很感謝南鄉先生。中森先生告訴我，假如你沒找我來調查，狀況是非常危險的。南鄉先生不僅救了樹原亮一命，也救了我一命。

本來我應該一出院就去探望南鄉先生，但現在的我做不到。因為有件事我一直瞞著南鄉先生，對此我感到萬分抱歉。

南鄉先生大概是為了幫助我更生，才會找我參與這次的工作吧。但我對被害者佐村恭介，一點過意不去的想法都沒有。

在這裡，我必須坦承自己曾做過的事。我所殺的人，來自於十年前我離家出走的地方，並不是巧合。佐村恭介和我，在我們還是高中生時，就在中湊郡認識了。

想必南鄉先生也知道，我在中湊郡遭到輔導時，是和同學木下友里在一起。我們從高一就開始交往。我們約好，高三的暑假到勝浦去旅行。當然，是瞞著雙方父母的。

我想，在我們原先計畫好的那四天三夜，兩人都很生澀不自然。感覺好像腳沒踩在地上，無論說什麼做什麼，一切都飄飄然。那種感覺就好像在夢裡，拚命尋求真實感。我頻頻感到躁動不安，我想是因為自己很想要友里的身體。現在回想起來，那就是孩子為了裝大人而一再拚命逞強吧。

要回東京的前一天下午，我們前往中湊郡。因為聽說那裡海岸的遊客比勝浦少，所以我們想要兩個人在那裡度過黃昏。我們下了電車走進磯邊町，很快就看到佐村製作所的招牌。因為和自己家是一樣的工廠，引起了我的興趣而停下腳步，結果佐村恭介從裡面出來了。

是佐村恭介主動招呼我們的。他似乎對來自東京的我們很感興趣。他是這麼說的。他又說要帶我們到附近玩，問我們明天會不會再來。

我和友里好像中了魔般，被他的話給迷住了。因為我們雖然都沒有說出口，但其實都還不想回東京。

問題是住宿費，但令人驚訝的是，佐村恭介說要幫我們出。他家裡只有他和他父親，所以他父親給他很多零用錢，對一個高中生來說是太多了。

我和友里雖然猶豫，但因為想要玩久一點，也就同意了。這時，我略有鬆一口氣的感覺。因為和友里兩人步入大人世界的日期又延後了。我夾在高中生特有的強烈欲望與正義感之間，把自己弄得很累。

第二天起，我和友里就相當放鬆地在中湊郡玩。雖然想過父母應該很擔心，但因為在兩人間有了共犯意識，關係好像更緊密了。

然而，另一方面，我們也發現佐村恭介不是什麼正派的人。他介紹我們幾個他的朋友，但都是些令人想敬而遠之的高中生。而當我們發覺這一點時，夢一般的日子轉眼已經過去，暑假也接近尾聲了。

我們終於決定翌日回東京，便告訴了佐村恭介，他就說，既然這樣，來辦送別會吧。我想和友里倆單獨過，便拒絕了。

然而，一聽到我拒絕，佐村恭介的態度立刻一百八十度大轉變。他拿彈簧刀砍了我的左臂，就和另一個朋友兩人合力把友里帶走了。

到這時候，我終於明白了。從出聲招呼我們的那時候起，佐村恭介的目的就是友里。

我按著左臂的傷，跑過現場附近的海岸，尋找佐村恭介他們的人影。不久，我聽到友里的呻吟聲，往碼頭旁的一座小倉庫裡看，裡面有三個人。佐村恭介正按住友里強暴她。因為太過震驚，說來真的很丟臉，但我暫時瞪大了眼呆站在那裡。然後佐村恭介的朋友發現了我，拿刀來威脅我。我這才回過神來，朝友里跑過去，但對方的刀又故意朝我左臂的傷口刺。同一個地方被割了兩次，出血量變得更大。佐村恭介朝騷動的方向回頭，露出冷笑，故意炫耀般改變了姿勢。友里的雙腿間流著血。

沒多久，佐村恭介結束了對友里的強暴。然後，大概是當作封口費吧，把十萬圓塞進我口袋裡就走了。

我跑向友里，看到她臉上沒有任何表情，一副失了魂的樣子。我叫她名字，令人驚訝的是，反而是友里問我『你還好嗎？』。她看到了我手臂的傷。『得去醫院才行。』友里說。

都什麼時候了，為什麼不擔心自己？我自以為懂得友里的溫柔，哭了。然後，為自己無法保護她道歉。可是，友里只是一再囈語般說『純會死掉的，得去醫院才行』。後來我才知道，那時候友里的心已經被毀了。她心裡的創傷永遠都不會好了。

後來，我們就被警方輔導了，但兩個人已經無法再回到以前天真無邪的時候了。友里變得很憂鬱。

為了幫助友里，我也曾跑到警察局求助。但我諮詢的刑警說，強姦罪是告訴乃論，除非被害者本人通報，否則無法向犯人問罪。刑警還問：『被害者是處女嗎？』他並不是在開玩笑。因為若是處女，處女膜的撕裂傷屬於傷害行為，換句話說，用強姦致傷的方式，就可以不必受到告訴乃論的規範。

雖然事實正是如此，但一直到這個時候，我才想到上了法庭會是什麼狀況。我發現，在查明事實關係的階段，友里就要再度受到重大的侮辱。

還有另一個問題，便是刑警指出的年齡。即使告得成，佐村恭介才十七歲，所以應該不會處以刑罰。

就是在那時候，我這輩子頭一次對別人產生殺意。雖然是模模糊糊的，但我開始想，既然以法律制裁這條路走不通，就只能殺了佐村恭介。但光是想到要去中湊郡，我就強烈地感到反胃想吐。那可恨的記憶每天都在夢中重播。而當我一注意到這種精神上的打擊，對友里的歉意就更深了。因為她所受到的驚嚇，遠非我所能比的。

友里說，每一個走在街上的男人看起來都像佐村恭介。她好像也曾自殺未遂。但我並不知道詳情。因為那時候，我們兩人的關係已變得相當疏遠，我只能遠遠地守護著她。

後來幾年的時間，我想算是觀察情況的時期。友里的心理創傷會痊癒嗎？能不能找到將佐村恭介治罪的方法？或者我能夠振作起來，鼓起勇氣到中湊郡去？

但這些事情都不如人意。友里的狀況沒變，找不到將佐村恭介逼到絕路的方法，我也沒勇氣前往中湊郡。

然而就在這時，在濱松町舉辦的光造形系統展上，我看到了佐村恭介。想必他和我一樣，開始幫忙家裡的工作了吧，所以才會來東京，購買高科技裝置。

這是個千載難逢的好機會。我認為，假如這個人從世界上消失，或許友里心中的威脅也會消失。而且更好的是，我從展場的來賓名冊上知道了佐村恭介住在哪家飯店。

我立刻離開會場，尋找利器。我本來想隨便找家店買把菜刀，但後來放棄，改找戶外用品店。因為我認為，要殺禽獸就要用獵刀。

然後，我把買到的刀放進包包，進了緊臨佐村恭介住的飯店的餐廳，擬訂最後的計畫。我認為，到佐村房間去敲門，他應該會讓我進去。就算不進去，只要開了門，我應該也能刺他一刀。

正當我想著這些時，佐村恭介走進同一家餐廳。他是為了吃飯從飯店出來的。我吃了一驚，拚命想該怎麼辦。這時，我和佐村恭介兩人眼睛對上了。他也對自己所做的事感到不妙吧。而且一定也不想老實承認。所以才會突然以『你看我不爽是不是』來質問我。

接下來的事，就像法庭上公開的那樣。我知道自己徒手是打不贏他的。要殺死佐村恭介，必須甩開對方，從包包裡取出包裹，拿出裡面的刀子才行。可是，在我這麼做之前，佐村恭介就已經向後倒下，死掉了。

南鄉先生應該能明白，我所犯的罪，並不是兩年徒刑的傷害致死，而是足以判死刑的殺人。

我被逮捕後，流了數不清的眼淚。法官看到我在法庭上流的淚，認為我有悔改之意。但是我所流的，是可憐我自己的眼淚、得知雙親苦衷的眼淚，沒有一滴是為了被殺害的佐村恭介流的。我無法讓那個禽獸不受任何制裁地活著。就算我有罪惡感，那也只是殺死大型動物的不快，沒有別的，而每次想起這種不快，都會喚醒我對佐村恭介的憤怒。

現在，我能理解那種行為並不是為了友里，而是我自己的報復感情。因為友里不但心靈創傷沒有痊癒，而且又自殺未遂了。我抱定了犧牲人生的決心做出的行為，對友里而言，一點安慰的效果都沒有。她現在一定又孤伶伶地哭泣吧。

我已經沒有辦法救友里了。而且就算佐村恭介還活著、就算他再怎麼改過向善，也找不回出事之前的友里了。

這要由誰來賠償呢？就算進行了民事訴訟，名為慰撫金的一點小錢也買不回友里的心。傷害罪只適用於肉體的傷害，卻對被毀掉的人心棄而不顧。

法律是正確的嗎？真的是平等的嗎？不分有地位的人或沒有地位的人、聰明人或不聰明的人、富人或窮人，只要是壞人，犯了罪都會正確地受到相應的制裁嗎？我殺死佐村恭介的行為是犯罪嗎？連這種事都搞不懂的我，是無可救藥的大壞蛋嗎？

在法律的世界裡，有一事不再審的原則。一旦接受確定判決的被告，就不會因同一個案子被制裁第二次。我的傷害致死罪已經確定，服完刑了，所以沒有人能夠以殺人來制裁我。剩下的辦法就只有私刑。而這正是佐村恭介的父親想對我做的。我不怪那位父親。因為就像我將佐村恭介處死一樣，他也是想處死我。

只是如果這次的案子容許私刑，冤冤相報，便會展開無止境的報復，這一點我已經親身了解到了。為了避免這樣的情形，必須有人代為執行。刑務官時代的南鄉先生所執行的工作，至少對四七〇號的行刑是正確的。

雜亂無章地寫了這麼多。

南鄉先生，辜負了你對我洗心革面的期待，是我唯一的遺憾。也許將來我的想法會變，但在那之前，我準備背負起殺了人卻沒有被制裁的罪活下去。

天氣越來越冷了，請保重身體，好好加油。

我祈求上天，早日讓南鄉先生無罪離開看守所。

三上純一

南鄉正二先生收

又：South Wind Bakery呢？」

「你和我都是終身監禁，」看完信的南鄉喃喃地說，「不得假釋。」

一年後，依據刑事訴訟法第四五三條的規定，全國性報紙刊登了一小欄報導。

「再審無罪判決之公開告示

樹原亮（木更津拘留分所在監中，無職，昭和四十四年五月十日生）因『平成三年八月二十九日於千葉縣中湊郡民宅，殺害宇津木耕平、康子夫妻後，搶走財物』之事實，確定死刑之有罪判決，但再審的結果，無犯罪之證明，於平成十五年二月十九日宣判無罪。

千葉地方法院館山支部」

這是有傷害致死前科的三上純一，以及一生奪走三名犯罪者性命的前刑務官南鄉正二，他們兩人所做的事。

高寶書版集團
gobooks.com.tw

TN 204
十三階梯
13 KAIDAN

作　　者　高野和明
譯　　者　劉姿君
編　　輯　謝　晴、林俶萍
校　　對　謝　晴、林俶萍
排　　版　趙小芳
封面設計　黃暐鵬
出　　版　英屬維京群島商高寶國際有限公司台灣分公司
　　　　　Global Group Holdings, Ltd.
地　　址　台北市內湖區洲子街88號3樓
網　　址　gobooks.com.tw
電　　話　(02) 27992788
電　　郵　readers@gobooks.com.tw（讀者服務部）
　　　　　pr@gobooks.com.tw（公關諮詢部）
傳　　真　出版部　(02) 27990909　行銷部 (02) 27993088
郵政劃撥　19394552
戶　　名　英屬維京群島商高寶國際有限公司台灣分公司
發　　行　希代多媒體書版股份有限公司/Printed in Taiwan
初版日期　2014年6月

國家圖書館出版品預行編目(CIP)資料

十三階梯／高野和明 著; 劉姿君譯 -- 初版. --
臺北市 : 高寶國際出版 : 希代多媒體發行,
2014.6　面；　公分. -- (文學新象 ; TN 204)
譯自： 13 KAIDAN

ISBN 978-986-361-006-9(平裝)

861.57　　103007565